小説の神様

わたしたちの物語

小説の神様アンソロジー

相沢沙呼
降田 天　櫻いいよ　芹沢政信
手名町紗帆　野村美月
斜線堂有紀　紅玉いづき
文芸第三出版部・編

JN054409

講談社
タイガ

イラスト——丹地陽子
デザイン——坂野公一（welle design）

目次

降田 天

「イカロス」

降田　天（ふるた・てん）

萩野《はぎの》　瑛《えい》（主にプロット担当）と鮎川《あゆかわ》　颯《そう》（主に執筆担当）の共同ペンネーム。『女王はかえらない』（宝島社文庫）で第13回「このミステリーがすごい！」大賞を受賞しデビュー。２０１８年「偽りの春」（『偽りの春　神倉駅前交番　狩野雷太の推理』所収／ＫＡＤＯＫＡＷＡ）にて、第71回日本推理作家協会賞短編部門を受賞。他の著作に『彼女はもどらない』『すみれ屋敷の罪人』（ともに宝島社文庫）などがある。

その封筒は、狭くて暗い郵便受けの一番底に入っていた。不要品整理と宅配ピザのチラシの下に。

影がアスファルトに焼きつきそうな、ぎらぎらした夏の日だった。封筒は入道雲みたいに真っ白で、取り出すと日差しを反射して強く光った。

八嶋《やしま》しほり様――私の本名が、ポップな文字で印刷されている。

裏返して差出人の名前を見た瞬間、息が止まった。

花実《かさね》さん。

名前を見つめたまま動けなくなる。記憶の蓋《ふた》が開きそうになり、あわてて押さえつけた。

封筒とチラシを重ねて持ち、エレベーターでマンションの七階へ向かう。よけいなことを考えないよう、ドアの上の階数表示が変わっていくのを心のなかで数える。まだうまく息ができない。

もう何日も二十四時間クーラーをつけっぱなしにしている室内は、たぶん少し冷えすぎている。でも長袖《ながそで》のカーディガンを着て、温かい飲み物を口にするにはちょうどいい。肌を出すのは好きじゃないし、冷たいものも好きじゃない。夏は嫌いだ。

コンビニの袋と郵便物をテーブルに置いたとき、ミニショルダーバッグのなかでスマホがふるえているのに気づいた。どくん、と心臓が鈍《にぶ》い音を立てた。

スマホを手に取り、画面を確認する。編集部からだ。

「あ、奥野《おくの》さん?」

先月から担当になったばかりの編集者の飯坂《いいさか》さんが、快活な声で私のペンネームを呼ぶ。

「……はい」

ライトノベル作家、奥野鳩《はと》。

高三のときに新人賞を受賞して、卒業後、現役女子大生作家としてデビューした。それから二年で、文庫本を四冊、出版している。ただしそのうちの三冊は、最初の半年ちょっとのあいだに出したシリーズものだ。新人としては、かなり恵まれていた部類に入る。売り上げは次第に下降して、シリーズが完結したあと、第二のシリーズもののつもりで書いた二作目は、一冊で打ち切りになった。

三作目のプロットを前の前の担当者に提出し、数え切れないほどのボツを経《へ》て、とりあえず書いてみるよう言われた。書いている途中で担当者が替わり、原稿を出したあとでまた替わり、返事を待つこと三ヵ月以上。

「連絡が遅くなってごめんなさいね。いただいた原稿、読みました」

うなじから背中にかけての骨が一本の鉄の棒になる。

「このお話で奥野さんが書きたかったものって何ですか」

私の沈黙をどう受け取ったのか、飯坂さんは長く返事を待とうとはしなかった。

「読みやすい文章で、すらすら読めたんだけど、読みどころがわからないっていうか。キャラクターも設定もストーリーも、何もかもがあまりにも普通で予定調和な感じがしたんですよ。本を閉じた瞬間に全部忘れてしまうような。奥野さんならもっと個性的なものが書けるはずなのに、もったいない」

「つまりボツですか」

編集者の持って回った言葉を、私はただの二文字にまとめた。私を傷つけまいとしてこんな言い方をしているのだとしたら見当外れだ。こうなることは予想していた。だから三ヵ月過ぎて音沙汰《おとさた》がなくても、催促もせずにいたのだ。やっぱり予想どおりだった。当然そうだろう。

書きたかったもの。そんなの、私にもわからない。担当者から、書いてもいいという認可のはんこをもらう、それのみを目指して作ったプロットだ。奥野さんならもっと個性的なものが書けるはず。奥野さんなら？　この人は何を根拠にそんなことを言うんだろう。私の既刊を読んで？　あれらを？

小さな吐息が聞こえたけど、どういう意味の吐息なのかはわからなかった。心は冷めていて、想像を巡らす気も起きない。

「この作品に手を入れても、そこそこの出来にしかならないと思う」

「新しいプロットを出せばいいですか」

「そうですね。ただ、締め切りは設けないことにしましょう」

「え？」

「いつでもいいから、いいプロットができたら送ってください」

思わず声を失った。要するに、刊行スケジュールから外すということだ。事実上の戦力外通告。クビ。オブラートを剝《は》ぎ取《と》ってしまえば、今度もたったの二文字ですむ。

ボツと同じく、これも予想の範疇《はんちゅう》だった。むしろこちらから、作家をやめますと告げてもいいくらいの気持ちでいた。なのに、なぜ私は動揺しているんだろう。動揺してしまったんだろう。

「奥野さんはまだ若いから、ゆっくり創作に向き合うのもいいんじゃないかな。学生生活や社会経験を通じて得ることもたくさんあるだろうし、それらはきっと創作にとってもプラスになるから。いったん離れたら、アイディアや意欲が湧《わ》いてくるっていうこともあるし。私が言うのもなんだけど、もしかしたらうちじゃなくて、もっとあなたが活躍できる場が見つかるかもしれない」

こんなときでも飯坂さんの口調は、耳を塞《ふさ》ぎたくなるくらい快活だ。私は懸命に体の力を抜こうとしていた。電話がかかってきた瞬間からずっと緊張していた自分に気づき、腹を立てていた。心の奥ではまだ期待していたとでもいうのか。

わかりました、と私は答えた。作品に対する編集者からの指示に、いつもそう答えてきたように。

「プロット待ってますね」

心にもない言葉を最後に電話が切られたあとも、まだ力を抜くことができずにいた。スマホを耳から離してテーブルに置くために、意識して手に命令しなければならなかった。

とっくに表示が消えた画面に、自分のシルエットがぼんやり映っている。顔はほとんどのっぺらぼうで、輪郭《りんかく》すらあいまいな影。次第に頭のなかも薄暗くなって、あらゆる感覚が遠ざかる。

スマホのそばには花実さんから届いた封筒があった。彼女の名前と並べて男性の名前が印刷されている。私の知らない名前。

封筒の中身は、ウェディングパーティーの招待状だった。花実さんは私のひとつ上だから、まだ二十一歳だけど、驚きはあまりなかった。その年で結婚なんて彼女らしい。でも、私に招待状が送られてきたことにはとても驚いた。

音信不通になって、そろそろ一年がたとうとしている。考えまいとしても、知らず知らずのうちにその月日を数えている。

最後に見た泣き顔が目に焼きついていた。そんな顔をさせたのは私だった。

花実さんに初めて会ったのも、今日のように暑い日だった。

五年前、高一の夏休み。二学期早々の模試《もし》に備えて補習授業がおこなわれる日で、私は学校へ行っていた。でも授業に身が入らず、二次関数の問題を何問か解いたところで、机のなかから別のノートを取り出した。お気に入りのツバメノート。

開いたページの上半分は、小説の断片で埋まっている。基本的にはパソコンで書くのだけど、こんなときには手書きするしかない。それらを自宅のパソコンに推敲《すいこう》しつつ打ち込み、また続きを書く。だからノートに記されるのは、飛び飛びの場面の断片ばかりだ。

昨日死んだキャラクターが、ここではまだ陽気な冗談を口にしている。死亡フラグがあからさますぎたかな。帰ったら読み直してみようと思いながら、彼がいなくなったあとの世界を記していく。死者の影を足首に結わえつけたまま、主人公は歩き続ける。

補習は午前中だけだった。

「これから映画行こうって言ってるんだけど、しほりんもどう？」

クラスメートに声をかけられ、告げられた映画のタイトルにげんなりする。はいはい、余命いくばくもない君と僕がどうしたこうしたってやつね。

「めちゃ泣けるらしいよ」

「ごめん、すごく観《み》たいんだけど、今日はちょっと家の用事があるんだ」

私はさも残念そうな顔をする。

「そっかあ。じゃあ、ランチだけならどう？　インスタ映えしそうなカフェ、教えてもらったんだ」

「ごめん、また誘って」

残念そうな顔プラス申し訳なさそうな顔。

特に親しくもない私にも声をかけてくれる親切なクラスメートたちには悪いけど、はっきり言って興味ない。インスタはやってないし、中身のないおしゃべりに付き合うのは学校の休み時間だけで充分だ。空気を読んで共感を強制し合う会話には、「そうなんだ」と「そうだよね」以外の言葉はほとんど必要ない。退屈で貧しい時間。

それが楽しい人たちは好きにしたらいいけど、私は違う。そんな暇があったら、小説を書きたい。

エアコンの効いた校舎内と真昼の炎天下の差はすさまじく、駅まで一キロ足らずの道のりがはてしなく遠く感じられる。そのルートを途中で逸《そ》れて、地下にある〈喫茶　メリーゴーラウンド〉に入った。カフェじゃなくて喫茶店。名前も内装もメニューも何から何まで無個性な古い店には、タピオカもラテアートもなく、女子高生はまず利用しない。いちおう入り口から店内を見まわすと、客はテーブル席の高齢の男女と、カウンターでスポーツ紙を広げている中年男だけだった。私と同じワンピース型の制服は見当たらない。

まったくリアルって面倒くさい。奥まったテーブル席につき、食欲はあまりなかったので、カスタードプリンとホットティーのセットを注文した。ここで小説を書くつもりだった。夕方まで補習だと家族には言ってある。

おしぼりでテーブルを拭《ふ》いてから、さっそくノートを取り出そうと、校章入りのスクールバッグを開けた。

いつも持ち歩いているぬいぐるみのフランと目が合う。ゾンビとうさぎを組み合わせたキャラクターで、正式名称は「腐乱ビット」。顔面はフランケンシュタインみたいなつぎはぎで、左右の瞳《ひとみ》の色が違う。

あれ？　一瞬、動きが止まった。ない。あわてて参考書やほかのノートを一冊ずつ確認するけど、あのツバメノートが入ってない。

——教室に忘れてきたのではないか？

よく響く低音の声でフランが言う。壮大な物語のラスボスを思わせる余裕たっぷりのしゃべり方に、いまはちょっといらっとする。

まさか。

——しかし、そうとしか考えられまい？

たしかにそのとおりだ。せめて机のなかにしまってあればいいけど、記憶がない。

ただちにバッグを閉め、注文をキャンセルして店を飛び出した。学校までの道をこんなに速く歩いたことはなかった。青信号が点滅する交差点を走って渡る。ひざ丈《たけ》のスカートとローファーは、走るのには向かない。汗が流れ、背中にかかる髪が急に重く感じられる。

三年生は午後も補習があるようだったけど、一年生の教室がある四階には、居残っている生徒はほとんどいなかった。別棟から吹奏楽部の楽器の音が聞こえてくる。

二組の教室に入ろうとして、ぎくりと足を止めた。知らない女子がひとり、私の机に軽く腰かける格好で、手にしたノートに視線を落としている。あれは、私の——。

「それっ」

かっと全身が熱くなり、思わず声が出た。

知らない女子が顔を上げ、大きな目が私を捉《とら》えた。

「あんたの？」

まるで悪びれない様子で、ノートを持ち上げて小首を傾《かし》げる。

うわ、と内心で声を漏らした。金に近い色に染めて巻いた髪。派手なメイクとネイル。なぜか制服は着てなくて、白のTシャツに、太ももがほとんど付け根までむき出しのショートパンツ。こういうの、何ていうんだっけ。ギャル？　それってとっくに絶滅したんじゃ。とにかく、いわゆるお嬢様学校で進学校でもあるうちの学校にはいないタイプだ。反射的に嫌悪感を抱いた。見た目だけじゃなく、軽薄でなれなれしい態度にも。

「勝手に見ちゃってごめんね。廊下をぶらぶら歩いてたら、教室の床にノートが落ちてるのが目に入ってさ。これって本？」

「……本？」

「本、書いてんの？」

小説という言葉を知らないのか。そうであっても驚かないくらい、頭が悪そうだ。

「すっごいね。あたしなんか読書感想文だって大変だったのに、こんなにたくさん書けるなんて、マジすごいよ。知らない漢字や言葉もいっぱいだし、アタマいいんだ」

こちらが答えないのに、彼女は一方的にしゃべる。明るい表情、明るい口調。たぶんデリカシーはゼロ。デリカシーなんて概念すら知らないのかもしれない。

「ストーリーはよくわかんなかったけど」

その言葉に私はひるむ。ひるんでから、腹を立てる。

「それはメモみたいなものだから」

つい言い返してしまい、失敗したと悔《く》やんだ。そんなノートは知らない、私のじゃないと、しらばっくれることもできたのに。

ギャル風女子の、アイラインとマスカラで強調された目が丸くなる。くっきりした二重は人工じゃなさそうだ。

「あ、そうなんだ。そっかあ、変だと思った。あたしがバカだからわかんないんじゃなかったんだ」

笑う彼女を、私は当惑して見つめた。何その考え方。普通に読んだら、場面がつながってないのは明らかでしょ。

汗で額に張り付いた前髪を払い、私はようやく教室に足を踏み入れた。

「返して」

「あ、うん」

彼女はあっさりノートを差し出した。ネイルと同じマリンテイストのピアスが揺れる。

駅ビルで三百円くらいで売られていそうなやつ。

「これ、メモじゃなくて、ちゃんと書いたのもあんの？」

「……どうして？」

「読みたい！」

驚いて、ノートに伸ばしかけた手が止まった。ギャル風女子はにこにこしている。

「あたし、本は全然だけど、ドラマはけっこう見てたんだ。ばあちゃんが『相棒』とか『科捜研の女』とか好きで、一緒に見てたの。見はじめたらやめらんないんだよね」

「それはミステリーとかサスペンスでしょ。私の小説とは別物だよ」

「そうなの？　でも、同じようにドキドキしたよ」

「え……」

「さっき、アリアが牢獄《ろうごく》から助け出されたとこ、読んでたんだ。ヤバいよ。あんな裏切り、ひどすぎるじゃん。ルークたちがいてくれて、ほんとよかった」

グロスで光るぽってりした唇《くちびる》から、私が作ったキャラクターの名前がすらすら出てくる。かみしめるような口調には、真に感情がこもっているように聞こえる。

でも、そんなことってある？　私の好きな小説家、千谷一夜《ちたにいちや》が著書のなかで使っていた表現を借りれば、彼女は「陽向《ひなた》にいる人」に見える。友達がたくさんいて、彼氏だってきっといる。インスタと恋バナが一番のエンタメで、フィクションなんて必要としない。ましてファンタジーなんて、理解できるとも思えない。

「ルークは死ぬけどね」

戸惑いを抑えようと、わざと冷めた態度で告げた。

「えっ、嘘《うそ》！　なんで？　あんないい人が」

「いい人が死ななきゃ悲しくないもの」

「そんなあ」

しょんぼりと眉尻《まゆじり》を下げた彼女は、やはり本当にショックを受けているようだ。でも……。

「ねえ、やっぱ読ませてよ。なんでそうなっちゃうのか、それからどうなるのか、すっごい気になる」

私は戸惑いを持て余し、中途半端《ちゅうとはんぱ》な力でノートの端《はし》をつかむ。

「まだ途中だから」

「途中までできてるんでしょ。最初から読みたい」

ギャル風女子もノートをつかんだままだ。陽向と日陰《ひかげ》の綱引き。でも、なぜか私の手に力は入っていない。むしろノートを挟んで手をつないでいるみたいだ。

ぷわあん。気の抜けた金管楽器の音が聞こえた。窓の外には目に染《し》みるほど青い空が広がっていて、白い雲がゆっくりと流れていた。

「……データでいい？」

「え？」

「今度の補習の日に持ってくる」

どうしてそんなことを言ったのか、自分でもよくわからない。とたんに顔を輝かせた彼女からノートを受け取り、バッグにしまう。本当にいいのか、とフランが口《くち》の端《は》に笑みをぶら下げたような声音で尋《たず》ねる。

私の机から腰を浮かせたギャル風女子は、思ったより小柄《こがら》だった。百五十五センチの私より小さそうだ。めりはりのきいた体つきをしていて、腰とひざと足首がきゅっと絞ったように細い。

「あたし、補習ってないんだ。二学期からここに転校してくんの。今日は手続きに来たら、校内を自由に見てまわっていいって言われて。お嬢様学校だとは聞いてたけど、すごい立派な学校でびっくりしちゃった。生徒もみんな上品そうだし、あたしがここに通うなんてウケるよね」

べつにウケないけど、たしかに浮きそうではある。

「その制服だって、絶対、似合わないやつじゃん。あんたが着てたらかわいいけどさ。見た瞬間から思ってたんだけど、マジ美少女だよね。肌、真っ白！　黒髪さらっさら！」

そんなこと、と習慣的に謙遜《けんそん》しかけたけどやめた。面倒くさいと常々思っているし、この無神経そうな人に気を遣うのもなんだかばからしい。

ギャル風女子は不快に感じた様子もなく、目をぱちくりさせた。

「あれ？　そういえば、名前ってまだ聞いてないよね？」

「……八嶋しほり」

「あたしは中条《なかじょう》花実。花と実でカサネ。変わってるっしょ。気に入ってるんだけどね」

尋ねもしないのに花実は語る。

「前は茨城《いばらき》にいたんだ。福島に近い北のほう。あっ、ねえ、あたしって訛《なま》ってる？」

「ちょっと」

じつはさっきから思っていた。ギャル流のイントネーションじゃなかったのか。

「えー、やっぱそうなんだあ。ショック。自分じゃわかんないんだよね」

「このクラスに入るの？」

「え？　いや、あたし、二年だし」

びっくりした。まさかの年上。

目をみはる私に、花実──さんは人なつこい笑顔を向けた。

「学年は違うけど仲良くしてよ。これからよろしくね、しほり」

高い空が秋の訪れを告げている。だけどそこから降りそそぐ日差しはまだまだ強烈で、夏と秋が九月を取り合っているみたいだ。

始業式とホームルームが終わったあと、私は記念堂の前で花実さんを待っていた。旧校舎を取り壊したときに一部だけ残した建物だそうで、特別な行事のさいに公開されるほかは、いつも鍵《かぎ》がかかっている。

ひと気のないここを待ち合わせ場所に指定したのは私だった。早く終わったほうが相手の教室に行けばいいじゃんと花実さんは言ったのだけど、彼女と会っているところを人に見られたくなかった。

──あのような者と親しいと思われては困るというわけか。

少しだけ開けたバッグのなかからフランが言う。

あたりまえでしょ。だってあの格好だよ。私には大学受験だってあるし、何より築いてきたキャラってものがあるんだから。

——築いてきたというより、演じてきた、では？

同じことだよ。あの人とは実際に親しくなんかないけど、そう誤解されていいことはひとつもない。むしろ害しかないよ。

——それに、一緒にいるのははずかしい。だろう？

悪い？

——いいや。ただ、どこかで聞いたような考え方だと思ってな。

両親の顔が浮かび、いきなり黙ってバッグを閉めた。チャックの下から癇《かん》に障《さわ》る笑い声が聞こえてくる。

「しほりー」

頭の上でぶんぶん手を振りながら現れた花実さんは、私服が制服になった以外、夏休みに初めて会ったときとまったく変わっていなかった。あいかわらず髪の色は金に近いし、メイクもネイルも派手だ。制服だって同じものとは思えないくらいスカート丈が短い。

花実さんの登場で、一気に景色が夏に戻った。

「ごめん、お待たせ。出ようとしたら、いきなり担任につかまっちゃってさ」

「服装のことですか」

「なんでわかんの？　そう、明日までに直してこいって。そんなん無理じゃん」

花実さんがあっけらかんと笑うので、私もつられて頬《ほお》を緩《ゆる》める。

「まあ、花実さんには似合ってますけど」

「でしょ。ありがと。しほりもやったげようか？」

「遠慮しておきます」

「えー、遠慮なんかしなくていいよ」

「けっこうです」

「そう？　やってみたくなったらいつでも言って。ってか、敬語やめてよ。友達なのに、なんか気持ち悪い」

友達。あたりまえのように口にされたその言葉に面食らって、私はとっさに視線を落とした。スクールバッグと一緒に提げたトートバッグに、角2の茶封筒が入っている。中身はA4の紙、百五枚。

「……これ、約束の原稿」

です、という語尾をとりあえず飲み込んで、トートバッグごと差し出した。花実さんはパソコンを持っていないというので印刷してきたのだ。この量はスマホでは読みにくいだろう。

「途中までだけど」

本当に渡すのかどうか、ここへ来てもまだ私は迷っていた。それどころか、なぜそんな約束をしてしまったのかと後悔していた。

　書いたものを人に見せたことは、これまでただ一度しかない。小学校六年生のとき、親友だった愛梨《あいり》ちゃんに。

　思い出すと苦いものがこみ上げる。感想を告げられた私はショックを受け、二度と誰にも小説は見せないと決めた。書いていることも隠してきた。どうせ理解されないから。

　自分の周囲にガラスの壁の存在を感じるようになったのは、いつごろからだったろう。そのガラスは限りなく透明で目には見えないけど、たしかに私と周囲とを隔《へだ》てている。愛梨ちゃんはその向こう側にいたんだと気づいた。ほかの同級生も、先生も、父も母も兄も。

　彼らは考えているつもりで考えていないし、感じているつもりで感じていない。目の前の現実だけで満足できる人たち。前髪の分け方ばかり気にしているあの子も、難しい顔で仕事相手と密談している父も同じだ。感性が、心が、魂が貧しい。

　それが普通ということらしい。多数決の普通は何より強い。私は注意深く彼らをまねる。ガラスの檻《おり》のなかで見せものになるのも笑いものになるのもごめんだから。

　でも、本当の私はそうじゃない。だから、書く。私が見ている世界を。魂が豊かな人たちを。

　それを花実さんの目にさらそうなんて、我ながらどうかしている。よりによって花実さんだ。見るからにばかで鈍感、性格にもこれまでの人生にも共通する部分なんてひとつもなさそうな。

やっぱりよそう。私はトートバッグを引こうとした。だけど花実さんの手のほうが早かった。

歓声を上げて受け取った花実さんは、キーホルダーがじゃらじゃら付いたスクールバッグを記念堂の入り口の階段に置いた。スカートが汚れるのも気にせず一番下の段に腰かけ、封筒から原稿を取り出そうとする。

「ちょっと、こんなところで」

「だめ？」

花実さんはきょとんとした表情で私を見上げた。瞳がきらきらしている。

「だって早く読みたいじゃん。あ、でも暑いか。しほり、暑いの苦手そうだもんね。あたしは畑仕事で慣れてるけどさ」

「畑仕事？」

「ばあちゃんがりんご作ってて、茨城にいたときはよく手伝ってたんだ」

らしいような、らしくないような、不思議な感じがした。ギャル風で遊んでいるように見える一方、素朴で純粋な印象も受ける。それらが両立しないと考えるのは偏見かもしれないけど。

「一緒に住んでたの？」

「うん、あたしとばあちゃんとふたりで。でもばあちゃんが死んじゃって、それであたしはこっちに来たってわけ」

花実さんの口調はからりとしていたけど、私は気まずくなって目を逸らした。不用意に他人のプライバシーに立ち入るなんて、私らしくもない。

「それは持って帰って読んで」

原稿に視線を当てて、急いで告げた。

「学校には持ってこないで。返す必要もないから。それに、私が小説を書いてるってことは誰にも言わないで」

「なんで？」

「知られたくないの」

「なんで？」

出た、陽向の人間の得意技。無邪気という名の無神経。自分の好きなことをなぜ隠すのか、花実さんには心底わからないんだろう。そしてこの「なんで」には、言えばいいのに、というニュアンスが込められている。彼女のような人たちはしばしば、日陰が好きな人間を無理に陽向へ引きずり出そうとする。もっと肌見せすればいいのに。そんなにまじめにやることないって。なんで彼氏つくらないの。同じの買っておそろにしようよ。自分のいるところのほうがいいところだと信じて。曇りのない善意から。

「約束してください。できないなら返して」

善意の押し売りをきっぱりと拒否する。角が立たないうまい言い訳を用意できないかぎり、そうしなければこの手のタイプには伝わらない。

「やだ！　わかった、約束する」

べつに取り上げやしないのに、花実さんは大急ぎで原稿を封筒に戻した。弾むように立ち上がり、スカートのお尻《しり》をぱんぱんはたく。

「ゴハン食べて帰ろうよ」

「ごめんなさい、今日は用事があって」

「そっかあ、残念。じゃあ、また今度ね」

正門のほうへ歩きだす花実さんに、「私は職員室に寄るから」と告げ、違う方向へ足を向けた。もちろん嘘だ。一緒にいるところを人に見られたくないだけ。

けれども、そんな私の努力は、翌日いきなり台無しになった。

「しほりー」

二学期最初の授業が終わって帰り支度をしているところへ、私を呼ぶ声がした。放課後のざわめきのなかでもはっきり聞こえた。ぎょっとして見れば、教室の前方の戸の外から花実さんが手を振っている。

私は無言で、荷物を放置したまま、後方の戸から教室を出た。

「しほり？　しほりってば、どこ行くの」

半《なか》ばパニックになって足早に廊下を進む私の背中を、花実さんの不思議そうな声が追ってくる。どこへ行こうというのか、自分でもわからない。いったいどこへ逃げればいいのか。花実さんが現れたとき、教室が一瞬、静まりかえった。名指しされた私に、誰も声をかけてこなかった。いまはきっと、みんなが困惑顔を見合わせているだろう。

後ろから手首をつかまえられた。長い爪《つめ》が当たってちくりとした。力任せに振りほどき、体ごと花実さんのほうを向く。

「なんで来るの」

怒鳴《どな》りそうになるのをかろうじてこらえた声は、低くかすかにふるえている。

「なんでって……」

「教室になんか来ないで。人前で話しかけないで」

きちんと言っておくべきだった。そうしなくてはいけなかったのに、私のばか。この人にペースを狂わされて。

花実さんはぽかんとして、振りほどかれた手にもう片方の手を添えている。状況がのみ込めていないらしく、理由を尋ねようともしない。

私たちは廊下を端まで歩き、階段の一番上に立っていた。六組の教室から出てきたグループが、好奇の目を向けながら下りていった。

私はうつむいて顔を隠し、ひそかに深呼吸をする。感情のままに本音をさらけ出すのは、頭の悪い人間のすること。敵を作って得なことなんてひとつもない。

「どういう知り合いか訊《き》かれたら答えられないでしょ。小説の件は知られたくないって言ったはずだよ」

顔を上げ、建前を口にする私の口調は落ち着いていた。一拍遅れて花実さんが反応する。

「それって、学校ではお互いに知らんぷりするってこと？」

「お願いします」

「そこまでしなくたって」

「小説の件を伏せて、私たちのことを説明できる？　絶対に疑われず、ぼろを出さずに？」

思ったとおり、花実さんを丸め込むのはたやすかった。なんでそんなに、とつぶやいたものの、うまい反論は出てこないようだ。すねたような口つきになる。

「感想、言いたくてさ」

私はちょっと目をみはった。思わず訊いてしまう。

「もう読んだの？」

「村の祭りのとこまで」

遅っ。出だしも出だしで、拍子抜《ひょうしぬ》けする。

でも、そうか。本当に、さっそく、読んでるんだ。

「あのシーン……」

花実さんが気を取り直したように語りだすのを、私は片手を上げて制した。

「そういうの、いらないから」

「へ？」

「感想。人に読ませるために書いてるものじゃないし」

どうせ理解されないし、という言葉は胸の内にとどめる。

愛梨ちゃんの顔が脳裏にあった。唯一、小説を読ませた友達。似た者どうしだと思っていたけど、あの子はガラスの壁の向こう側にいたんだと、いまではわかっている。

各教室から生徒たちが出てきて、私たちのそばを通り抜けていく。私は一方的に会話を打ち切り、急いで自分の教室へ戻った。花実さんは追ってこなかった。

席について帰り支度を再開する私に、残っていたクラスメートがおずおずと尋ねる。

「さっきの人、知り合い？」

質問に含まれるニュアンスを正確に読み取りながら、私は鈍感な笑顔で答える。

「知り合いっていうか、夏休みの補習のときに声かけられて、ちょっと話したの。二学期からの転入生だって」

「え、じゃあ昨日の始業式のとき、いたの？　何組？」

「二年生だって言ってたよ」

「ああ、それで。目に入る範囲にいたら、気づかないはずないよねえ。なんていうか、すごく個性的だもん」

そうそう、個性的、個性的、と数人が笑ってうなずき合う。親しくはないと匂《にお》わせた私の言い方は、彼女たちを安心させたようだった。多数派の人間は異質を疎《うと》み、あるいは見下す。

「でもあの人、しほりって呼んでたよね。しほりん、人当たりいいから、つけ込まれないように気をつけなよ」

しほりん、ね。べつにいいけど、いつの間にかそう呼ばれていた。この子の名前は栗原《くりはら》さん。栗原、何だっけ。鼓膜がざらざらする。

ラインにメッセージが届いているのに気づいた。花実さんからだ。原稿の受け渡しのために、初対面の日に連絡先を交換しておいたのだった。アイコンは加工とデコレーションだらけの、ばかな女子高生の見本みたいな顔写真。

『村の祭りのシーン、すごい楽しかった！』

読むというほど長いメッセージではなかった。さっき伝え損《そこ》ねた感想らしい。私が彼女を置き去りにしたあとすぐに書いてよこしたのだ。

じわりと体温が上がる。その先の展開を思って、ついほくそ笑む。

「あの人、なんでうちの学校に来たんだろ。しほりん、知ってる？」

栗原さんたちのスカート丈は、夏休み前よりも短くなったと思う。ほんの少し、目立たない程度にだけど。同じように、黒髪に見える範疇で髪を染めた子もちらほらいる。たぶん先生も気づいていて目こぼししている。

ううん、と答えながら、さりげなく彼女らの脚を見る。家に鏡ないの？

花実さんの脚のほうがずっときれいだ。

返信しなかったのに、夜にまた花実さんからメッセージが届いた。一時四分。いつもはベッドに入っている時間だけど、今日は予習を後回しにして小説を書いてしまい、いまやっと英語の教科書を閉じたところだった。

『起きてる？』『アリアがかわいそう！　アリア悪くないじゃん！』『祭りがあんなに楽しかったのに！』『あ、酒場のとこまで読んだ』

短い文章なのに四度に分けて送られてきた。さらにそのあとに、気持ち悪いクマだかタヌキだかが泣いているスタンプ。

「うざいよ」

うざすぎて、なんだか笑ってしまう。

『感想いらないって言ったよね』

返信すると、即座にまた返ってきた。

『言われたけど言う！　笑』

速っ。読書はやっぱり遅いのに。

『てゆーか、言っちゃだめなの？』

こちらからの返信は少し間が空く。

『べつにだめじゃないけど』

『学校で言わなきゃいいんでしょ？』

それだけじゃない。どう答えようか迷っているうちに、花実さんからのメッセージが積み重なっていく。

『もしかして、あたし変なこと言ってる？』『あたしの感想がバカすぎて、言われたらムカつくとか？』

上手に否定するのがいつもの私だ。でもなぜか指が止まった。机に置いたフランが、赤と黒の目でこっちを見ている。私らしくない私をおもしろがっている。

『前に読ませた子に、よくわかんないけどすごかった、って言われたの』

思い切って送信すると、ややあって頭の上にクエスチョンマークを浮かべたクマかタヌキが現れた。

やっぱりね。花実さんには――物語を作らない人間にはわからないだろう。思えば、花実さんは初めて私のツバメノートを読んだとき、こんなにたくさん書けるなんてすごいと言ったのだ。愛梨ちゃんも花実さんも褒めているつもりらしかった。

――返さないのか？

フランがからかうように尋ねる。

私はスマホを充電器にセットし、寝る準備を始めた。何度かラインの受信通知があったけど見なかった。

「もともとあの人と話すつもりなかったし」

理解されるなんて最初から期待してない。

翌朝ラインを見ると、『どういう意味?』『おーい?』『寝落ち?』の疑問符三連続ののち、だいぶ時間がたってから、花実さんにしては長い文章が送られてきていた。

『その子、ほんとにすごいと思ったんだと思うよ。頭ではよくわかんなくても、なんかすごいって感覚的に感じることってない?』

意外だった。この人、こんなこと言えるんだ。そもそも、私がショックを受けたのがわかって、その理由を考えたんだ。

「……感覚的に感じる」

馬から落馬してる、と思ったら、なんだか肩が軽くなった。

花実さんがまた教室を訪ねてくるか、どこかで待ち伏せしているんじゃないかと思っていたけど、そんなことはなかった。スマホもあれきり沈黙している。

落ち着かなくて、昼休みにこちらからメッセージを送った。

『連絡はなるべく十二時までにお願いします』

ただちに返信。土下座とサムズアップの動くスタンプが連続で表示される。向こうもお昼ごはん中だろうか。栗原さんたちとお弁当を食べながら、花実さんに友達はできただろうかと考える。

夜のラインが日課になった。

花実さんはほぼ毎日感想を送ってくるけど、語彙《ごい》が貧困で、私がひそかに低能の言語と位置づけている「ヤバい」と「深い」が頻出する。セオリーを知らないし伏線にも気づかないので、読み方は単純、よく言えば素直。言葉や文章の意味を理解できていないことも多く、「あれってどういうことだったの」と訊かれたときにはさすがにイラッとした。

久しぶりに会うことになったのは、十月の最初の金曜日だった。中間テストの勉強に取りかかる前にと、最後まで書き上げた原稿を渡すためだ。場所は先日と同じ、記念堂の前を指定した。

衣替えの移行期間で、私は冬服を着ていた。スカートの下は黒のストッキングだ。一方、すでに待っていた花実さんは夏服のままで、きれいな脚をむき出しにしている。冬と夏。日陰と陽向。転入してきて一ヵ月がたってもまるで変わらない彼女に近づきながら、コントラストを意識する。

「久しぶりーって言うのも変な感じだよね。毎日ラインしてるのに。なんか中学のとき思い出す。友達と一緒にそれぞれの好きな人に告白しようってことになってさ、そしたらあたしだけうまくいっちゃって、悪いからってこそこそ付き合ってたんだ。別々に学校出てから待ち合わせしたり、毎晩電話したり。すぐ別れちゃったけどね」

こちらが何も言わないうちに、花実さんの言葉が積み重なっていくのは、ラインでも実際の会話でも同じだ。

ただ、いまはどう答えたらいいかわからなかった。彼氏。中学のときに。意外でも何でもないけど。

「……いまはいないの?」

「彼氏？　いなーい。前の学校で付き合ってたやつとも転校する前に別れちゃったし」

「そうなんだ」

花実さんの豊かな胸が目に入り、なぜか気まずいような思いで視線を逸らす。

「前の学校と言えば、こないだ向こうの友達と遊んだって言ったじゃん」

「あ、うん」

シルバーウィークに泊まりがけで茨城へ行き、季節外れの海に出かけたと聞いていた。ラインの背景もそのときの写真になっている。

花実さんが私の小説を読まなかった三日間。

「見てよ、これ」

花実さんは制服の襟もとをぐいっと引っぱって、首から肩にかけての浅黒い肌をあらわにした。さわやかな水色のブラ紐《ひも》の横に、くっきりと「ＳＰＦ」の文字。

「友達に日焼け止めで書かれたんだけど、こんなに残るなんて思わなかったよ。もう秋だからって油断した。あたしは『Ｉ♡肉』って書いたんだけど、ほら、バーベキューやったからさ、写真送られてきて見たら、そっちもヤバくて……」

「そのうち消えるよ」

興味ない。心の底から、これっぽっちも。

くだらない話を遮《さえぎ》って、前と同じようにトートバッグに入れた原稿を差し出した。今度は三十枚もないから、バッグが風にあおられてゆらゆらする。

花実さんは大きな目をぱちくりさせて受け取り、うれしそうになかをのぞき込んだ。

「これで最後まで読めるんだよね。楽しみー。あ、でもルークが死んじゃうって言ってたっけ」

「うん、死ぬよ」

「やだー、読みたくなーい。でも読みたーい」

顔をくしゃくしゃにして身をよじる姿を前に、私はあらためて不思議の感に打たれる。見た目はギャル。中身はばか。海であああいうふざけ方をする、はっきり言って軽蔑《けいべつ》するタイプ。なのに私はこの人に原稿を渡している。読んでほしいと思っている。おもしろいと感じてほしいと。

あ、そうだ、と花実さんは自分のスクールバッグから、前に私が原稿を入れて渡したトートバッグを取り出した。

「返すね。それから、これ」

畳んだバッグと重ねて、手のひらサイズのナイロンの袋を差し出す。開けてみてと言われてそうすると、中身はハンドタオルだった。薄紫の地に白い花模様の。

「海のお土産。と、小説のお礼。海関係ないけど、いちおう海の近くのお店で買ったよ」

「お礼……?」

「おもしろいの読ませてもらってるから」

不意打ちだったせいかもしれない。すぐに言葉が出なかった。胸のなかで何かがふくらみ、喉《のど》がふるえた。急に猛烈な照れに襲われ、ハンドタオルに目を落とす。

「……これってかわいいの？」

えっ、と花実さんがうろたえた声を出す。

「いや、しほりってこういう感じかなって」

「小学生かおばさんが持ってそう」

「えーっ」

私は深く息を吸った。

「ありがとう」

ハンドタオルを丁寧に畳んで袋に戻し、スクールバッグにしまう。チャックを開け閉めする音がやけに大きく聞こえる。

「しほりは三連休は家にいたんだよね。夏休みはどっか行った？　転校してきたころ、リッチな旅行の話がいっぱい聞こえてきて、やっぱお嬢様学校だって思ったんだよね」

「イタリアに一週間」

「えー、いいなー。あたし、海外って行ったことない」

「年に一度、夏か冬に一家四人で海外旅行するって決まってるだけ。裕福で仲のいい家庭ならそうすべきって思ってるみたい」

冷淡な言い方に、花実さんは戸惑ったようだ。

「しほりは行きたくないの？」

「誰もべつに行きたくはないんじゃない。私も書いてるほうがいい」

「そう言ってもだめなの？」

「言わないよ。無駄だもの。聞いてくれるわけない」

「なんで？」

花実さんのこういうところ、癇に障る。

「そういう家もあるんだよ。あるべき家庭の形が決まってて、家族は自慢できるものじゃないといけないの」

「自慢って、誰に？」

私は無言で髪を耳にかける。髪質のせいで、するりと滑《すべ》り落《お》ちてしまう。

「仲悪いの？」

「普通だと思うけど」

「しほりが小説書いてることは……」

「言うわけない」

頭上の銀杏《いちょう》がざわざわ鳴った。風が出てきたようだ。

なんとなく気づまりな短い沈黙ののち、そろそろ、と私が切り上げかけたとき、花実さんが怒ったように言った。

「かわいそう」

「え？」

「しほり、かわいそう。やりたいことをやりたいって言えないなんて」

意表を突かれた思いで、上気した顔を見つめた。そんなふうに言われたのは初めてだ。でも思えば、家族についてこんなふうに人に話したのも初めてだった。

べつに、とか何とかもごもご言いながら、スクールバッグを持ち直す。

「そろそろ帰らないと」

「晩ごはん食べて帰んない、って誘おうと思ってたんだけど、無理だよね」

「花実さんのうちは、うるさく言われないの？」

「言ってなかったっけ。あたし、ひとり暮らしだから」

初耳だった。前にちらりと家庭のことを聞いてしまったとき、何か事情がありそうだとは思ったけど。

「うちの両親って正式に結婚してなくて、あたしは隠し子ってやつなんだ。母さんはあたしを産んだときに死んじゃって、母さんの両親があたしを育ててくれたの。父さんはちゃんとした家族と東京に住んでたから。でもじいちゃんもばあちゃんもいなくなって、そしたら父さんがあたしを引き取るって言ってくれた。こっちにきれいなマンション借りて、どうやったのかこの学校に入れてくれて」

あまりにあっさりと話すから、詮索《せんさく》する気はないのだと告げるタイミングを逸《いっ》した。父親がこうして「くれた」「くれた」という物言いに、どんな顔をしていいかわからない。

「お父さんを恨んでないの」

「まあ、いろいろ思ったこともあったけどね。でも認知してくれたし、ずっと生活費もくれてたし、じいちゃんとばあちゃんとの暮らしは幸せだったから。父さんが選んでくれたマンション、オートロックなんだよ。女の子なんだからセキュリティがしっかりしたとこじゃないとって」

「そんなの」

感謝する理由にならない。許す理由にさえならないと思う。

でも、花実さんはそうなんだ。

その日のうちに課題を片付けてしまうつもりだったのに、数学のノートは真っ白のままだった。医大生の兄が帰宅したらしく、階下からかすかに物音が聞こえる。

スマホを見た。まだ花実さんからの連絡はない。いまごろ読んでいるだろうか。だとしたらどのあたりだろう。

すっかり冷めてしまったアールグレイのカップを手に取り、机に肘《ひじ》をつく。

新しい小説を書きたくなっていた。もっと明るい話を、もっと平易な文章で。花実さんにも理解できて、花実さんが心から楽しめる小説。

――惚《ほ》れたものだな。

机の端に寄せたノートパソコンの上で、フランが笑う。

「そんなんじゃないよ。読者として想定するのにちょうどいいかと思っただけ。ちょっとレベルが低すぎるかもしれないけど」

──次も読ませるつもりなのだろう。

「決めてないよ。あの人が読みたいって言ったらそうするかも」

──かも?

からかい口調のフランをにらんだものの、本当はそうするとわかっていた。帰る道々、想像していた。もしも花実さんが家族だったら、私は小説を書いていることを隠したりしないだろう。花実さんはきっとわかってくれる。応援してくれる。あの大きな目をきらきらさせて。

フランがじっと私を見ている。よそへ向けてしまおうとしたとき、珍しく笑いを含まない声で言った。

──気をつけるがいい。太陽に近づきすぎて死んだ男の話を知っているだろう。おまえに羽はないのだから。

もともとの声と話し方に妙な重みがあるものだから、わけもなくどきりとする。息をつき、つぎはぎの体をうつ伏せにした。

フランはふたつ勘違いをしている。出会ったころとはずいぶん印象が変わったとはいえ、私にとって花実さんはそんなに大きな存在じゃない。それに、花実さんが太陽だというなら、私が近づくはずがない。

年が明けて三学期が始まるまでに、次の小説を書き上げた。年内にできるつもりだったのだけど、中間テストと期末テストで時間を取られた。それでも今年は家族旅行が夏だったので助かった。

冬休みの終わりに〈メリーゴーラウンド〉で花実さんと会った。できたての原稿を受け取った花実さんは、胸に抱きしめ、なぜかトートバッグに鼻を突っ込んでにおいを嗅《か》いだ。

「いいにおーい」

「ただの紙とインクのにおいだよ」

「いいにおい」

花実さんが前の原稿を読み終えたのは、中間テストの真っ最中だった。翌日に備えて少し早めにベッドに入ったところで、『終わった!』『ヤバかった!』『おもしろかった!!』という、来た見た勝ったみたいなメッセージが送られてきた。私は『お疲れさま』とだけ返したけど、それから二時間くらいは眠れなかったと思う。たぶん興奮して。

テストが終わって次の作品を書きはじめたと言うと、当然のように急《せ》かされた。新学期に学校で渡すつもりだったのだけど、待てないと言うので、こうして初めて私服で会うことになったのだ。

花実さんはオーバーサイズのセーターの下に、何もはいていないんじゃないかと一瞬ぎょっとするほど短いパンツを合わせている。最高気温六度の日なのにナマ脚で、ファーの付いたブーツも見た目の寒々しさを和らげてはいない。

「東京、あったかいし」

寒くないのかと尋ねた私に、花実さんはけろりとして答えた。

「ほんとはちょっと寒いんだけど、着たいからしょうがないじゃん」

ウールのスカートの下に厚手のタイツをはいた自分の格好が、急に野暮ったく思えた。だからって、まねしたいとはまったく思わないけど。

私はティーカップに口をつけた。思ったより熱くてちょっとあわてた。私たちの前には、同じロールケーキのセットが並んでいる。ちょうどティータイムで、おすすめを訊かれた私は答えられなかった。すると花実さんはウェイトレスのおばさんをつかまえて、気さくな調子で同じことを尋ねた。あのおばさんがあんなに愛想《あいそう》よく話すところを初めて見た。オーナーの奥さんだということも初めて知った。

「ほんとだ、意外とおいしい」

おすすめのロールケーキを口に入れ、思わずつぶやく。大きなひと口を飲み込んだ花実さんが、唇の端についたクリームを指で拭《ぬぐ》う。

「今度のはどんな話?」

「今度って、次に書くもの?」

「じゃなくて、これ」

花実さんはフォークの先でトートバッグを指した。

「明るい話だよ。前のよりは」

「仲間が死んだりしない？　ルークが死んだときは泣きすぎてヤバかったもん」

「どうかな」

「何それ、こわーい。ってか、もう次のやつ書いてんの？」

「まだ書きはじめてはないけど」

「すごいなー。頭どうなってんの？　勉強もちゃんとやっててさ」

中間と期末の結果を訊かれて答えたところ、花実さんはたいそう感心してくれた。でも驚きはしなかったらしい。私はいかにも賢そうでまじめそうに見えるんだとか。花実さんみたいな人たちが言う「まじめそう」は褒め言葉には聞こえないものだけど、彼女の場合は他意はないのだと、もうわかっている。

「それなりの大学に行きたいから」

「えっ。しほり、大学行くの？」

目をみはった花実さんの言葉に、こちらこそ驚いた。うちの高校では大半の生徒があたりまえに四年制大学へ進学する。それ以外の進路なんて考えたこともないし、そうじゃない世界があると知ってはいても現実味はなかった。

「小説家になるんじゃないの？」

心底意外だとばかりに訊かれ、ケーキが喉に詰まりそうになる。

「そんなこと……考えてないよ」

どうにか飲み下して声を押し出した。苦しくて脈が乱れる。

「私は法学部に行くつもりだし」

「法学部って、弁護士とか？　なりたいの？」

「なりたいっていうか……」

私、文系だし。口ごもる私を、花実さんは不思議そうに見つめている。やりたいことをやりたいって言えないなんて、と憤った花実さんの言葉が脳裏をよぎった。

「花実さんこそどうするの？　もうすぐ三年生だけど」

視線から逃れるためにティーカップを口に運び、逆に尋ねると、花実さんはとたんに困った顔になった。テーブルに肘をつき、フォークでケーキをつつく。

「それがさー、父さんが大学には行っとけって。あたしはあんま考えてなくて、就職かなってぼんやり思ってたんだけど」

「行きたくないの？」

「そういうわけじゃないんだ。楽しそうだなって思うし、せっかく父さんが勧めてくれてるんだし。でも、あたしなんかが行っていいのかなって。大学でやりたいこととか、大学行かないと叶《かな》えられない夢とか、べつにないんだもん。かと言って、大学行かずにやりたいことがあるわけでもないんだよね」

つつきまわしていた一片を、花実さんはようやく口に入れた。

「その点、しほりはちゃんと夢があっていいなって思ってたんだけど」

話が戻ってきてしまった。ティーカップを両手で包み、もう熱くもない紅茶にふうっと息をかける。琥珀《こはく》色の表面にさざなみが立つ。

「私のはそんなんじゃないよ」

周りがばかで鈍感なやつばっかりだから。誰も私をわかってなんてくれないから。現実が嫌いでたまらないから。だから小説を書いているだけ。

「小説家になればいいのに」

ほらね、陽向の人はすぐこういうことを言う。こっちの気持ちなんかおかまいなしに。

「なってほしいなあ。しほりの小説、あたししか知らないなんてもったいないよ」

私は小説家になんかなりたくない。私の小説は、誰かに読んでもらうために書いているものじゃない――のに。

ふう、ふう。息をかける。さざなみが立つ。

私が黙っていたので、その話題はそこで終わった。

花実さんが毎日の料理の話をする。あたし、こう見えてもけっこう料理はできるんだけど、ばあちゃんに教わったから茶色っぽいおかずが多くて。それから、自分の訛り具合がいまだにわからない話をする。最近チェックしているモデルのインスタを見せる。私のほうも、子どものころに飼っていたウサギの話を少しだけした。

嫌いなはずの中身のないおしゃべりをしているうちに、思ったよりも時間がたっていて驚いた。だけど私は、ずっと上の空だったような気がする。紅茶のさざなみが胸に移っていた。それは家に帰ってからも続いた。

私のやりたいこと。私は――。


意識的に読書量を増やした。かつ丁寧に読むようにした。それでうまくなったのかどうかはわからないけど、とにかく一年ちょっとのあいだに新作を四本書き上げた。花実さんはそのすべてを読んで感想をくれた。あいかわらず「ヤバい」と「深い」が多いものの、「あれってどういうことだったの」は最近はない。私の書き方が変わったのか、彼女が読むことに慣れてきたのか。

ラインのやりとりだけでなく、会って話すことも増えた。記念堂の前で、〈メリーゴーラウンド〉で、駅前のスタバで。たまたま目撃したというクラスメートには、たかられてるんじゃないかなんて心配されたけど、そのころには隠す気もなくなっていた。ばかのくせに賢ぶっている彼女らより、花実さんのほうがうんとまし。

花実さんは悪い人じゃないよ。クラスメートたちにそう告げてからは、校内でも普通に言葉を交《か》わすようになった。休み時間に互いの教室の中間にあたる階段の踊り場で会ったり、正門で待ち合わせて駅まで一緒に帰ったりもした。思ったとおり、花実さんには学内に友達がほとんどいないようで、私たちは異色のカップルのように注目された。たぶん悪い意味で。

休日に何度か遊びにも出かけた。バレンタイン前にお互いへのチョコレートを買いに行った。花実さんは材料を買って手作りしてくれた。春にはお花見に。私は桜には毛虫が多いから嫌だと言ったのだけど、通りすがりに見るだけでもと押し切られて、近くの河川敷《かせんじき》へ出かけた。夏には海かプールに誘われ、私はどちらも嫌いだと今度こそ拒否し、代わりになるのかどうか、水族館へ行った。クリスマスは、うちは家族でディナーに出かける決まりになっていたので、一日遅れになった。カラオケとボウリングは断り、しかたなくケーキビュッフェは了承した。花実さんは私にポーチをプレゼントしてくれた。私からは、前に花実さんがかわいいと言っていた限定コフレを。いろいろ考えたのだけど、自分で選ぶのは難しかったから。花実さんは「ヤバい!」と喜んでくれた。

花実さんが九州の大学へ進学するつもりであることを知らされたのは、このクリスマスのときだ。やりたいことは見つかってないんだけど、寒い山のなかで育ったから、あったかい海の近くへ行ってみようと思って。目をきらきらさせてそう言った。私と離れてもいいんだ。湧き起こった思いに私は驚き、すぐに打ち消した。そんなんじゃない。花実さんは。私たちは。

そしてまた春が来て、花実さんは高校を卒業して九州へと去った。名前も聞いたことがない大学の、具体的に何を学ぶのかよくわからない学部に通うために。

花実さんが東京を離れる前に、合格祝いをかねてふたりで出かけた。私がパンケーキをごちそうし、それから彼女が観たいという映画を観にいった。小説が原作の青春ミステリー。ミステリー風味の青春ものと言うべきか。原作者は、不動詩凪《ふどうしいな》。

最初、私は別の映画にしようと言った。不動詩凪の小説が好きじゃなかったからだ。代表作を一冊しか読んでいないけど、きれいすぎるという印象を受けた。あるいは、やさしすぎる。世界も人間もきれいでやさしくて、救いがありすぎて、偽善的に思えた。現実はもっと冷酷なのに。私はこんなに息苦しいのに。

小説はフィクションだけど嘘じゃないと私は思う。嘘では心に響かない。だけど、甘い嘘を求める読者が多いんだろう。だから不動詩凪は人気があるんだ。美少女作家という肩書きも、甘い嘘には合っている。

詳しくは語らず、原作者が嫌いだとだけ言った私に、花実さんは手のかかる子どもに向けるような笑顔を見せた。しほりは嫌いなものが多いなあ。好きなものが多いほうが、きっと人生楽しいよ。とりあえず、今日はあたしの合格祝いなんだから。

しぶしぶ付き合った映画は悪くなかった。花実さんと別れてから原作を買って帰り、思いがけず一気に読んでしまった。不動詩凪の物語はやはりきれいすぎると感じたけど、評価を少し改めるべきかもしれない。

未読のものをネットで注文し、なんとなく彼女について調べた。中傷も含むいくつかの情報を見ていくうち、不動詩凪が過去のインタビューで語ったひとことが目に留まった。

――わたしには小説の神様が見える。

言葉で説明するのは難しいとのことだったけど、彼女に物語を作らせる原動力のようなものと私は解釈した。強制力と言い換えてもいいほどの強い力。

小説の神様。

そんなものが存在するのだとしたら、私にとっての神様は――。

それから、小説を書いた。

受験生になって執筆に使える時間は格段に減ったけど、毎日少しずつ筆を進めた。主人公の名は橘花《キッカ》。花実さんから勝手に一字もらった。

半年近くかけて書き上げた一本を、初めて新人賞に応募した。初めて花実さんに原稿を手渡したのと同じ九月の、まだ暑い午後に。

受賞の連絡を受けたのは、翌年の二月だった。そのあいだに私は十八歳になり、大学受験をクリアしていた。

すぐに花実さんにラインで報告した。原稿は彼女にも読んでもらっていたけど、投稿したことは言っていなかったので、とても驚いたようだ。ラインで返さずに電話をかけてきた花実さんは、普通に話せないほど興奮していて、途中から泣きだした。私よりも喜んでいたかもしれない。

ラインは毎日のようにしていたし、写真で顔も見ていた。でも昼は私が学校、夜は花実さんが居酒屋のバイトで、電話をする機会はめったになかった。なつかしさで胸がいっぱいになった。いまさらながらに、めまいがするほどの喜びがこみ上げた。

受賞の連絡をくれた編集者によると、デビューはまだ先で、発行は七月を予定しているという。それまでに受賞作を改稿するのだそうだ。受賞したのに直すのかと花実さんは不思議そうにしていたけど、商品にするのだから、ある程度は当然だろう。

スマホを強く耳に押し当てた。

私には小説の神様がついてる。


花実さんがあんまり褒めてくれるから照れくさくなって、じつは主人公の橘花にはモデルがいるのだと言いそびれた。だけど、言わなくてよかったと思う。

受賞連絡の一週間後に、出版社へ出向いて担当編集者に会った。梧桐《ごとう》さんという、たぶんまだ二十代の男の人で、イケメンと言い切れないくらいの顔をしていた。ネクタイはしていなくて、大胆な柄のシャツは私の感覚では変だと思うけど、髪型や時計がおしゃれっぽいから、きっとシャツもそうなんだろう。

四角く囲まれたブースで、梧桐さんは私にコーヒーを出してくれた。そして机を挟んだ向かいに腰を下ろし、受賞作をひとしきり褒めてくれた。まず「おもしろかった」から始まって、「てにをは」がしっかりしていて文章が読みやすいということは三度も言った。

そのあとで、同じ調子で続けた。

「ただ、キャラクターとストーリーには大きく手を入れたほうがいい。一番の問題は、主人公の橘花」

彼が視線を落とした手もとには、私の原稿がある。びっしりと草が生《は》えているみたいに付箋《ふせん》が貼《は》られているのが、最初から気になっていた。その上には別紙が載せられていて、どうやら改稿すべき点が記されているらしい。

橘花？　思いがけない言葉にどう反応することもできず、ただ言葉の続きを待つ。みぞおちのあたりが硬くなっている。

「書き上げたあとに全体を読み直してみた？」

「……はい」

「橘花がかわいくないと思わなかった？」

何を言われたのかわからなかった。思考停止、返事が出てこない。

「自分ではわかんないか。かわいいと思って書いてるんだもんね。かわいくないっていうか、王道を外しすぎてるよ。明るくてやさしいのは正ヒロインの王道として、そこにばかで無神経でがさつっていうのを組み合わせるのはどうかな。肌が黒いとか服装のセンスがどぎついとかも。致命的なのは、過去に何人か恋人がいたってこと。女性作家にはわからないかなあ。個性を出そうとしていろいろ盛ったんだろうけど、はっきり言ってノイズだよ。もちろん、こういう冒険をして上手に書ける作家さんもいる。でもいまのきみには、このキャラクターを魅力的に描ききる筆力はない」

するすると流れていく言葉を、必死で追いかけていた。ときどきつかまえて止めようとするけど、止めてどうすればいいんだろう。梧桐さんの口調に攻撃的な響きはなく、まったく冷静で、むしろやわらかい。でも内容はひとつひとつが尖《とが》ったつぶてのようだ。

「これはまだデビュー作なんだ。この一冊だけがきみの作品になるわけじゃない。春から大学生ってことだけど、作家としてやっていく気はあるんだよね？」

かろうじて「はい」と答えた。反対する両親を、大学はきちんと卒業するという約束で説き伏せた。やりたいことをやりたいと、初めて主張した。

「なら、このキャラクターはもっとうまくなるまで寝かせておけばいい。いま無理に書いて失敗したら、先がなくなってしまうかもしれない。リスクが高すぎると思うよ。そもそも、きみの作風はニッチを狙《ねら》うのには向いてない。万人受けする王道を目指すべきだ。それはむしろ強みだよ」

私の作風？　この一作しか読んでないのに？　疑問とも不満ともつかないもやもやした思いが胸に湧いたけど、言語化して伝えられるほどまとまらないうちに、梧桐さんの自信に満ちた声に吹き飛ばされてしまう。

「それで変更案なんだけど、橘花の親友の百兎《ビャクト》、こっちを主人公にするのはどうかな。何かインパクトのある異能力を持たせて、性別を男に変えて」

「え……？」

「橘花と百兎の関係ってソフト百合《ゆり》だよね。百合は人気っちゃ人気だけど、やっぱりニッチなんだよなあ。普通に男女にしたほうがいい」

そんなふうに書いたつもりはなかった。友情を深く濃《こま》やかに描いただけだ。

自分の体がふるえているのに気づいて、膝《ひざ》の上でぎゅっと手を握った。

「でも……百兎には乗り越えるべき問題というか、彼女自身の物語がありません」

「それをこれから考えるんだ。作家の仕事だよ。というか、キャラクターに物語がないっていうのは、そのキャラクターをちゃんと作り込めてないってことじゃないかな」

そう、なんだろうか。隣のブースでも作家と編集者の打ち合わせが行われているようだ。みんなこうやって作っていくのか。

「ちなみに、鬱《うつ》展開が長いのはだめだからね。いまの原稿ではそうなってるけど。どん底まで落としたほうが、よくなったときのカタルシスが強いのはわかるよ。でも、読者はそこまで我慢できずに読むのをやめちゃうから。ライトノベルの読者って、じつは三十代以上が多いんだよ。仕事で心身ともに疲れた状態で、重いのは読みたくないってこと。若い子は若い子で、つらい話は苦手って子が増えてるしね」

あ、ちょっとごめんね、と断って、梧桐さんはスマホを操作した。何か急ぎの仕事だろうか。この人は私のほかにも大勢の作家を担当し、たくさんの本を世に送り出している。大人で、社会人で、何より小説のプロだ。

「ごめん、ごめん。ええと、細かいところはまたにして、とりあえず大きいところはそんなもんかな。これ、いま言ったようなことをまとめてきたから」

いつからかずっと下を向いたままの視線の先に、ひらりと紙が差し出される。

「あ、コーヒー飲んでね」

主人公を変更。性別を変更。ストーリーを変更。こんなに全身整形されて、もとと同じ作品だと言えるんだろうか。そもそもどうして受賞したんだろう。不動詩凪が新人賞を受賞したとき、現役女子中学生の肩書きがキャッチーだから、若くてかわいいから、と陰口《かげぐち》をたたかれていたことを、ちらりと考えてしまう。梧桐さんが私の作品を評価していると は思えない。でも、その作品を好きな編集者が担当に付くと、ネットには書いてあった。

だからこれは、作品をよりよくするために必要な変更なんだ。少なくとも、商品として多くの人に求められるものにするために。

「どう? できそう?」

私は好きじゃないコーヒーをひとくち飲んだ。顔を上げ、ほほえんで告げる。

「がんばります」

「うん、きみならできるよ。ところで、奥野鳩さんっておもしろいペンネームだね。由来とかあるの?」

「鳩は本名からです。苗字《みょうじ》が八嶋なので」

「奥野」は『奥の細道』に「かさね」という女の子が登場するのを知って付けた。

「奥野のほうは、特にありません」

うーん、まだかわいくないなあ。もっと普通でいいんだけどな。

そこは設定をいじって、百兎の能力でできることにしちゃおう。

このシーンではほかの人のことは考えないで、お互いのことだけ想《おも》ってるほうがいい。

地の文が続きすぎないように、この辺は会話で。建物や風景の描写も削って。

こいつに多面性はいらない、ただの悪いやつでいいよ。読後に何か残そうなんて考えちゃいけない。ああおもしろかった、ですっきり終われるように。

そういうこだわりは捨てて。気になるのは作者だけで、読者にとってはどうでもいいことだから。

湿気《しっけ》がまとわりつく梅雨の朝に、できあがった本が届いた。ひとり暮らしを始めたマンションの一室で、私はそれを受け取った。

奥野鳩《ぬ》のデビュー作。私の初めての本。

濡れてふやけた紙袋から、十冊送られてきたうちの一冊を取り出す。受賞の帯が巻かれた表紙には、百兎と橘花が描かれている。前もって見せてもらっていたけど、やっぱりイラストはすごくきれい。服装も小物も、私が文章で書いたよりずっと凝《こ》っている。本当にすてき。

だけどなんとなく親しみが持てないのは、ふたりの体の上に記されたタイトルになじみがないせいかもしれない。受賞時のタイトルは、はやりじゃないということで変更された。新しいタイトル案を五十個くらい出して、結局、梧桐さんが考えたものに決まった。

――うれしそうではないな。

「そんなわけないでしょ」

フランに言い返し、いつか花実さんがそうしていたように、本のにおいを嗅いでみる。いいにおい、と言ってみる。

——もはや別物となった物語を、自分の作品と思えないのだろう。

「書いたのは私だよ。納得して変えたの」

——納得？　鵜呑《うの》みにして従っただけでは？

「全部に納得したわけじゃないよ。でもプロの意見は聞くべきでしょ。ただ書きたいままに書きたいなら、趣味で同人誌を作るか小説サイトに投稿すればいい。私はもうプロの商業作家なんだから、きちんとニーズに対応しなきゃ」

——おもしろいか？

「え？」

——その小説は、おもしろいか？

答える代わりに、フランをうつ伏せに倒した。それでは足りなくて、机の引き出しにしまい込んだ。

おもしろいに決まってる。おもしろいはずだ。無意識に歯を食いしばっていた。雨粒がざあっと窓をたたき、私はゆっくりと息を吐《は》く。この本を早く花実さんに送らなくちゃ。書店に並ぶよりも前に、一番に。花実さんがおもしろいと言ってくれたら、私はきっと自信を持てる。

『読んだよ。びっくりした！　いろいろ変わったのは聞いてたけど、ほんとに全然違うんだね』

待ちに待った花実さんからの感想に、私は落胆の予感を覚えた。鼓動が不安を、恐怖を訴えてくる。訊くべきじゃないと頭ではわかっているのに、指が勝手にスマホの画面をタップする。

『どうだった？』

返信までに少し間があった。答えにくいのかと勘繰ってしまう。

『おもしろかったよ』

『本当に？』

『ほんとだよー。百兎と橘花のカップル、かわいいし』

『本当のこと言って』

よせばいいのに、どうしてこんなことを。私は花実さんに何を言わせようとしているんだろう。机の上に戻したフランの顔が見られない。

また少し、じりじりするような間があった。

『あたしはもとのほうが好きかな』

連続してメッセージが表示される。

『でも、こっちもほんとにおもしろかったよ!!』

私は画面を見つめたまま、しばらくじっとしていた。また降り出したようだ。薄暗い部屋を雨音が包み込む。

スマホを机の端に置いて、パソコンに向かった。ぼんやりと光るディスプレイに表示されているのは、書きかけのプロットだ。私の幸せなデビュー作は、よほど売り上げが悪くないかぎり、シリーズ化することになっている。

スマホがふるえたけど見なかった。花実さんはただの素人。小説のことなんて何も知らない。

二作目についても、梧桐さんから指針を与えられていた。私はキーボードに手を置き、入力すべき言葉を探しはじめた。

梧桐さんの意見はたぶん正しかったんだろう。私のデビュー作はかなり売れて、書評サイトにもおおむね好意的な感想が並んだ。十月には二冊目、翌一月には三冊目が書店に並んだ。

この三冊目がシリーズの最終巻だった。もっと伸びると思ったんだけどなあ。最終的な売り上げに対する、それが編集部の評価だった。このシリーズはさくっときれいに終わらせて、新シリーズで仕切り直そう。

二冊目の校了のあと、シリーズの完結と、担当者の変更を伝えられた。梧桐さんに替わって担当になった殿村《とのむら》さんは、年下の同僚から最終巻だけ引き継いだ物語を、あまり好きではなかったようだ。最初の打ち合わせで、まずいままでの二作のよくないところを徹底的に指摘された。神経質そうな見た目どおり、かなり細かい指摘だった。

私はショックを受けたり腹を立てたりするよりも、混乱した。殿村さんの言うことは、梧桐さんのそれとずいぶん違っていたからだ。その違いは最終巻に取りかかるといっそう顕著になった。

十七歳の男性である百兎が、こんな行動は取りません。

橘花の立場で、この考え方は不自然です。

こんな主人公たちを読者は好きになれません。

ふたりが恋愛しているように見えません。どこをどう好きなのか、なぜお互いなのか、もっと単純にわかりやすく書いてください。

どうしたらいいのかわからなかった。殿村さんがだめだということを、これまでの百兎や橘花はやってきたのだ。

何度もプロットを出し、そのたびに違うと突き返された。うまく伝わっていないのかもしれないと思い、説明がどんどん長くなっていった。

ようやく執筆に漕ぎつけて、さらに混乱は深まった。数行ごとに手が止まる。登場人物が自然に動かない。この人は朝起きて窓を開けるだろうか。そんなところから、いちいち悩む。クライマックスで橘花が百兎を抱きしめるシーンでは、百兎の反応がまったくわからず立ち往生した。考えて書いてみたものの、その部分には殿村さんから赤い文字のコメントが付いた。百兎らしくありません。

そんな箇所が山ほどあった。正解を探して、何度も書き直しては送った。あらゆるパターンを試した。まるでテストを受けているみたいに、殿村さんのマルがもらえるまで。

梧桐さんの百兎と橘花。殿村さんの百兎と橘花。そして書評サイトを見るかぎり、読者の望む百兎と橘花はまた違うようだ。

どれも私のじゃない。私の百兎と橘花はいない。シリーズが始まったときから、応募原稿に手を入れたときから、いなかった。そう気づいてしまった。

ぎりぎりのタイミングで原稿は仕上がり、最終巻は予定どおりに発行された。物語は幕を閉じ、私の知らない橘花たちは幸せになったらしかった。

私は次の作品に取りかかった。ファンタジーはやめて学園ハーレムもので、というのが編集部からのオーダーだった。学園ハーレムなんて、書くどころか読んだことさえろくにない。正直、どうせパンツでしょと見下していた。

手当たり次第に読みあさって研究した。勉強は得意だ。主人公やヒロインたちのタイプを分類し、人気作のストーリーをプロットに分解した。さらに書評サイトやファンサイトも見てまわり、読者の目線や心理を学んだ。その分析結果をベースに、オリジナリティを加えていく。あくまでもノイズにならない程度に。単純にわかりやすく。ヒロインたちの一人称や口癖《くちぐせ》やスリーサイズを表にまとめて、偏りがないかチェックする。何ページ目で彼女らをそれぞれ登場させるのか、主人公とのイベントを起こすのか、だいたいの目安を決めてプロットを立てる。最も難しかったのは、主人公の造形だった。ヒロインみんなに惚れられる男。そんなのありえないなんて思ってはいけない。それを読者に納得させられて、かつ読者から嫌われない人物にしなくては。

最初のプロットを提出するまでに三ヵ月かかった。でもそれは殿村テストではねられ、さらに一ヵ月かけてやっと合格した。

執筆期間は三週間。やはり研究の結果を踏まえて書いていく。基本的に文体は軽く、でもここぞというところでは大げさに。たとえばヒロインの美しさを描写するところなんかは、やりすぎくらいがちょうどいいらしい。主人公の語りはツッコミ多めで、大事な場面ではくどいほど熱く。体言止めが効果的。

計算に計算を重ねた新作は、前作から半年たって発行された。部数はだいぶ減ったけど、気にしなかった。必勝パターンで臨んだのだ。あれだけやったのだ。

半年のあいだに、もともと軽かった私の体重はいっそう減り、全身の骨が目立つようになっていた。いつも寝不足で顔色が悪く、生理周期もがたがたになった。両親はもうやめろとうるさい。花実さんも心配してくれているけど、私からの返信は滞りがちだ。

重版出来《じゅうはんしゅったい》の報《しら》せを待ちながら、続編のプロットを練った。シリーズにしましょうと言われていたから、最初の一冊では恋愛に決着がついていない。回収していない伏線もあるし、まだ出番を待っているヒロインもいる。

殿村さんからメールが届いたのは、発売の二週間後だった。重版どころか、打ち切りの連絡だった。一冊で終わり。二冊目はない。シリーズにはならない。

気持ちを切り替えて、今度こそヒットを目指しましょう。新しいプロットをお待ちしています。

無意識に息を止めていたらしい。急に空気が勢いよく喉に流れこんできて、咳《せ》き込《こ》んだ。体をくの字に折り、痩《や》せた二の腕に爪を立てて衝撃に耐える。涙と鼻水があふれる。

「何それ……」

フランは何も言わない。もうずっと前から、前のシリーズを書いているときから、しゃべらなくなっていた。

「何それ！」

つぎはぎの顔をつかんで、力任せに床にたたきつける。抗議の声はない。とり乱す私を笑いもしない。赤と黒の目はこちらを向いているけど、私を見ていない。うさぎとゾンビを組み合わせた、ただの趣味の悪いぬいぐるみ。

のろのろと視線を剝がし、パソコンに向き直る。書評サイトを開き、打ち切りが決まったばかりの本のタイトルを入力する。

〈まあまあ〉〈悪くはなかった〉〈テンプレ〉〈可もなく不可もなく〉〈さくさく読めました〉〈暇つぶしにはちょうどいい〉〈ありきたり〉〈サブヒロインがかわいい〉〈作者が女子大生だと思うと、いろいろ想像して楽しめる〉〈続きが気になる〉

褒めるもの、貶《けな》すもの、ただのゲス、いろんな意見があるけど、特に良くも悪くもないという評価が多いようだ。つまりは凡作ということ。生殺しの気分だった。いっそめちゃくちゃにこき下ろされたほうが、きっとすっきりする。

ひとつのレビューが目に留まった。

〈ハイハイこういうのがいいんでしょ、という作者のスタンスが透けて見える。売れている作品を研究してまねたのだろうが、本心では小馬鹿《こばか》にして見下しているのがわかる。だがしょせんは偽物で、本当におもしろい作品とは全然違う。作者はこの物語を愛していないのだと思う〉

二度、三度と読み返した。的確だった。まったくそのとおりだ。拍手を送りたいくらい、握手を求めたいくらい。完全に見透かされた。

心臓が鈍く脈動している。吐き気を覚えてトイレに立った。吐くものなんてないのに。

部屋に戻り、いろんな本のレビューを見た。私と同じ時期にデビューした人は、そのシリーズを順調に続けている。最初の一冊を読んだけど、パンツだらけだったし、文章ははっきり言ってひどいものだった。でもキャラクターと世界観がとても魅力的だった。作者が作品を愛しているのがよくわかった。おもしろかった。

出会えてよかったと激賞される物語がある。ごみとまで罵《ののし》られる物語がある。ほとんど黙殺され、見捨てられる物語がある。

私はキーボードをたたきはじめた。

〈見たことのあるキャラ、読んだことのあるストーリー。文章はすかすかで、知能低めな感じ。どれだけ暇でも読む価値なし〉

〈ヒロインが無個性で、まったく魅力を感じられない。主人公カップルが自分たちのこと

しか考えてないのが不快〉

〈全体的に主人公に都合がよすぎる。そんなふうに解決されても、はあ？　って感じ。あんなに悩んでたのは何だったの？〉

〈この主人公は、自分を責めているようで、じつは自分を哀《あわ》れんでいる。かわいそうな俺の、自分大好き自己愛ポエム〉

一冊、また一冊と表示を切り替えては、レビューを投稿していく。

ほかの作家の本にじゃない。ただひたすら、奥野鳩の本に。

そのあとで、作りかけのプロットをごみ箱に入れた。ごみ箱からも完全に削除した。

新しい物語を作らないと。今度こそヒットするものを。

研究してまねてもだめだと思い知らされたけど、私にはそれしかなかった。殿村テストの傾向と対策を考え、通るプロットを作る。

一週間に一本のペースで送りつけた。粗《あら》くていい。半年かけて丁寧に作ったって、二週間で打ち切られる。傾向と対策と言っても、どういうものが求められているのか、もうわからなかった。作ったプロットがおもしろいのかどうかもわからない。

何を目指して、どこへ行けばいいのか。とっくに壊れてしまった自分のコンパスの代わりに、書評サイトに頼った。奥野鳩の既刊に対する酷評を見つけては、そうそう、そのとおり、と安心する。うん、私も嫌い。このキャラクターも、ストーリーも。少しもおもしろくない。思い出したくもない。大嫌い。

同業者が自分の作品への愛を語っているのを見ると、妬《ねた》ましくてたまらなくなる。あんたたちは自分がどれだけ恵まれてるか知らないんだ。私だって好きでいたかった。憎みたくなんてなかったのに。

その憎しみを、私はまた書評サイトにぶつける。私の本当の感想を。真実を。


花実さんが突然現れたのは、八月の終わりのことだった。図書館で調べものをして戻ってくると、マンションのドアの前にしゃがんでいた。

エレベーターから出てひと目見た瞬間に、花実さんだとわかった。浅黒い腕も脚もむき出しのファッションで、手首には南国風のブレスレットをじゃらじゃらと巻いている。メイクは少しいまっぽくなったとはいえやっぱり派手で、髪の色は金に近いまま。写真で見て知っていたけど、本当に変わっていない。

「しほり！」

こちらに気づいた花実さんは、ぱっと笑顔になって立ち上がった。サンダル履きの足もとにはキャリーケースがある。

「なんで……？」

私は戸惑いながら近づいていった。東京に来るなんて聞いていない。

「ごめんねー、急に。どうしてもしほりに会いたくなって、バイト休んで飛行機に乗っちゃった。ラインしたんだけど」

スマホはバッグに入れっぱなしだった。そういえば、図書館でバイブ音を聞いたような気がする。連絡がつかなかったから、住所を頼りにここへ来たのか。

「いつからここに?」

「んー、お昼過ぎ」

「私が今日帰らなかったらどうするつもりだったの?」

「あ、そっか、そういう可能性もあるよね。よかったー、帰ってきてくれて」

力が抜けた。そんな感覚は久しぶりだった。花実さんの髪が燃えるように光っているのを見て、ああ、夕焼けだ、と初めて気づく。

「あれっ、クーラーつけっぱなしだよ」

一足先になかへ入った花実さんは、一大事とばかりに声を上げた。その声がいやに大きく聞こえるのは、私がずっと誰とも話さずにいるからか。

「いいの。いつもそうだから」

「えー、もったいなーい。でも東京は暑いからなー」

「九州のほうが暑いんじゃないの?」

「なんか暑さの質が違うんだよ」

私は窓のカーテンを確かめた。いつもどおりレースのカーテンが引かれているけど、なんだか明るい気がする。自分の部屋なのに、どこにいればいいのか迷う。

「あ、ぬいぐるみ」

部屋の奥へ進んでいった花実さんが、フランを手に取った。そうか、会うのは――見るのは初めてだっけ。

「かわいい……うーん、微妙かなー。しほりってこういうの好きだったんだ。早く教えてくれたらよかったのに、全然趣味じゃないハンドタオルあげちゃったじゃーん」

花実さんは変にはしゃいでいる。

「この机で書いてるんだねー」

急に会いたくなったと言っていたけど、私を心配して来たのは明らかだ。しばしば一方通行になるラインと、私が返信したときの文面から、何かを感じ取ったんだろう。隠し事のできない人だ。会ったときから、私を見るまなざしに翳《かげ》りがある。

私は肩にかけたままだったバッグを下ろした。

「石垣島はどうだった？」

出鼻を挫《くじ》くつもりで明るく尋ねる。

花実さんはつい先日まで一ヵ月ちょっとのあいだ、大学の仲間と一緒に石垣島へ行って住み込みのバイトをしていた。シュノーケルを付けた写真やパッションフルーツをかじっている写真が毎日のように送られてきたけど、私はなおざりな反応しかしていなかった。そのなかには、真っ白な砂浜に「がんばって！」と書かれた写真もあった。

「え？　ああ、楽しかったよ。楽しすぎてヤバかった。次までにスキューバダイビングのライセンスとるんだ。しほりも一緒に行こうよ。絶対、楽しいって」

「絶対、って」

鼻で笑うような言い方になった。なつかしいいらだちが、じわじわと湧き上がってくる。

「絶対、絶対。あ、そうだ、お土産持ってきたよ」

花実さんは玄関まで飛んで戻り、靴脱ぎに置いたままだったキャリーケースを引っぱり上げた。その場で開き、次々と中身を取り出す。

「定番のちんすこうとー、マンゴー味のリップとー、パイナップル柄のエコバッグ！　限定のチョコも買いたかったんだけど、夏だからさー」

花実さんのキャリーケースには、遠くの夏が詰まっていた。ほとんどこの部屋から出ずにいる私には、その光は強すぎた。まぶしくて、めまいがする。気持ち悪い。

「あと写真。ラインで送ったやつ以外にも山ほど撮ったから見てよ。ヤバいよ、めっちゃきれいだよ。見たら絶対、元気出るって」

「……元気？」

自分の声が尖っているのがわかった。花実さんがひるんだ顔になる。

「なんかしほり、元気なさそうだからさ。ラインでも思ってたけど、会ったらすごく痩せてるし、表情も暗いし」

「暗いのはもともとでしょ」

「そういうんじゃなくって……。もしかして、仕事が大変なのかなって」

「なんでそう思うの？」

「先月送ってくれた新刊、なんか、しほりっぽくなかったから」

じりっ、と。心が焦げる音がした。

猿まねを見透かされて、きちんと終わらせることさえできなくなった、みじめな物語。

「つまらなかったでしょ」

「え……？」

「大嫌いなの、あの話。主人公が何考えて生きてるのか全然わからないし、ヒロインたちは清純ぶったビッチばっかりで誰もかわいくないし、あんなやつらが何をしてどうなろうと、どうでもいいの。打ち切りでも断裁でも、好きにしてくれたらいい」

冷ややかに語る私を見つめ、花実さんはおろおろしている。こんなこと、花実さんに聞かせたってしかたない。わかっているのに止まらない。

「前のシリーズも同じ。貶されたって、痛くもかゆくもない。あんなの私が作ったキャラクターじゃないもの。みんな私とは無関係の他人だもの。俺TUEEEな百兎と、トロフィー女としての橘花。私が作ったのはそんな物語じゃない。あんなの、私の物語じゃない……」

声がかすれて言葉が切れた。そのとたん、頬が痙攣《けいれん》するようにゆがむのを感じた。

「しほり……」

花実さんがおずおずと歩み寄ってくる。触れていいものかどうか迷うように、中途半端に手を差し伸べて。ああ、あいかわらず賑やかな爪。楽しそうで、ばかみたい。

私はその手を払いのけた。パンッと乾いた音がした。

「あんたに何がわかるの！　ばかのくせに」

花実さんは胸の前で手を押さえ、大きな目をまん丸にして私を見る。

「私、本当は花実さんと一緒にいるのが嫌だった。だって花実さん、みっともないんだもの。はずかしいんだもの。自分でも気づいてたでしょ？　学校でずっと浮いてて、笑いものにされてたこと。それで友達ができないから、私を利用したんだよね。ばかなりに頭使って。よかったね、大学で同じ低レベルの友達ができて。私にそれを見せつけるのは気持ちいい？　ばかが集まって、ばか丸出しの写真、送りつけてきて。私には友達なんかいない、送れる写真なんかないって知ってて、優越感に浸ってたんでしょ？　高校のときからずっとそう。私はおしゃれも遊びも知らなくて、親の言いなりで、周囲を見下してるくせに輪から外れる度胸はなくて、自意識過剰で、中二病の痛いやつで、そんな私を本当は笑ってたんだよね。自分の家庭環境のほうがずっと複雑なのに、私の家族に対する不満を聞いて、口では慰めながら、本当はあきれてたんだよね」

違う、と頭のなかで声がしていた。花実さんはそんなこと思っていない。これはみんな私が思っていたこと。私が勝手に抱いていたコンプレックスだ。

「しほりには嫌いなものが多いって、花実さん、前に言ったよね。そうだよ、私はそういう人間なの。みんな嫌い。この世界も嫌い。私を許してくれないものはみんな嫌い。私がばかにしてきたあなたよりも、誰よりも、本当は魂が貧しいんだよ」

止めて、とすがるように願った。花実さん、早く私を止めてよ。

小説のクライマックスで、橘花が百兎を抱きしめたみたいに。百兎は傷だらけで、暴走する自分の力に飲まれそうになっている。その力に自分も傷つけられながらも、橘花は命がけで百兎を抱きしめるのだ。力の暴走は鎮まり、そして百兎は救われる。

「そんな人間に小説なんて書けるわけなかったんだ。叶えたい夢とか、誰かを大切に思う気持ちとか、私が書くきれいなものはみんな嘘なんだもの。書くものだけじゃない、花実さんとの思い出もみんな嘘。友達なんかじゃなかった。だってあなたは、私が一番嫌いな人種なんだもの」

私を助けて。このとき私はそればかり思っていた。だから花実さんをずっと見つめていたにもかかわらず、その目が涙でいっぱいになっているのが見えていなかった。花実さんだって、いや、花実さんのほうが、傷ついていることに気づかなかった。

突然、花実さんの顔がくしゃくしゃになった。大粒の涙がこぼれた。

「………ごめん」

消え入るような声で、たったひとことを残して、花実さんは部屋を出ていった。キャリーケースが置かれていた場所に、奥野鳩の最新刊が落ちていた。

あれきり、もうじき一年になる。

花実さんは橘花じゃなかった。現実は小説のようにはいかなかった。

私はどうにか三年生になったものの、大学へは必要最低限の単位を得るためにだけ通っている。それさえ危うい。何でもそつなくこなしてきた優等生だったのに、こんなふうになるなんて思いもしなかった。家族は私の心身を案じ、もう作家なんかやめて帰ってこいと言う。それもいいかもしれない。

このごろよくフランの最後の言葉を思い出す。覚えていないと思っていたけど、覚えていた。

――その小説は、おもしろいか？

ぬいぐるみは机の上でうっすらと埃《ほこり》をかぶっている。もう永遠にしゃべらないのだろう。死んでしまったのだ。たぶん私の想像力とともに。

ほとんど惰性でぽつぽつとプロットを送り続けていたけど、その物語を書きたいのかどうかわからなかった。やっといちおうのＯＫをもらって書いてみたけど、それはたんに起承転結の形をした原稿用紙四百枚分の文字の羅列にすぎなかった。その結果が、ボツとクビ。

神様を失った私には、もう小説は書けない。

いつかフランに忠告されたとおりだった。私は太陽に近づきすぎたんだ。あるとき自分には羽がないことに気づいて、真《ま》っ逆《さか》さまに落ちた。あの人も、小説も、私には手の届かないところにあった。

招待状を見つめる。花実さんのウェディングパーティー。式は挙げずに親しい人だけを招いてお披露目をするという。場所は石垣島だそうだ。

スマホがメールの受信を告げた。差出人は意外な人物だった。最初の担当者だった梧桐さん。二冊目のあと担当が替わってからは、まったく関《かか》わりがなかったのに。いぶかりながら読みはじめ、動けなくなった。それは書けなくなった私への謝罪のメールだった。

『最初の打ち合わせで受賞作の改稿について話したとき、私は多くの変更を提案しました。

たとえば百兎の性別ですが、私の考えでは、それは大きな変更ではなかったんです。受賞作を読んで、橘花と百兎の関係性がとてもよく書けていると思いました。性別の変更は、その関係性にどういう名前を与えるか、どういうパッケージで売るかというだけのことであって、それが友情でも恋愛でも本質に違いはない。でも、それを奥野さんにきちんと説明しませんでした。

ほかのことについても同じです。私は提案をしているつもりでしたが、説明を怠ったために、奥野さんには指示、あるいはもっと強く命令と受け取られたのかもしれません。

あらゆる変更案を、奥野さんは拒否することができました。もしくは、別の案を出すこともできました。作者がどうしてもこうしたい、こうしたくないと主張すれば、少なくとも検討の余地はあったんです。欠点をカバーする方法は無限にある。でも私に提案できる方法には限りがある。

大人だったらそれを知っていたでしょう。でも奥野さんはまだ十代だった。年齢も立場もあって、私を対等の仕事相手とは捉えられなかったのだと思います。それなのに、私は奥野さんが何も言わないのを、納得して受け入れたのだと判断してしまったんです。

また、シリーズを引き継いだ殿村は、その先のことを考えていました。最終巻の売り上げや評価によっては、次回作が出せなくなる。そうやって消えていく作家を多く見てきたから、次回作に読者が期待を持てるように、奥野鳩に新しい武器を持たせようとした。結局そうはなりませんでしたが、次もシリーズものでと編集部内で強く推したのも殿村です。

しかし我々は、奥野さんにうまく伝えることができませんでした。書いてほしかったのに、書かせてしまった。我々のミスです。申し訳ありませんでした。

奥野さんには小説を書く力があると思っています。書きたいものを書いてください』

しばらく画面を見つめ、オフにした。

誠実な気持ちは伝わる。だけど、内容をうまく消化できない。

視線が再び招待状へ向かった。パーティーはわずか二週間後だ。

九月の石垣島は、予想していたよりも涼しかった。最高気温は三十度を超えているし湿度も高いけど、都会の暑さとは感じ方が違う。

招待状がぎりぎりになったのは、花実さんも迷ったからだろう。私もさんざん迷った。こうして会場に向かっているいまも、まだ迷っている。出欠の葉書も出していない。

台風が去ったあとで、空は真っ青に晴れている。海辺のレストランを貸し切ってのパーティーにはもってこいの天気だろう。カジュアルな服装でと書かれていたから、きれいめのワンピースを着てきたけど、それでいいのかわからない。そもそも私の席はないだろうし、遠くからひと目見て帰ってもいい。

そんなことを考えながら会場に到着して、驚いた。レストランは本当に海のきわにあり、広いテラスから砂浜に下りられるようになっている。そこに集まった人々の服装は、私が想定したカジュアルとは大きく異なっていた。ホルターネックにアロハシャツ、ハーフパンツにビーチサンダル。水着で走りまわっている子どももいる。料理を載せたテーブルがいくつかあり、座りたければ座り立ちたければ立つというスタイルらしい。

私はテラスの端にひっそりと立った。明らかにひとりだけ浮いていて、ひどく居心地が悪い。完全なアウェイ。逃げ帰りたかったけど、花実さんを見るまではと、スマホをいじっているふりをして耐えた。

唐突に大音量で音楽がかかった。今年大ヒットしたアニメ映画の主題歌。会場はとたんに歓声と口笛に満たされ、招待客がこぞってスマホを入り口に向ける。

花実さんは満面の笑みで現れた。花飾りのたくさんついた純白のミニドレスをまとって。浅黒く引き締まった腕を高々と上げて。

私はただ突っ立って花実さんを見ていた。見ていることしかできなかった。

なんて、きれい。

花実さんは大勢の友達に囲まれ、祝福に笑顔で応《こた》えている。目をきらきらさせて、うれしそうに言葉をかわしている。

その顔がこちらを向いた。目が、合った。

心臓がどくんと音を立てる。花実さんの目が大きくなり、唇がかすかに動く。しほり！　喧噪《けんそう》のなかで、声は聞こえなかった。でもわかった。私の名を叫んで、花実さんが駆けてくる。人をかき分け、まっすぐに。

飛びつくように抱きしめられた。私はまだ突っ立ったままだった。

「来てくれたんだ……」

花実さんの声は私の肩に埋もれている。髪にも飾られた花が、私の頬をくすぐる。

赤銅《しゃくどう》色に日焼けした新郎が追ってきて、しげしげと私を見た。

「うわ、マジで白ワンピ似合いそう」

は？　何この人。私も同じくらいしげしげと彼を見た。ツーブロックの髪型に、タキシードなのにごついシルバーのアクセサリー。マイルドヤンキーの見本みたいだ。

花実さんがぱっと体を離した。

「ちょっと、いきなりわけわかんないこと言わないでよ。しほりが困ってるじゃん」

困ってるというか。注目が集まってなお居心地が悪く、ずれてもいないワンピースの肩を直す。白じゃなくてネイビーの。

叱《しか》られた新郎は、急に縮こまってもじもじしはじめた。

「あの、奥野鳩さんっすよね」

私はぎょっとして花実さんを見た。話してはいけなかったかと、少し潤《うる》んだ目が不安そうに問いかけてくる。

「自分、あなたのファンっす。こう見えて、じつはラノベとか読む人なんすよ。橘花、めちゃめちゃかわいいっす。ラストなんか感動してヤバかったし。今度のシリーズも好きで、前にサインしてもらおうと思って花実ちゃんに頼んだんだけど、なんかタイミング的に無理だったみたいで。あっ、続きまだっすか？」

あのときだ。心配して訪ねてきた花実さんに、私がひどい言葉を投げつけたとき。彼女が去ったあとに、奥野鳩の最新刊が落ちていた。

花実さんは目を伏せている。新郎には事情を明かしていないらしい。

動揺が激しくて、視線を海へと逃がした。

私が憎んだキャラクターを、物語を、好きだという人がいる。

梧桐さんからもらったメールが頭に浮かんだ。

編集者の手でキャラクターが変わっていくのを、私は黙って看過した。プロの意見は素直に聞き入れるのが賢い姿勢だと思ったし、反論したら扱いづらい作家だと思われるんじゃないかという心配もあった。でも、それは責任放棄だったということがいまになってわかった。守るためには戦わなければいけなかったのに。その結果、やっぱり変わっていったとしても、目を逸らしてはいけなかった。手を離してはいけなかった。考え抜いて彼らにとっての最良を見つけてやらなくてはいけなかったのだ。私の橘花は、百兎は、いなくなったわけじゃない。それも彼らなんだから。

猿まねで作った、みんな他人だと突き放したヒロインたちだって、本当はそうじゃなかった。指先の白さも、睫毛《まつげ》のふるえる一瞬も、一生懸命に見つめた。彼女たちが主人公に向ける気持ちを、主人公が彼女たちに向ける気持ちを、誠実に考えたじゃないか。

作者の血が一滴も入らない物語なんて、存在しないのかもしれない。物語はきっとそんなふうには作れない。

「ごめんね……」

思わず口にしていた。みんな、ごめんね。ひどいことを言ってごめん。嫌いになってごめん。私、あなたたちに甘えたんだ。ごめん。私が憎んでしまったあなたたちを、物語を、愛してくれる人がいてよかった。

けげんな顔をしている新郎に向き直った。

「ありがとうございます」

そして、赤い目で私を見つめる花実さんにも。

「ありがとう」

本当はこれじゃ全然足りない。だけど私は作家のくせに、これ以上の言葉を思いつかない。

笑顔で告げたのに、その瞬間に涙がこぼれた。花実さんもぽろぽろと泣きだした。

「うー……しほりー」

なんだなんだと注目が集まる。新郎がうろたえながらも、私に軽く一礼し、花実さんをそっとエスコートして連れていく。

「おめでとう！」

背中に声をかけた。振り返った花実さんの泣き顔は子どもみたいだった。

私はひとりテラスから砂浜に下りた。パンプスを脱ぎ、ストッキングで熱い砂を踏む。本当は裸足《はだし》になりたかった。

きらきら光る海に向かって、ゆっくりと歩く。ガラスの壁の向こう。遠い陽向。波打ちぎわで立ち止まり、潮風を胸いっぱいに吸い込む。

花実さんのおかげで、好きなものをひとつ見つけた。意外だけど、石垣島の海。

好きなものを思い出しもした。貶したりばかにしたりした、いくつもの物語。好きだったのに、自分には手が届かないから、嫌いになったふりをした。

足もとでカニが波にもまれていた。弱っているのか、もう死にかけているのかもしれない。

心のなかで何かが動きだすのを感じた。

ああ、そうか。

これが、私の小説の神様。

花実さんがそうだと思ったけど、そうじゃなかった。私の神様は、きれいなものに手を伸ばす気持ち。自然にそうさせる力。

青く輝く海、死にかけたカニ、花実さんへの憧《あこが》れ、嫉妬《しっと》。世界にちりばめられたきれいの断片、きれいの輪郭が収束し、どこにもないけどたしかにある、とてもきれいなものが目の前に立ち現れる。私はそれに向かって手を伸ばす。これから生まれる物語との最初の出会い。

そう、もう一度。

――その小説は、おもしろいか？

私ははっと耳をそばだてた。みんなの笑い声と波の音が聞こえた。

まばゆい太陽に手を伸ばし、その輝きに指をかける。

「絶対、おもしろいよ」

「掌のいとしい他人たち」

櫻いいよ

櫻いいよ（さくら・いいよ）

2012年に『君が落とした青空』（ケータイ小説文庫）でデビュー。同書は累計16万部を突破。その他『交換ウソ日記』『1095日の夕焼けの世界』『そういふものに わたしはなりたい』（すべてスターツ出版文庫）、『図書室の神様たち』（小学館文庫）、『真夜中だけの十七歳』（ポプラ文庫ピュアフル）、『僕らに月は見えなくていい』（メゾン文庫）、『それでも僕らは、屋上で誰かを想っていた』（宝島社文庫）などがある。

――じゃあやっぱり、小説とか好きなの？

書店でアルバイトをしていると言うと必ずそう訊《き》かれることに、貴教《たかのり》は辟易《へきえき》していた。そうあらねばいけないような空気にも。

そういうのは偏見だ、と思いながらも口にしないのは、これがただの八つ当たりだと自分で気づいているからだ。


書店員はなかなかの重労働だ。おまけに開店前は時間との勝負になる。

朝八時半、床に並べられた段ボールの数を見て、蛯名《えびな》貴教は思わず「うへぇ」と声を漏らした。

眉間《みけん》に寄ってしまった皺《しわ》をもとに戻し、首にかけただけだったエプロンの後ろボタンを留める。そして「おはようございます」と先に作業をしていた管理課アルバイトの矢野《やの》に声をかけた。

「ああ、おはようございます」

彼はしゃがみこんだまま貴教を振り仰ぎ、くぐもった声で挨拶《あいさつ》を返してくれた。季節はすっかり秋だというのに、彼の額には汗が浮かんでいる。

ふっくらとした大きな体に黒縁メガネの矢野は、貴教よりも半月だけ先輩で、年齢はひとつ年上の二十二歳だ。

まだ開店一時間半前ということもあり、出勤しているのは午前勤務の管理課の三人。そして、雑誌担当がひとりと、コミック担当の貴教だけ。

コミックの新刊が入った段ボールを探し出すために、矢野から少し離れた段ボール前で屈みポケットからハサミを取り出して開梱《かいこん》する。

中には今日発売の単行本がぎっしりと詰め込まれていた。帯には〝二年ぶりの新作ミステリ〟とでかでかと書かれていて、裏側には書店員の感想が書かれている。書店員は発売前に出版社からプルーフ本と呼ばれる校了前の見本をもらって読めることがあり、その感想を伝えるとこうして載ることがあるのだ。

なんとなしに感想を眺《なが》めていると、貴教の働くこのヤスモト書店本店の文芸・文庫担当、林藤明日香《りんどうあすか》の名前があった。

《数ページでこの物語の世界に引き込まれ、ラストまであっという間でした。巧《たく》みな構成に人間臭い魅力的な登場人物たち、張り巡らされたいくつもの伏線。手を止めることが出来ません！　わたしにとって今年のナンバーワンです》

その文章を読んで、貴教はふうん、と小さく息を吐《は》き出《だ》すようにつぶやく。

手にしていた本を段ボールの中に戻して別の段ボールを開ける。本来なら、入荷数のチェックをしながら床に敷いた段ボールに取り出して並べなければいけない。けれど、今はコミックの新刊を探さねばならないので、続きは矢野に任せる。

次の段ボールの中にはＷＥＢで人気だった作品を書籍化したものが入っていた。こちらも入荷数はかなり多い。最近流行《はや》りのイラストレーターが描いた、綺麗《きれい》なカバーイラストが目を引く。タイトルも凝《こ》っていてなんとなく売れそうだ。その隣の段ボールは一般文芸の文庫本。今日の文芸・文庫担当は忙しくなりそうだなと思ったところで、見覚えのあるタイトルに気づき手が止まった。

　三年前にとある新人賞を受賞した作家のデビュー作が文庫化されたらしい。けれど、入荷数はたったの三冊しかない。うちはそれなりの大型書店だというのにこの入荷数。初版部数は一体どのくらいなのだろう。単行本刊行時は受賞作ということで大々的に宣伝され、書店にたくさん並んでいたというのに。文庫になると話題性がなくなるものなのだろうか。デビューしてからのこの作家の評判は知らないが、人気がないのかもしれない。

「どうかしたんですか」

　いつの間にかそばにいた矢野が訝《いぶか》しげに貴教を見て首を傾《かし》げる。

「あ、いや、表紙が綺麗だなって思って」

「これ、コミック新刊です」

　貴教の返事はどうでもよかったのか、矢野は抱《かか》えていた段ボールを差し出した。それを受け取り、近くにあった台車に載せる。

　ゆっくりしている時間はない。自分のすべきことをしなければ、と気持ちを切り替え「残りの新刊はあとで取りに来ます」と立ち上がった。

　今は、小説なんて関係ない。

けれど、脳裏にずっと先ほどの文庫本がちらついていた。

全国展開する大型書店のこの店で貴教がアルバイトをはじめたのは、今から三年ほど前の春。大学入試が終わり、あとは入学を待つだけの日々に突入してすぐのことだ。

家と大学のあいだにある大きな駅の近くにあり、品揃《ぞろ》えが充実していることから選んだ。飲食店とクリニックが入っているビルということで、駅前の書店よりも忙しくなさそう、というのも決め手だった。

社員は店長と各ジャンル長だけなので七人、他《ほか》はほとんど契約社員で、学生アルバイトが十人未満。雇用形態のせいなのか、時給の安さのせいなのか、もしくはそのわりに大変な業務内容からなのか、書店員は入れ替わりが激しい。

かくいう貴教も、バイトを始めて二ヵ月ほど経《た》った頃に――理由は仕事内容ではないけれど――辞めようかと何度も考えた。本なんか見たくもないし、ややこしい客の相手ももううんざりだった。おまけに友人のアルバイト先のほうが断然実入りがいい。

それでも、結局ずるずると三年以上続けている。

今では貴教よりも勤務歴が長いのは、管理課の矢野と店長とふたりの契約社員しかいない。もちろん、貴教が担当するコミック売り場では勤務年数最長だ。

人間関係に気を遣うことなく仕事に励《はげ》めるので、このまま卒業まで続けるつもりだ。いまさら新しい仕事を覚えるのも面倒臭い。

ただ。

「朝の配本がこんなにだるいとは」

新刊を積み上げた台車を押しながらひとりごちる。

今までは大学の講義があったので週に三回程、夕方から閉店までの数時間働くだけだった。土日や長期休暇には長時間働くこともあったけれど、主に昼から閉店まで。仕事内容は次の日の新刊をシュリンクし、先月の新刊と差し替えるために発売日やレーベルをメモしておいたりという準備。棚の整理や補充。そして、閉店時、次の日に並べる新刊のために棚のスペースを作ることくらいだ。ときどきチェック済みの発注リストを見ながらネットで出版社に注文したり、取次業者にファックスを送ることもあるが、棚を任されたりコーナーを作ることはない。

与えられた仕事を、なにも考えずに淡々とこなすだけでよかった。

そんなふうに大学生活の残り半年を過ごすつもりだった。

――『蛯名くんがこれからフルで入れるなら、仕事任せようかな』

就職が決まったのでこれからは今までよりも出勤出来ます、と四十歳間近の社員のジャンル長に伝えたときにそう言われた。面倒臭そうだなと思いながらも「頑張ります」と返事をしたのは、暇だったのと卒業までにお金を稼ぐのもいいかと考えたからだ。それにアルバイトという立場は変わらないので、責任のある仕事をすることはないはずだった。

まさか、新刊を並べなければいけない朝にシフトを入れられるとは。

新刊を並べるとなるとそれなりに売り場の動きを知っていないといけないし、先月の新刊を返品するか棚差しにするかの判断も必要なので、本来は社員や契約社員の仕事だ。

書店は万年人手不足。先月、契約社員がひとり辞めたことでコミック担当は特に足りていない。アルバイトであろうと時間があるなら、というのも理由だろうけれど……。

「朝早く起きるのいやなだけだろ、絶対」

貴教はジャンル長への愚痴《ぐち》をぶつぶつと言いながら本を並べる。

いつも以上にイライラする理由は、先ほど見た文庫本のせいに違いない。

「おはよう蛯名くん」

背後から声をかけられて顔を上げると、林藤が爽《さわ》やかな笑顔を向けていた。肩甲骨まである黒髪を後ろでひとつに括《くく》っているのはこの書店の決まりだからなのだけれど、おろしたほうが似合いそうなのにな、と貴教はいつも思う。

「おはようございます」

「今日もコミックは新刊多いねえ」

コミック売り場は従業員通用口から事務所までの動線上にある。これから朝シフト組が続々出勤してくるだろう。つまり、開店まであと一時間。

「朝に蛯名くんがいるの、まだ慣れないなあ」

クスクスと笑いながら林藤は事務所に向かって歩いていく。

毎日なにがそんなに楽しいのだろう。

林藤は貴教よりも三歳年上の契約社員だ。この店にやってきたのは二年前。こうして顔を合わせれば挨拶をするし、ときには世間話をすることもある。けれど、貴教は彼女が苦手だった。

嫌いなわけではない。嫌いになれるほど彼女のことを知っているわけではない。

ただ、苦手。

その理由も、わかっている。

髪の毛を揺らしながら歩く林藤の背中を見つめた。彼女の手には一冊の文庫本。

事務所勤務の女性、正木《まさき》が「林藤さんって本が好きだよねえ」と言っていたのを思い出す。三十代半《なか》ばのショートカットの正木は常にぴりぴりとした空気を纏《まと》っている。悪い人ではないのだけれど、物言いがきついので何人かのアルバイトや契約社員が泣かされているところを見たことがある。

彼女が言うには、林藤は毎日行きつけのカフェで昼休憩に読書をしているとか。たしかに、林藤が誰かと昼食に出るところをほとんど見たことがない。

正木に言われる前から、林藤がかなりの読書家であることは貴教もわかっていた。いつも文庫本を持ち歩いているし、仕事ぶりを見ていてもわかる。本が好きで書店員になりました、と顔に書いてありそうなくらい毎日楽しそうに売り場をレイアウトしている。文芸・文庫担当になれたときには「POPを作ることに憧《あこが》れていたんだよね」と気合の入ったものを家から持ってきた。完全に時間外労働。貴教には考えられない。

そのくらい愛情が深いからか、彼女が個人的にすすめる書籍はなかなか売上がいいと店長が言っていた。そのうち社員になるのは間違いないだろう。

正木の情報によれば、林藤はSNSでも読んだ本の感想をアップしているらしく、フォロワーもかなり多いらしい。

ふと、さっき見た林藤のコメントを思い出す。

一体彼女は、どういう気持ちで本を読み、感想を他人に晒《さら》しているのだろう。

「すげえなあ」

苦笑をこぼしながら吐き出した言葉は、誰かに届くはずもなく静かな開店前の空気に溶けて消えた。

今朝並べたコミックの新刊は、驚くほどの早さで売れた。もともと人気の漫画ということもあり、配本はかなり多めだったのだがあっという間に残り数冊。この様子では明日には品切れになるだろう。

「木南《きみなみ》さん、これやばいっすよ」

事務所に戻り、昼から出勤してきた契約社員の木南に声をかける。パソコンで特典ペーパーを出力していた木南が「え？」と顔を上げた。小柄《こがら》な彼は「なになに？」と焦った表情を貴教に向ける。ちょっと予想外のことが起こるとすぐにパニックになるのは彼の性格だ。そのくせ「なんとかなるっしょ」というのが口癖《くちぐせ》なので話していると不安になる。

「今日の新刊、在庫なくなりそうです」

「えーもう？　再入荷数日かかるのに」

「明日は諦《あきら》めるしかないと思いますけど、早めに版元に注文したほうが」

そっかーそっかーと言いながら「まあなんとかなるっしょ」とお決まりのセリフを口にしてから「じゃあ蛯名くん適当に注文しといて」と頼まれた。

「ほんと、人気だよねぇ」

「テレビで芸人が紹介したからですよね」

「テレビの力ってすごいよね。まあ、それだけじゃないけど」

それだけじゃなかったらなんなのか、と口にしそうになって呑《の》み込《こ》んだ。答えは訊かなくてもわかる。面白いから、だ。ただ、貴教はこの人気作を一コマも読んだことがない。なにも返事をしなかったことで、木南には貴教の考えていることがわかったらしい。

「一度読んでみたらいいのに。一応書店員でコミック担当なんだから」

「……まあ、暇があれば」

貴教の返答に木南は「折れないねぇ、読書嫌い」と愉快そうに笑った。

貴教は、漫画も小説もここ数年一切読んでいない。コミック担当ということでそれなりに知識はあるけれど、それだけだ。自分で本を買って読むことはないし、今後もそのつもりだ。

事務所のファックスがピーッと鳴って一枚の用紙を吐き出す。それを手にすると、とある出版社からの〝文芸・文庫担当様へ〟と書かれた新刊の案内だった。十年ほど前に大人気だったライトノベルが出版社を替えて新たに、文芸のレーベルから発売されるらしい。

「へえー懐《なつ》かしいなあ」

いつの間にか背後にいた木南は、貴教の手にしているファックス用紙を覗《のぞ》いて独《ひと》り言《ごと》のようにつぶやいてから「蛯名くんもこれは知ってるの？」と訊いた。

「蛯名くん大学四年生だから……この本の発売当時は小学生くらいだよね？」

「そう、ですね」

手に、本を捲《めく》る感覚が蘇《よみがえ》る。

＋　＋　＋

小学四年まで、貴教にとって小説は自分に関係のないものだった。

人気の漫画は読むけれど、それよりもゲームや映画のほうが好きだった。

特に小説は必要に迫《せま》られたとき以外（たとえば読書感想文とか、国語の授業とか）では一切読むことがない。正直言えば文字ばかりでなにが面白いのかさっぱりわからない。漫画はみんな読むけれど、小説を読んでいるのは勉強が好きな暗いやつだけだと思っていたくらいだ。

けれど、

「なにそれ」

貴教は休み時間に、ひとり本を読んでいるクラスメイト――篠山《しのやま》に声をかけた。真面目《まじめ》そうな少年は「え?」と顔を上げる。

「ボロボロじゃん。古本?」

彼の手にしている本は、一体何年前の本なのかと思わず訊きたくなってしまうほど、汚かった。カバーはところどころ色あせているうえに、擦れて破れている。日焼けしまくって中の紙は白ではなく明らかに黄色に染まっていた。古本でもここまで汚れているものはなかなか目にしない。

しかも彼は、それを大事そうに、そして楽しそうに読んでいた。中を覗き込めばぎっしり文字が詰まっている。ということは貴教の苦手な小説だ。

それが不思議で思わず話しかけてしまった。

「新品で買ったんだけど、ぼくが毎日持ち歩いているから」

「そんなに読むの遅いのかよ」

「いや、何度も読んでるだけだよ」

「……小説を?　なんで?」

漫画ならともかく、小説を二度も三度も読むという発想が貴教にはなかった。

目を丸くする貴教に、篠山は「はは」と笑った。そして、だよねえ、と本を閉じる。

「ぼくもこんなに読み返す本は初めてなんだよね」

「どんな話なの、それ」

カバーには漫画のようなイラストが描かれていた。タイトルの横に〝3〟という数字があることから、続きものなのだとわかる。小説でも漫画みたいに何冊も続くことがあることを、そのとき初めて知った。

「冒険もの、かなあ」

「曖昧《あいまい》だな」

「冒険したり、戦ったり、仲間と出会ったり喧嘩《けんか》したり」

「ふうん」

漫画にもありそうなネタだな、と思ったし、じゃあ漫画読めばいいじゃん、とも正直思った。けれど、さすがにそれは口にしなかった。本人が何度も読むほど好きなのだ。大きなお世話だろう。

ただ、そう考えていたことが篠山にはわかったのか、

「一度読んでみる？」

とカバンから一巻を取り出して差し出した。

それを受け取ったのは、なんとなく、だった。

篠山の説明に興味を惹《ひ》かれたわけでもないし、せっかく貸そうとしてくれているのに断るのが悪いと思ったわけでもない。

その日、普段一緒にいる友だちがインフルエンザで休んでいたこととか、母親にゲーム

機を取り上げられたこととか、そういうことがたまたま重なっていて、貴教は退屈だった。

要は、暇つぶしだ。

勉強せずに読んでいても漫画でなく小説であれば、母親はきっと怒らない。とっつきやすいカバーがそれを後押しした。

それでも、実際にページを捲るまで二日程かかった。文字の羅列を見ると反射的に本を閉じてしまう。挿絵も数ページしかない。いざ本を開いても、読み始めは何度も途中で寝てしまった。

このまま読まずに返そうかな、と思いはじめた頃に物語が動き出した。

それは、貴教の小説に対する認識を見事にぶち壊してくれた。

現実世界に不満を抱く少年が、突然異世界に飛ばされて元の世界に戻るために冒険に繰り出す物語だった。自分だけにある特別な力。それでも敵《かな》わない相手との戦い。異種族との友情や、相容《あいい》れない思想との壁。ときに残酷な人間関係。

貴教は夢中でページを捲った。

自分とは違う誰かの人生を見守るような気持ちだったと思う。

主人公と一緒に冒険したり戦ったり、そんな時間が楽しかった。

物語の中には、読者に向けた明確なメッセージも感じられた。それらすべてを貴教が受け止められたかといわれると、わからない。それでも、ただただ、面白かった。

漫画と同じように、文字の中にも世界が溢《あふ》れていた。

文章だけで描かれた人物や風景を頭の中で作り上げたそれは、貴教だけのものだった。

キラキラ輝いて見えた。

夢と現実が混ざり合った、そんな気分だった。

「これ、続きは？」

最後の一ページを読み終わった貴教は、次の日すぐに篠山に話しかけた。

「四巻まで出ててまだ完結してないんだけど、読む？」

篠山は本当に毎日持ち歩いているらしく、カバンから三冊の本を取り出す。どれもこれもボロボロで何十回と読み直していたことがわかる。そして、そうするのも仕方ないと貴教は思った。自分も、この本を何度も読みたい。完結していないのならなおさら、続きを待ちわびながらページを捲ることだろう。

受け取ろうとして、やめる。

「いや、自分で買うから、いい」

小遣いを計算しながら答えた。

四冊ならばすぐに買えるだろう。今月購入予定だったゲームソフトを我慢すれば問題ない。もしかすると、小説を買うならばと母親が補塡《ほてん》してくれるかもしれない。

篠山は目をパチクリとさせる。そして、

「一緒に本屋行ってもいい?」

とうれしそうに言った。

その日の放課後、早速書店に行って篠山に棚を案内してもらった。ライトノベルというジャンルらしく、コミック売り場の奥にあったそれを四冊手にする。篠山に借りたものよりもずっと綺麗なその本は輝いていた。

レジに持っていく前にじっとそれを見つめていると、〝累計三十万部〟という数字と〝来春アニメ映画化決定〟と書かれている帯に目が留まった。

「え? 映画になんの?」

「うん、コミカライズもしてるし、結構人気だよ」

確かに書店では既刊すべてが何冊も並べて置かれている。今まで漫画ばかり読んでいた貴教はまったく知らなかったけれど、本が好きな人ならば一度は耳にしたことのある作品なのだろう。そんな世界に足を踏み入れたのか、となぜか誇らしい気持ちになった。

「自分が本に払った一部が、作者さんに届くんだって」

すごいことだよね、と篠山が言った。だから、自分は本を買うんだと。

自分の手の中にある本は、今までにない高揚《こうよう》感を与えてくれた。

貴教は買ったばかりの本を、わずか一週間で読み終えた。

読み終わったら必ず篠山に感想を伝えるというのが習慣になり、そこから他のおすすめ本も教えてもらうようになった。

あの場面がよかった、あのときのキャラの心情はこうだったんじゃないか、あいつはなぜあんなことをしたのか。一日中でも話すことが出来た。

貴教は小説の虜《とりこ》になっていた。

人気のライトノベルには手当たり次第手を出し、中学生になってからはライト文芸や文芸書もたまに読むようになった。小遣いには限度があるので、図書室や図書館、ときには古本も手に取った。その中でとっておきの一冊を見つけたときは、手元に新品の自分だけの本を置いておきたくて、小遣い日までウズウズしていたくらいだ。

とにかく、貪《むさぼ》るように本を読んだ。

初めて読んだライトノベルが完結したとき、貴教は中学二年。篠山とは中学が離れてしまい、連絡先も知らない関係になっていた。

中学では、漫画は読むけれど小説はあまり読まない友人ばかり。何人かにそれとなく勧めたことはあるけれど、誰もさほど興味を抱いてはくれなかった。自分も小説が苦手だったからこそ、みんなも読めばハマるはずなのに。

貴教は、読み終わった満足感ともう続きが読めないという喪失感を、誰にも伝えることが出来なかった。

「つまんねえなあ」

机に突《つ》っ伏《ぶ》してぼやくと、そばにいた友人がポータブルゲーム機をぴこぴこ鳴らしながら「貴教が本を読むってのが意外なんだよ」と言う。

「知らねえよそんなこと。真面目なやつしか本を読まないってことはねえだろ」

「まあ、そうなんだろうけどさあ。図書室に行けば誰かいるんじゃねえの」

「俺は人見知りなんだよ」

篠山は同じクラスだから話しかけることが出来たけれど。

初対面の相手に「どんな本が好きですか？」なんて話しかけられるわけがない。口をとがらせてそう言うと、ぶははは、と笑われた。

「あー、誰かと語りてえなあ」

「じゃあ、ネットで探せば？」

なるほど。

貴教がSNSを始めたのはそういう理由からだった。

TakaEbi@読書垢
初めてのツイートはもちろん、大好きだった作品の最終巻についての熱い感想だった。

それは著者や出版社、そしてファンの目に留まり、たくさんのコメントとフォローをもらった。

本が、物語が好きだった。

そう、信じていた。

でもそれは、数年前までのことだ。今ではアルバイト中以外で本を手にすることも、書店に足を運ぶこともない。小説だけではなく、漫画にも興味を抱けない。

+ + +

「あ、蛯名くん休憩時間じゃない？」

木南に声をかけられ、はっと顔をあげる。昔を思い出してしばらくぼんやりしてしまっていたらしい。時間を確認して「じゃあ休憩いただきます」とエプロンを外した。

ビルの中にあるコンビニでカップ麺《めん》とおにぎり、紙パックのジュースを買って休憩室に入る。五十席以上ある休憩室は、お昼時ということで七割近く席が埋まっている。どこに座ろうかとうろうろしていると、「蛯名くん」と声をかけられた。

「林藤さん」

すぐそばのテーブルに座っていた林藤が、貴教を見て手を振っている。もう片方の手には文庫本。そしてテーブルには食べかけのおにぎり。貴教と違って家から持ってきたもののようだ。

貴教は普段、休憩はひとりで取るようにしている。さほど親しくもない相手と休憩すると休まるものも休まらない。他の人も同じらしく、連れ立ってお昼を食べている姿を見ることは滅多《めった》にない。そもそもこの休憩室を利用している人も少なかった。なのに。

一瞬挨拶だけして通り過ぎようかと思ったけれど、こっちこっち、と手招きして自分の正面の空席を指す林藤を無視するわけにもいかず、渋々《しぶしぶ》近づいた。いつもカフェで本を読んで過ごしているのではなかったのか。

「お昼一緒になるの初めてだよね」

林藤は貴教の苦笑に気づいていないのか、それとも気づかないふりをしているのかわからない。それでも文庫本から手を離さないところを見るに、まだ読むつもりなのだろう。だったらひとりでいればいいのに。それとも、ただ親切で空いている席を教えてくれただけだろうか。だったら大きなお世話だ。もちろんそれは口に出来ないので貴教は「じゃあ失礼します」と頭を下げて林藤の向かいに座った。

「蛯名くんとちゃんと話してみたかったんだよねえ」

「別になにも面白いこと話せませんよ」

一体なにを話したいのか。

「つまんなかったら本読んでもらっていいですよ」

そのほうが俺も楽なんで。と心の中で言葉をつけ足した。林藤は、あはは、と笑って食事を再開する。貴教もカップ麺を準備して箸《はし》を動かした。そのあいだ、林藤は「お昼それで足りるの？」とか「コミックって問い合わせが多いよね」などと話しかけてくる。けれど、たいして会話が弾まないことに気づいたのか、林藤はおにぎりを頬張《ほおば》りながら本を読み始めた。

カップ麺を啜《すす》りながら、彼女を見つめる。

にこやかだった林藤は、本の前で真剣な表情に変わった。

それは、昔見た篠山と同じ姿だった。視線を小さく動かしながら、ページを捲ってい
く。先が気になるのか左手がじれったそうに動く。

彼女は一体どんな本を読んでいるのだろう。

本の表紙はブックカバーで隠れていて見えない。

しばらく凝視していたけれど、林藤はまったく気づかずページを捲り続けた。きっと、周りの人の気配も音も、林藤には届いていないのだろう。

かつて自分もそうだったように。

本棚いっぱいに並んだ本。部屋のすみには本棚に収まりきらない本の山。次から次へと発売される漫画や小説に時間が足りないと感じる日々。

忘れていた、忘れようとした、捨てた過去が脳裏に蘇る。

「蛯名くん？」

ふいに呼びかけられて、体がびくりと跳ねた。

「どうしたの、目が虚《うつ》ろになってたけど」

林藤が小首を傾げる。体調が悪いの、と訊かれてやっと「大丈夫です」と反応を返すこ

とが出来た。

「林藤さんこそ、真剣に読んでましたね」

「あ、これ？」

林藤は手にしていた文庫本のカバーをするっと外して見せてきた。

てっきり、小難しい、いわゆる純文学だとか一般文芸だとか言われるジャンルのものを読んでいるのかと思ったけれど、カバーには可愛《かわい》らしい女の子が下着が見えそうな格好で座っているイラストが描かれていた。

「意外、ですね。ラノベですか」

「そう？　ラノベ面白いよ。ラノベはコミック売り場のジャンルでしょ？　蛯名くんも読んでるんじゃないの？」

人気だもんねえ、と言いながらブックカバーを再び本に巻く。

たしかにライトノベルはコミック売り場に並べられているのでカバーは何度も見たことがある。林藤が読んでいたライトノベルは昨年アニメ化した人気シリーズで、第二期の放送が決定したというポスターを棚に貼《は》ったのは蛯名だ。けれど。

「俺は、本を読まないので」

「漫画派？」

「いや、どっちも読まないです」

――え？　と林藤が驚いた顔を見せた。

書店員はみんな本が好きだと思いこんでいるのだろうか。自分がそうだから他人もそうだと、信じているのかもしれない。どうして、とか、面白いのに、とか言われる前に話を逸《そ》らそうと「林藤さんは文芸書しか読まないイメージでした」と口にする。

「えー？　なんで？　わたしなんでも読むよー」

「よく、プルーフ本読んでるから、そういうのが好きなのかなって」

今日も新刊の帯に名前見つけましたよ、と言うと「気づいてくれたんだ」とうれしそうに破顔した。なにがそんなにうれしいのか、貴教にはまったくわからない。

「でも、なんでも読むよ。無節操な雑食なの、わたし」

ミステリも青春ものも恋愛ものも、お仕事ものとかのライト文芸も海外ミステリもＳＦも。そしてラノベも大好きなんだと興奮気味に喋《しゃべ》る林藤を見ていると、貴教は胸の中になにかが蠢《うごめ》くのを感じた。

不快感に近い。

けれど、違う。

林藤から目を逸らし残りわずかになったカップ麺の具とスープを流し込む。

「そんなに読んでいたら毎月、大変ですね」

薄っぺらなコメントをして、どうにか違う話題に移せないだろうかと考えを巡らせる。

「そういえば――」

今新しいアルバイト募集してますよね、という話をしようと思ったところで「そうなんだよね」と林藤がため息混じりにつぶやいた。

「万年金欠で、特に月末近くなるとカツカツだよ。それに、そろそろ部屋の床が抜けそうで怖くって。電子で買ったり泣く泣く手放したりはしてるんだけど、やっぱり限界があるよねえ。宝くじ当たらないかなあ」

はーあ、と項垂《うなだ》れる林藤を見て、話題を変えるのは難しそうだなと思った。というか話したくて仕方ないといった雰囲気まで感じる。本を読まない貴教相手になにを語りたいのか。とはいえ休憩時間が終わるまであと二十分。ここで席を離れるのも感じが悪いので、彼女に付き合うしかないと腹をくくった。

「月、何冊くらい読むんですか」

「んー、十冊から十五冊かなあ」

「プルーフ込みですよね？」

「ううん、別だよ。プルーフ本も書店員ならではの贅沢品《ぜいたく》だから好きなんだけど、それだけっていうのもなあって。自分で探し出したい！　みたいな欲があるからね。あと電子書籍でも読むから全部合わせると二十冊近くって感じかな」

林藤は指を折って数える。もう少し多いかな、少ないかな、と小首を傾げながら。そんな詳細な数字は求めていないのだけれど。

「へえ、読むの早いんですね」

上っ面だけの返事をしながら、自分もピークの頃は少なくても月十五冊は読んでいたなと思い出す。

速読がいいわけではないが、読みたいものがたくさんありすぎるので必然的に早くなってしまうのだろう。その感覚は貴教にもわかる。先が気になって気になって、ついつい気持ちが急《せ》いてしまうのだ。

本について話す林藤は、いきいきとして見えた。

小学校のときから本ばかり読んでいたこと、テスト前にも読んでいて親に怒られたこと、友人とお気に入りの本を貸し借りしたこと、読み始めると夢中になって名前を呼ばれても気づかないこと。訊いてもいないのにひとりで喋っている。

どうしてそれほど好きでいられるのか。

自分となにが違うのか。

「……感想とかも、SNSで書いてるんですよね」

紙パックのジュースを無駄に触りながら、か細い声で訊く。

正木に聞いたときから、実はずっと気になっていた。本を読まなくなった今、貴教は誰かの感想を目にすることがない。せいぜい帯に載っている書店員の感想コメントや店頭に飾られている手書きPOPくらいだ。

みんなは、彼女は、どんなふうに本を読み、感じているのか。

「ああ、読書記録みたいなやつかな。見る？」

いや、それは大丈夫です、と答える前に、林藤はスマホを取り出して貴教に画面を見せた。フォロワーが五千もいた。

見たくないのに、見せられるとつい文字を追ってしまう。多くの人に見られているのであれば、すごく批評的な感想なのだろうと思っていた。けれど、面白かった、このシーンが好き、序盤から引き込まれた、読み終わって幸せな気持ちになった、などという感想に思わず拍子抜《ひょうしぬ》けする。

「すごく、素直なコメントですね」

「あはは、そんなかっこいいこと言えないもの」

そして、読了後は興奮が勝ってとにかく感じたことを書いてしまうのだと言った。賢そうな文章書きたいんだけどねえ、と肩をすくめる。

「あんまり文才とか、発想力とかないんだよねえ。思いつかない」

「……書いたこと、あるんですか?」

「一時期ケータイ小説をね。高校生のとき」

はにかんで、ペットボトルに口をつける。そして「わたしには書く才能はなかったみたい。難しいよねえ」「読むほうが好きだったんだろうなあ」とぶつぶつと言葉を続ける。

ケータイ小説は貴教も知っているけれど、読んだことはない。横書きでなんとなく敬遠していたのだ。それに女子向けというイメージが強い。

「ケータイ小説もね、すごいんだよ。乙女の夢が詰まってて胸がぎゅーってなるの。わたしが書いたやつは全然読まれなかったし、進学とかで遠のいちゃったけど。今もたまにピュアな恋愛もの読みたいときは読んでるよ」

昔はこんな話が流行っていたとか、今はこうだとか、最近はライト文芸のような作品も多いだとか、そういう話をする林藤は饒舌《じょうぜつ》だった。途中からさっぱり興味がなくなって話が耳にすら届かない貴教にも気づかない。

「なんでも、読むんですね」

この言葉を、いい意味で言っているのか、それとも皮肉なのか、いやみなのか。貴教は自分でもわからない。なんとなく後ろめたさを感じて、それを林藤に悟られないように視線をテーブルに落としジュースを口に含む。ストローを噛《か》みながら。

幸い林藤は貴教の心情に気づくことなく、自分のスマホを眺めている。そして「あ、これ面白かったんだよねぇ」と、とある本の感想ツイートを指さした。それは最近出た文庫本だ。一度レジで通した記憶があった。けれど、あまり売れ行きがよくないらしく、林藤はなんでだろうかと首をひねる。

「もったいないよねぇ、面白いのに」

「売れてないってことは面白くないんでしょ」

うーん、と林藤は困ったように眉根《まゆね》を寄せて「まあ好む人は少ないかもしれないかな。毒気が強いしなあ」とつぶやいた。

そういうものなのか、と思いながら差し出されているスマホの、林藤のコメントを眺める。ここがよかったとか、ここが印象に残ったとか。決して嘘《うそ》は感じられないそれらに、ふと疑問を抱く。

これ、が面白かったと思うのであれば、なにか、は面白くないと思うこともあるのではないか。好きなものがあるというのは、嫌いなものがあるのと同義だと、貴教は思う。少なくとも、自分はそうだった。

「つまらないっていう感想は書かないいんですか？」

口にしてから、はっとする。

林藤は少し驚いた顔をしたけれど、しまった、と表情を固まらせる貴教を見て「まあね」と苦笑した。

「そりゃあ、合わない本もあるけど……わたしは言わないようにしてるかな」

貴教の胸がずくりと疼《うず》く。もう完治したと思われた古傷が、一度裂けた皮膚が、耐えきれなくなったかのように再びミシミシと音を立てて開いていく。そして、溢れ出す。思い出したくない想《おも》いが。

「……やっぱり、そういうのは言わないほうがいいんですか、ね」

声が微《かす》かに震えた。

さりげなく訊いたつもりだけれど、自分はどんな顔をしているのだろう。

「どうかなあ。読み方感じ方は人それぞれだから、駄目ってことはないと思うよ。ただ、わたしじゃない誰かにとっては心に残る本になるかもしれないじゃない。逆に言えば、わたしが『この本はつまらない』とか『買って損した』って言ったら、誰かの大事な本を奪うことになるんじゃないかって」

——ああ、この人は。

「こっそり、ひと目につかないところで素直な感想を残したりしてるけどね」

ふふっと林藤はいたずらっぽく笑った。

紙パックを握りしめる手に力が込もる。ぺこり、と入れ物がへこむ。

「林藤さんは、なんで書店で働こうと思ったんですか？」

今まで、自分がこの質問を誰かに投げかけたことはない。

いつも訊かれる立場だった。


「小説が、物語が好きだから」


林藤は、迷いなく、満面の笑みで答えた。

林藤に抱いた感情は不快感ではなかった。

貴教は、嫉妬《しっと》したのだ。

純粋に、小説を愛せることが。

彼女にはその資格があることが。

——自分には、ない。

＋　＋　＋

中学二年で始めたＳＮＳに、貴教はどっぷりとハマった。

はじめは読了後の興奮を綴《つづ》っていた。面白かったとか、このシーンでは泣いてしまったとか、自分だったらどうするだろうかとか。

それに誰かが共感してくれる。読んだ本の感想にコメントをくれる人がいる。共通の好きな本で盛り上がったり、他の本をおすすめされたりし返したり。ときには作者本人から感謝のメッセージが届くこともあった。

学校の中では知り合えなかった人たちとの交流は、ただただ楽しかった。

そんな時間が楽しくて、以前にも増して本を読むようになった。その感想を書き込めば、反応がもらえる。するともっと読みたくなる。画面の向こうにいる誰かも、それを待っているのがわかる。

［主人公のあの行動がちょうど対比になっていてすごく印象に残る］［これは喪失の物語で、だからこそ人は芯《しん》を持って生きねばならないことを突きつけられる］

著者が物語に込めたものを、貴教は感じ取りたかった。

本の感想を書けば書くほど、それが詳しいものであればあるほどフォロワーは増えた。

［読みたくなりました］［TakaEbiさんの感想で気になったので購入！］［TakaEbiさん

のおすすめにハズレなし！」

そんなコメントが届くようになると、当然さらにやる気になった。もっと読まなければならない。読む量を増やすことでもっと本を見る目が養われるに違いない。次第に、自分にはそれが出来ているという自負も生まれた。

中学三年になるとライトノベルよりも文芸書のほうがフォロワーの反応がいいことがわかり、単行本を買うことが増えた。ときには誰も知らないようなマイナーな本を書店でジャケ買いした。

そういう本の感想に反応をもらえるのはうれしいものだ。まるで自分がインフルエンサーにでもなったような気分に浸ることが出来る。書店で山積みになっている人気作ではなく、自分の目で見つけ出したものこそが正義のように思えてくる。

高校に入学した頃、フォロワーが二千人を超えた。それに比例して反応も増える。

「TakaEbi さんは文章書くのがお上手ですね」

「すごくたくさん本を読んでいるし、TakaEbi さんも小説を書いてるんじゃないの？」

「書いてみてほしい！　そして読ませて！」

今までも、自分で書いてみようと思ったことがないわけではない。けれど、自分は小説家になりたいわけではないし、なんとなく尻込《しりご》みをしてしまっていた。それに、羞恥心《しゅうちしん》もあったかもしれない。

けれど、顔も知らない誰かが自分の感想を読んで「物語を書いて」と言う。

「いや、俺なんかが」

画面に向かって突っ込む。けれど、書いたらもしかしたら、という希望のような、夢のような、言葉にし難《がた》い小さな種が胸の中に宿った。

それまで貴教はネット小説を読んだことがなかった。存在はケータイ小説と同じように知っていたけれど、紙で読むほうが好きだったから。なにより、書籍になり書店に並んでいるものはプロの作品だ。安心感がある。

ネット小説は無料で読めるので魅力的だ。だけど、そう思うといつも、幼《おさな》いときに自分の小遣いで買った四冊の本を思い出す。

ただ、最近ではそういう投稿サイトからの書籍化も多い。その中で追いかけているシリーズもある。未来の小説家がこの中にいるのかもしれない。

ちょっと読んでみよう。はじめはただ、そんな気持ちだった。

投稿サイトに登録して、とりあえずランキングから気になったものを読む。

面白いものもあった。けれど、これならば自分にも書けるのではないかと思った作品もあった。

今まで頭をかすめては消えていた小さなチャレンジ心が、膨《ふく》れあがる。もしかしたら、自分ならば。もしかして自分も。

自分で物語を書いたことなんてない。けれど、高校生になったことだし、新しいことにチャレンジしてみてもいいかもしれない。

ちょっとした、暇つぶしに。ただの、趣味として。

そう思った三日後、貴教はひとつの話を書き上げた。

少年がなんてことのない日々の中で、少し不思議な経験をする一万字程度の短編だ。なぜそれを書いたのかと言われれば、そのほうが小説家っぽいから。自分が今まで読んできた本に、見劣《みおと》りしないようなものでなければいけないような気がしたのだ。

本当は、なにを書こうかと考えたとき、真っ先に浮かんだものは初めて読んだライトノベルのような冒険ものや戦闘ものだったのに。

恋愛もののようでもあり青春もののようでもあり、けれど、なんの意味もないような話。そう見えるような工夫を取り入れた。それが出来るだけの知識はあったのだと思う。

だからだろうか。初めての小説は貴教の予想を上回る反応を見せた。

「文章がうまいですね」「ぼくのも読んでくれませんか」「辛口でもいいので感想ほしいです」「アドバイスください」

貴教はいろんな人の作品を読み、感想を残した。ここが少し弱いと思うとか、このシーンはいいけれど主人公の心情がいまいち理解出来ないとか、ときには誤字脱字誤用の報告もした。

サイト内では定期的に出版社と共催のコンテストが開催されていた。テーマに合いそうだと、なんとなしにエントリーをしてみた。短編を集めて一冊のアンソロジーとして出版されるというものだ。

貴教が初めて書いた物語は、大賞や銀賞には至らなかったものの優秀賞としてサイト上に名前が載った。

賞金がもらえるわけでもなく、本になるわけでもない。

けれど、自分は賞を受賞した。

しかも、初めて書いた作品で。

そこからまるで取り憑《つ》かれたように毎晩パソコンを開いて小説を書くようになった。今度は出版社の新人賞に送ってみようと決意して、必死に言葉を紡いだ。凝った設定に伏線を張りめぐらした、ミステリだ。

それは、一次選考にも通らなかった。

かわりに選ばれた作品は、同じ投稿サイト出身者の、ありふれた、どこにでもあるようなもの。文章も誰でも書けるような言葉の羅列。

自分の作品のなにが悪かったのかはわからなかったけれど、きっと出版社が求めているものとは違っていたのだろうと割り切り、小説投稿サイトにコピペして公開した。けれど、それは今までよりも遥《はる》かに読者数が減り、反応もなかなかもらえなかった。

きっと、サイトの雰囲気にも合っていないのだろう。そう思い今度は別の作品を新たに書き上げた。

結果は同じだった。もちろん、前回とは別の新人賞に応募するためだ。

それでも諦められなかった。回数を重ねれば重ねるほどに。

次こそは、次こそはと、寝る間も惜しんで書いた。けれどすべて一次落ち。少しでも誰かに認められたくて小説投稿サイトに公開するけれど、読者数は右肩下がり。自分のものよりも劣《おと》った作品のほうが人気がある、ときには書籍化する。おまけに売れる。

――俺のほうが、うまいのに。

大学受験が控《ひか》えているにもかかわらず、画面に向かって書き続けた。

いつしか、自分の感想は辛辣《しんらつ》なものになっていった。

それは小説投稿サイトの作品だけではなく、一般書籍に対しても同じだった。どれを読んでも「自分ならこうするのに」とか「ここがおかしい」としか感じられない。漫画ですらも面白く感じられない。

それを、自分の目が肥えたからなのだと思っていた。

なんとか無事に大学に受かり、大学生になってからはそれまでよりも執筆に精を出した。もちろん読書にも。

そんな中、とある新人賞で受賞した作家のデビュー作にSNSで厳しい感想を残した。面白くなかった、なにが書きたかったのかわからない、つまらない。登場人物に共感できない。買って損した。買う価値がない。

それはもちろん、嘘ではない。決して、自分が落ちたのに、という妬《ねた》みからではない。

面白い作品には素直にそう書くことが出来る。そうしなかったのは、そういう作品だったということだ。

——自分のほうが優れている。なのにどうして。

感想を投稿した直後のことだった。

[投稿サイトの駄文しか書けない小説家気取りがプロの作品貶《けな》してるのウケる]

そんなコメントが届いた。

その瞬間、ひゅっと貴教の体温が下がった。突風に飛ばされ気がつけば南極にやってきてしまったかのように、凍《い》てつく空気を感じた。

[あなたは何様ですか][この人、あのサイトで偉そうなコメント書く人だよね][頼んでもないのに余計なお世話][あなたのせいで大好きだった作家さんが筆を折った][あなたの小説、添削したので参考にどうぞ][学生のあなたにはわからないかもしれないけれど、私にはすごく素敵な本でした。そんなふうに言わないでほしいです]

最近はSNSでも滅多に反応がもらえなかったのに、この機会を待っていたかのように突然次々とコメントが届く。溺《おぼ》れるほどの量に、息が出来なくなる。

[あなたみたいな人に読まれた本がかわいそう]

書店アルバイトを始めて二ヵ月目のことだった。

今まで自分の信じていたものが、大事だと思っていたはずのものが、粉々に割れる音が、聞こえた気がした。

自分はなにをしたかったのか。

今までの自分はどんな気持ちで本を読み、文字を綴っていたのか。

貴教は、すべてを消した。そしてすべてを捨てた。

＋　＋　＋

「お先に失礼します、お疲れ様です」

「お疲れー」

五時半になり、木南に残りの業務を任せて売り場を抜ける。事務所でタイムカードを押してから、エプロンを外す。

普段はそのまま店内を通り従業員用通路に向かう。寄り道もしなければ、棚を見ることもほとんどない。

これからも、自分はそうしなければいけない。

文庫の棚を必死に見ないように一直線に突き進む。

三年間、そうしてきたのに、どうして今日はこんなにも苦痛を感じるのだろうか。あ
あ、やっぱり林藤と話をしなければよかった。

だからいやだったのだ。

彼女は自分と違うのがわかっていたから、だから。

「すみません」

背後から声が聞こえて体が跳ねる。自分のことだろうかと振り返ると、年配の女性が困ったように眉根を寄せてこちらを見ていた。

「商品の場所がわからないんですが」

「あー……はい」

女性が手にしているのは小さな紙で、おそらく店内にある検索機の出力紙だろう。勤務時間は終わったしエプロンも身につけていないけれど、白シャツに黒ズボンという格好だったので店員だと思われているようだ。

断るわけにもいかず紙を受け取ると、時代小説の文庫本のタイトルが印刷されていた。在庫数は1になっている。

「ご案内致します」

文庫担当がいたらバトンタッチしようと思ったけれど、あいにく誰も見当たらない。仕方ないかと内心ため息をつく。

文庫本は出版社ごとに並べられているものの、その中でも時代小説は違うレーベルになるので棚が別の場所にある。貴教は迷いなくそこで立ち止まり、作者名で探し出した。

「こちらですね」

貴教は商品を女性に手渡した。合わせて続きのシリーズも探しているのだと言われ、数冊を取り出す。そのうちの二冊を女性は「ありがとう」と受け取った。残った本を、背表紙の番号順に棚に差し戻す。そんな作業をしていたからか、別の男性にも「すみません」と声をかけられた。

「それでしたら新刊ですので、あちらに」

タイトルしか情報がなかったけれど、たまたま今朝見た文庫本だったのですぐに案内する。たった三冊しか配本されなかった、とある作家のデビュー作。忘れたくとも忘れることの出来ない本。貴教が、最後に読んだ本だ。

男性が頭を下げてレジに向かうのを見送ってから、ぼんやりと残り二冊になった新刊を眺めた。新刊なのに、棚差しにされている、ちっとも目立たない本。

帯が少しずれているのに気がつき、棚から抜き取りそっと直す。

カバーは帯が巻かれることを想定してデザインされているので、定位置にあるほうがバランスがよく見える。マット加工のされたカバーは肌触りもいいし、綺麗な表紙だから目につく場所に、面にして置いたら手に取る人も増えるだろう。

とはいえ、担当ジャンルの違う貴教は棚に手を加えることは出来ない。帯を破いてしまわないように気をつけながらそっと差し戻した。

「どうしたの蛯名くん」

「っわ！」

林藤が横からにゅっと顔を出してきて、声を上げてしまった。慌てて口元を押さえつつ振り向く。エプロンを外しカーディガンを羽織《はお》った林藤が「お疲れ」と手をあげた。客の問い合わせに対応するあいだに、六時を回っていたらしい。林藤も退勤のようだ。

「お疲れ様です。っていうか、びっくりさせないでくださいよ」

「蛯名くんがこんなところにいるの珍しいじゃない」

理由になっていない、と思いながら片眉を上げると、林藤が「これ気になってるの？」と言って、乱れた商品を綺麗に陳列し直す。ひょいっと貴教に見せるように掲げたのはさっきの本だ。

「いや、別に」

「これわたし結構好きなんだけど、配本が少ないから難しいよねえ」

貴教の返事は聞こえなかったかのように林藤は言葉を続ける。

「最近は地味なのとか話題性がないのとか、ダークなものとか、重くて苦しいのとか、気持ち悪いのとかあんまり売れないからなあ……。特に文庫は顕著だよ。漫画も？」

「あー、漫画のほうは読みやすいからか、割となんでも手に取られてる気がします」

「小説は、自由なはずなのにね」

残念そうに林藤がつぶやいた。

彼女が〝自由〟にどういう想いを込めたのかわからなかったけれど、誰にも読んでもらえなければ、誰も好きになってくれなければ、それは無意味だと思った。

「多くの本がそれぞれ好みに合った多くの人に届いてほしいよね」

立ち上がった林藤に並ぶようにして貴教は棚の奥に進む。向かう先は従業員通用口ではなく、売り場の奥。少しだけ、足が重くなる。臆《おく》している自分がいる。

問い合わせ対応は終わったのだから失礼しますと帰ればいい。

わかっているのに、足は林藤の歩幅に合わせてしまう。

「ねえ、これ、力作だと思わない？」

「え？　あ、すごいっすね」

林藤が貴教に見せたのは棚に貼られている手書きPOPだった。なにやら重い話らしいが、林藤が読んで興奮したのが伝わってくる。

「なんとなく買って読んだらすごくズシンときてね。誰かにも読んでほしいんだけど……このジャンルはなかなか難しいんだよねえ。流行りのジャンルも面白いけど、あんまり人気のないジャンルでも好きな人は絶対いるし、読んだら好きになる人もいると思うの」

へえ、と返事をしながら、林藤の作ったPOPを見る。

彼女がこの物語でどう感じたかがストレートに伝わってくる。しかも押しつけがましくもない。わたしはこう思いました、こんな本でした、と言っているだけだ。

悔《くや》しいことに読みたくなった。

けれど、自分は読むべきではない。

伸ばしてしまいそうになる手をこらえて奥歯を噛む。

「ねえ、蛯名くん、小説好きでしょう？」

突然の質問に「は？」と素《す》っ頓狂《とんきょう》な声をあげてしまう。反射的に林藤に顔を向ける。と、いつから貴教を見ていたのか、林藤のまっすぐな視線とぶつかった。そして、優しく細められる。

「や、俺は……」

「お客さんからたまに問い合わせ受けるじゃない。蛯名くんはコミック担当なのに文芸の棚も自然に案内するから、絶対本に詳しい人だろうなって思ってた」

そんなことはない。

長く働いていれば誰だって出来るはずだ。

「さっきも、ちゃんと文庫を背表紙の番号順に並べてたよね」

ふるふると頭を左右に振り否定し続けた。

好きなわけではない。

もともと、自分は好きじゃなかったのだ。

じゃなければ、あんなことにはならなかった。あんなことしなかった。

「俺には、そんな資格ないです」

口にすると、喉《のど》が萎《しぼ》んで苦しくなった。目の奥にまでそれが伝染してきてツンと痛む。

「読んじゃいけないんです。否定してしまうかもしれないから。いろんな人を不快にさせてしまうかもしれないから」

見栄《みえ》のために本を読み、偉そうに欠点ばかりを探すように読んでいた。誰かの紡いだ物語を、否定することで自分を大きく見せていた。自分は、最低の消費者だ。

でも、そんなことは、感想をどこにも書き残さなければいいだけの話なのだ。でも、そういうことじゃない。

だから、貴教は本を断ち切った。

「俺は、本を貶《おとし》めてしまうから」

――あなたみたいな人に読まれた本がかわいそう。

あのときのコメントは、今でも貴教の胸に突き刺さっている。

貴教の声は、涙を滲《にじ》ませて震えていた。些細《ささい》な刺激で涙腺《るいせん》が決壊してしまいそうで、それを必死に呑み込む。

「え？　なんで？　別にいいんじゃないの？」

にもかかわらず、林藤の声はあっけらかんとしている。

予想外過ぎて、涙も思考もふっとんだ。は、と間抜けな声が漏れる。

口を開けてぽかんとしている貴教を、林藤は「どうしたの」と心配そうに覗き込む。どうしたの、は貴教のセリフだ。本を愛しているはずのあんたが、なんで貶めてもいいとか言うのか。一体どうした。

「だ、って、いやでしょ、好きな本のいやな感想とか、言われたら」

「え？　ああ、そういうこと。まあ、いい気分にはならないけど、でも、その人はそう感じたんでしょ。わたしの気持ちとは関係ないじゃない」

通用口に向かわず、ふたりでふらふらと店内を歩き回る。林藤は棚をはしからはしまで一冊も見落とすことがないかのように眺めている。そして、

「わたし、中学のときあんまり友だちがいなかったの」

と言った。

「別にいじめられていたわけじゃないけど、うまく人付き合いが出来なくてね。本ばっかり読んでいたってのもあるんだけど。ひとりになるとなおさら、物語ってすごいなって思ったんだよね。自分には出来ないようなことをする主人公がいたり、出会ったこともない生き物がいたり。すごいなって」

その感覚は、貴教にもわかった。なんの話をするつもりなのかは理解出来なかったけれど、林藤の語るすごさは、貴教も初めて本を読んだときに感じたものだ。

本の中には知らなかった世界が広がっていた。自分の常識とは違う常識があり、そこで生きている人たちがいた。

「人を殺して裁かれる人もいれば、裁かれない結末もある。それで不幸な人もいれば幸福な人もいる。魔法が当たり前だったり、太陽がないのが当然だったり、宇宙で生きることが日常になっている人も」

すごいなあって、と林藤は同じセリフを繰り返した。

「でも、そういうのじゃなくて、こういうのを読みなさいって言われるのよ」

林藤が指さしたのは、文豪と言われる人たちの書いた物語だ。貴教も数冊読んだことがある程度。別に嫌いではないが好きでもない。長年読み継がれているので名作なのだろうとは思うけれど、あえて読もうとは思わなかった。

「なんで？　って思ったんだよね。これじゃなくてこっちを読みなさい、なんて。好きなの読ませてほしいじゃない」

これだけたくさんの本があるのに、と言って林藤は両手を広げた。

書店の広さはその両手ではまったく足りない。それだけの冊数がこの店の中にある。文芸書もあれば新書も、実用書も、専門書も学習参考書もある。雑誌だって漫画だってある。

けれど、これがすべての本ではない。

もうすでに並んでいない本も数え切れないくらいあるだろうし、今後はそれ以上に増えるだろう。生きているあいだに読めるものなんて、ほんの一部に違いない。

「こんなにあるってことは、それだけ自由ってことだと思わない？」

林藤は、うれしそうに笑っていた。

貴教には、目を細めたくなるほど眩《まぶ》しい。

「だから、読者も自由なんだと思うんだよね」

自由、という言葉をゆっくりと咀嚼《そしゃく》して、そして反芻《はんすう》する。

本も、読者も、お互いに自由というのは、捉《とら》え方ひとつであまりにも重くなる。けれど、そんなふうに感じる必要はないのだろう。彼女が発する言葉からは、まるで、空気よりも軽い羽がふわふわと浮いているみたいなイメージを受ける。

「なにを選んでもいいし、どう感じてもいい。これだけいろんなものがあるなら、好きなものもあるし、嫌いなものもあって当たり前じゃない」

言っている意味はわかった。

けれど、その言葉に甘えるのは、まだ怖い。

そうですね、と言いながらもすっきりしない表情でもごもごと口を動かす。

「もしも、蛯名くんが自分の感想で誰かを傷つけたんだとしたら、言い方が悪かったんだと思う。人付き合いのほうの問題なんじゃない？」

満面の笑みで、今日一番のストレートパンチをもらった。

衝撃で頭が揺さぶられて、思わずふらりとよろめいてしまう。

林藤は優しげに目を細めた。

「資格も、決まりも、正解もないんだよ」

いつの間にか、ふたりはさっきの新刊コーナーに戻っていて、林藤はその中から一冊の文庫本を貴教に差し出した。

貴教はそれを、受け取った。

家に帰って、しばらく買った本を眺めて過ごした。

林藤から受け取り購入したのは、デビュー作が文庫化されたあの新刊だ。これを読むのは二度目になる。

この本を読んだとき、貴教はただ、悔しかった。

自分も応募した新人賞で、受賞した作家が妬ましくて仕方なかった。読みたくて読んだわけではない。ただ、どんなものか見てやろうという、そもそも酷評をするつもりでページを捲ったのだ。今となってはどんな話だったのか思い出せない。

きっと、あのときの自分は、物語を読んですらいなかったのだろう。

「……そんな本を二度も買うって、ばかみたいだな」

読みたい、と思う。けれど、やっぱり読んでもいいのだろうか、とも思う。

もしも、同じようにしか感じられなかったら。

もしも、また本を読むことで以前の自分に戻ってしまったら。

そう思うと怖い。そんな自分は見たくない。

けれど、林藤に言われた言葉を思い出し、深呼吸をしてページを捲った。実に三年ぶりだ。掌《てのひら》にしっくりくるサイズの文庫本。

その中に綴られた物語を追いかけた。

正直に言うと、数ページで文章が自分には合わないことに気がついた。手放しで絶賛出来るほど優れた作品だとも思えない。けれど。

「……面白い、なあ」

　この本の中ではたくさんの人が生きていた。

　自分とはまったく違う考えの人、似ている人、友人に似ている人。好感がもてるキャラもいれば、出てくるとイライラするキャラもいる。それぞれが、自分には起こりえない日々を過ごしていた。感情移入は出来なかったけれど、それがなんだというのだろう。

　だって——面白い。

　みんなどこかにいる、他人だ。どこかにいるかもしれない誰かだ。

　共感出来る人もいれば、理解出来ない人もいる。わかることもあるし、わからないこともある。

　それでいいんだ。

　気がつけば貴教は読みながら涙を流していた。

　決して悲しいからではない。作中では主人公たちは笑顔で話をしているシーンだ。

「面白い」「悔しい」「でも、面白い」

　今までと、今の感情が入り乱れて、涙を何度も拭《ぬぐ》いながら、本を汚さないようにと唇《くちびる》を噛んで堪えながら読んだ。それでも、しずくが落ちていくつものシミを作った。

　気がつけば、帰宅してから食事も忘れて、涙で顔を濡《ぬ》らしながら小説に没頭していた。

　時刻はすでに零時を過ぎている。腕で涙を拭い、はあーっと息を吐き出した。疲労感に混じっている満足感に、また視界が霞《かす》む。

三年ぶりの小説だったのに、もっと前から小説を読んでいなかったような気がした。

小説が、好きだった。

――『ねえ、蛯名くん、小説好きでしょう?』

林藤の言葉が、聞こえた気がした。

嘘でも嫌いだ、と答えられなかった。

アルバイトをはじめることを決めたとき、貴教はなんの迷いもなく書店員の募集を探した。

――『本は好きですか?』

面接で訊かれた質問に、貴教は即答した。

受かったときは、本に囲まれて働けることがうれしくて仕方なかった。

けれど、好きだった自分の気持ちに自信が持てなくなった。ずっと、本を読む自分に酔っていただけなのではないかと思うと、羞恥に襲われた。

だから、捨てた。やめた。忘れようとした。

自分の書いたものもゴミにしか思えず、なんの愛着も持てずに削除出来た。結局その程度のものだった。今思えば、楽しくて書いたことなど一度もない。

それでも書店員を続けていた。何度も辞めるべきだと思ったのに、どうしても、辞められなかった。

どこかで、本と、物語と、昔の自分と、つながっていたかった。

昔のように戻れなくても、忘れたくない時間があった。

初めて読んだ小説に夢中になった、幼い自分。あのときの感情。衝撃。

そして、そこから広がった、様々な物語に出会う楽しさ。

読みたいだけならひとりで読み続けていればよかった。

それをしなかったのは、出来なかったのは、小説が好きな気持ちと同じくらい、

「誰かと、語りたかったんだ」

なのに、自分は画面の向こうにいる人たちを傷つけた。

いつの間にか、なにかと、自分と、他人と、比べるような読み方しかしなかった。楽しむことを忘れてしまった。語り合うことをやめて、自分の感覚が正しいと思い込んでいた。他人の意見に耳を傾けることもなかった。

面白いと思う人もいればつまらないと思う人もいる。それでいいはずなのに。

どこで、どうして、自分は見失ってしまったのだろう。

どうして、型にはめてしまったのか。

いつから、重い鎖で縛りつけてしまったのか。

読むことも、書くことも、語ることすらも。

――こんなにも、小説は自由だったのに。

明日も朝からアルバイトに行かなければいけない。遅刻したら洒落《しゃれ》にならないので早く寝なくてはいけないけれど、今日はきっとなかなか寝つけないだろう。

はあーっと息を吐き出してベッドにもたれかかり、天井を仰ぎながら目をつむる。脳裏には、さっきまで掌にいた人物たちが自由に動き回っていた。

貴教の部屋の片隅《かたすみ》には閉じられたままのノートパソコンがある。

まだ当分は無理だろうけれど、いつの日かまた、物語を書けるだろうか。

今度は楽しく、気負わず、自分のために。

見栄なんか張らずに、自分の好きなものを——自由に。

でも、とりあえず今はこの興奮に浸っていたい。

明日も林藤は出勤しているだろうか。そうだといい。出来れば同じ朝シフトで、昼休憩が重なればいい。

小説が好きだと、以前よりももっともっと好きになったと、伝えたい。

そして、彼女とこの本の感想を語りたい。喋りたい。

彼女は、どんな感想を聞かせてくれるのだろう。

この掌の中で生きていた、いとしい他人たちについて。

芹沢政信

「モモちゃん」

芹沢政信（せりざわ・まさのぶ）

群馬県出身。第9回MF文庫Jライトノベル新人賞にて優秀賞を受賞し、『ストライプ・ザ・パンツァー』でデビュー。小説投稿サイト「NOVEL DAYS」で開催された、講談社NOVEL DAYSリデビュー小説賞に投稿された、小説への愛と苦悩に満ちた『絶対小説』（講談社タイガ）にてリデビューを果たす。

1

第9回NM文庫ライトノベル大賞　【結果】一次選考落選

文章：○　キャラクター：△　構成：○　オリジナリティ：×

【講評】平易な文体で読みやすく、シナリオ運びも丁寧で好感が持てる。ただ、それだけという印象は否めず、高校生が書いた作品のわりにフレッシュさがなかったのは残念。


「フレッシュさってなに⁉　もっと具体的に言え！　ゴミ、カス、うんこ！」

送られてきた評価シートを丸めて放りなげたところで、結果が変わるわけじゃない。

投稿前にコピーしておいた原稿を破り捨てたところで、評価が覆《くつがえ》るわけじゃない。

落選したのだ。

必死に書きあげた、わたしの小説が。

人気作家の不動詩凪《ふどうしいな》に影響されて、中学のうちから投稿生活をはじめたけど、気がつけばもう高校生。彼女がデビューした年齢をあっというまに追い越してしまった。その間の成果は最初のころに二次選考まで進んだことがあっただけで、あとはずっと一次落ちだ。

何度も落選しているからといって悔《くや》しさに慣れることはなく、わたしはしばらく奇声をあげたりジタバタしたりしてストレスを発散させる。端《はた》から見たら完全にやベーやつだけど、周りには誰もいないから気にする必要はない。

わたしが今いるところは、旧校舎の図書室。

老朽化が進んだせいで普段は使われておらず、放課後にわざわざ使用許可を取って執筆活動に励《はげ》む奇特な生徒でもいないかぎり、教師たちですら忘れているような空間なのだ。

いわゆる穴場。自分だけの聖域。

と、思っていたのに、

「めっちゃキレてるけど、大丈夫？」

「ひっ！」

いきなり背後から声をかけられた。

長い黒髪で、橋本環奈《はしもとかんな》や不動詩凪にだって引けを取らないレベルの超絶美少女。

顔に見覚えはないけど、制服のネクタイの色を見るかぎり同じ学年だ。

……もしかして、ずっとここにいたの？　小説を書いていることさえ秘密にしているのに、落選したショックで錯乱している姿を目撃されるなんて、恥ずかしすぎる。

「お願いっ！　今のことは誰にも言わないでっ！」

「別に構わないけどさ、その代わりにモモちゃんの小説を読んでほしいな」

モモちゃんて誰？　と思ったけど、すぐに目の前にいる相手の名前だと察する。

彼女からぐいっと渡されたのは今どき珍しい手書きの原稿で、

『モモちゃんの大冒険』と、タイトルが記されていた。

なるほど、つまりはわたしのお仲間ってことね。

しかも自分を主人公にした小説を書いているなんて、正直かなり痛い子だ。

「君って新人賞に投稿しているんでしょ。だからアドバイスしてほしいなと思って」

「自慢じゃないけど二次選考まで残ったことあるし、読むくらいならまあ……」

「じゃあお願いね」

彼女はそう言ったあと、煙のようにすうっと消えていく。

現実とは思えないくらいの美少女だったから、うっかりスルーしそうになったけど、

「あれ、モモちゃん？」

と遅れて、異常さに気づく。

旧校舎の図書室は時が止まったように静かで、まるで最初からわたししかいなかったような空気を漂わせている。

もう一度だけ呼びかけてみるものの、やっぱり返事はなくて。

あとには、恐怖だけが残った。

「ぎゃあああああっ！　おばけえええええっ！」

原稿の束《たば》をその場に投げ捨てると、わたしはダッシュで家に帰った。

お母さんが帰ってくるまでリビングのソファでびくびくしていたけど、幽霊を見たと言ったらゲラゲラ笑われるしわたしも冷静になってきて、やっぱり気のせいだったようにも思えてくる。でもひとりでお風呂《ふろ》に入っているときに恐怖がぶり返してきて、そのあと明かりをつけたまま布団に潜っても安心できなくて、隣の部屋にいる小学生の弟に「いっしょに寝よ」と頼んだらめちゃくちゃキモがられて追い払われてしまった。

勘弁してよ。ようやく見つけた穴場。落ちついて執筆できるわたしだけの聖域。

今まではなにもなかったのに。

幽霊が出るかもと思うと怖くて、二度と近寄れない。

そう考えて毛布にくるまってうとうとしていたら、

『なんで小説、忘れちゃうの』

夢の中にモモちゃんが出てきて、わたしはガバッと飛び起きる。

泣きべそをかいて部屋をきょろきょろと見まわすと、図書室で投げ捨てたはずの原稿が勉強机に置いてある。

……やばい、完全にホラーだこれ。

彼女が書いた小説を読まないと、なにをされるかわかったものじゃない。


翌日の放課後。わたしは覚悟を決めて旧校舎の図書室に向かう。

言われたとおり小説は読んできたから、感想を伝えて勘弁してもらおう。

今のところあの幽霊に従う以外に、助かる方法はなさそうだし。

でも書架《しょか》の陰《かげ》から様子をうかがうと、昨日座っていたところにモモちゃんはいない。

安心してホッと息を吐《は》いた直後、

「ばあ！」

背後から声がして、わたしはひっと悲鳴をあげてしまう。

「君ぃ、図書室では静かにしなくちゃだよ」

「あんたが脅かしてきたんでしょうが！　あ、やめてやめて来ないで……」

「そんなに怖がらなくてもいいじゃん」

「だって幽霊でしょ。本当にもう許してよお」

ビビりまくっているわたしを見て、モモちゃんはニヤニヤと笑う。

幽霊のくせにやたらとノリが軽いから、徐々に恐怖心が薄れてきて、

「……なにもしない？」

「小説の感想を言ってくれるならね。待ちくたびれちゃった」

モモちゃんは口を尖《とが》らせてそう言うけど、子どもが拗《す》ねているみたいな感じであまり怖くなかった。

その様子に安心したわたしは、読み終わった原稿を返す。

幽霊が律儀《りちぎ》に授業を受けているはずがないし、睡眠が必要かどうかも怪しいところ。もしかすると彼女は、昨日の夜から小説の感想を待ち続けていたのかもしれない。

相手の機嫌を損ねないように、なるべく褒めておいたほうがよさそうだ。

「なんていうか、楽しそうに書いているのが伝わってきました」

「できれば具体的に教えてよ。じゃないと今後の参考にならないし」

皮肉にも、自分が評価シートに感じた不満と同じことを言われてしまった。

わたしだって作家志望の端くれ、幽霊が書いた作品だろうと面白かったら素直に褒めると思う。でも『モモちゃんの大冒険』っていうタイトルからもわかるように、彼女自身を主人公にした小説は、読んでいて頭が痛くなるほどひどい内容だったのだ。

「誤字脱字が多かった。ちょっとくらいなら気にしないけど、さすがに一ページに何ヵ所もあると読むのしんどい。途中からキャラクターの名前まで変わっているし、誰が喋《しゃべ》っているのかわからない場面が多くて何度も首をかしげちゃった」

「そうかなあ。お話はばっちり面白かったんだよね？」

「設定がベタすぎ。オチも安直。前に読んだかなって思うくらい」

「むう……」

あ、モモちゃんが頭を抱《かか》えている。

オブラートに包むつもりでいたのに、ついつい言いすぎてしまった。

大丈夫かな。襲ってきたりしないよね？　なんてビクビクしていると、

「でも最後まで読んでくれたんだ。ありがと」

モモちゃんはそう言って、にっこりと笑う。

うわ、なにこの反応。めっちゃいい子じゃん。

ここまでボロカスに言われたら普通は拗ねるか泣くかしそうだけど、モモちゃんはわたしの感想をしっかり受け止めて、お礼まで言ってくれた。

だからなんとなく罪悪感が芽生《めば》えてきて、

「楽しそうに書いているのが伝わったのは本当だから。落ちこまないでね」

「大丈夫。今度はもっと面白いのを書くし」

そう言って胸を張るモモちゃんに、わたしは見惚《みほ》れてしまう。

理想を絵に描いたような、物語の中から抜けだしてきたみたいな、キラキラとした女の子。自分とは正反対の、可愛《かわい》くて明るくて自信たっぷりの姿。

おかげで羨《うらや》ましいような妬《ねた》ましいような、不思議な気分になってくる。

「そもそも幽霊がなんで、小説を書いているのよ」

「趣味でもないと、退屈すぎて死んじゃうから」

そもそも生きてないじゃんというツッコミはさておき、小説を書くのは時間がかかるか

ら、暇をもてあました幽霊にはうってつけの趣味なのかもしれない。

「それにこの身体《からだ》だとカレシ作るの無理だし、旅行に出かけるのだって難しいじゃん。だから自分を主人公にした小説を書いて、物語の中で恋愛したり冒険したりしているの」

「へえ、幽霊ってのも大変なのね」

モモちゃんの話を聞いて、わたしは同情してしまう。

こうなると恐怖はすっかり消えて、むしろ親近感さえ芽生えてくる。

でもそれは実のところ大きな間違いで、

「じゃあ次も感想よろしくね」

「え？」

「ふふふ、そう簡単にゃ逃がさないよん」

モモちゃんが肩にしなだれかかってきて、耳元でふっと息を吐く。

……わたしにはどうやら、幽霊の創作仲間ができてしまったらしい。

2

「君って放課後になると毎日ここに来るよね。そんなにモモちゃんが恋しいのかにゃあ」

「あんたが目当てなわけじゃなくて、小説を書きに来ているのよ。家だとお母さんとか弟が騒がしくて落ち着かないから、旧校舎の図書室が一番集中できるし」

「でも高校生なんだし、たまには友だちとカラオケに行ったりとかも……あ、ごめん」

モモちゃんはそう言ったあと、わざとらしく口に手を当てる。

彼女と出会ってかれこれ二週間。自然と向かいあって執筆活動に励むようになったけど、この幽霊は早くも遠慮がなくなってきている。

「そりゃ誘われたりしませんけどね。趣味で書いているあんたとちがって、わたしは本気でプロを目指しているの。不動詩凪みたいな高校生作家になるのが目標なんだから、カラオケでパヤパヤしている暇があったら原稿を進めるってば」

「して、未来の大先生。新作はいつごろになりますでしょーか」

わたしは顔をしかめて、執筆に使っている電子メモ帳を見る。

おかしいな、テキストファイルが真っ白だ。

原稿用紙にカリカリ手書きしているモモちゃんを眺《なが》めつつ、コホンとひとつ咳払《せきばら》い。

「いいこと？　新人賞で勝ち抜くためには応募するレーベルの傾向とか、読者の間で流行《はや》っているジャンルとか、そういう諸々を分析したうえで、既存のヒット作品と差別化できる内容を考えていかないとダメなの。だから今は……構想の段階ってことよ」

「難しいこと考えるよりも気の向くまま書いちゃったほうがよくない？　なんていうか聞いた感じ、あんまり楽しそうなやり方じゃないし」

「好きなものを書いているだけじゃ評価されないもの。楽しんでいる余裕なんてないわ」

わたしがそう断言しても、モモちゃんは納得していないような表情を浮かべる。

退屈しのぎで書いている幽霊には、理解できない話なのかもしれない。

本気でプロを目指すのが、どれだけ大変かってことは。

なんて考えていたら落選した悔しさがぶり返してきたので、話題を変えようと、

「ていうかさ、あんたはなんで幽霊になったの。やっぱなにかしらの未練があるとか？」

「どうだったかにゃあ。過去は振り返らないタイプだからにゃあ」

見ためは若いけど、実はけっこう長いこと幽霊をやっているのだろうか。

物忘れが激しくなったおばあちゃんみたいに、首をかしげているし。

「モモちゃんには昔、仲のよかった友だちがいてね。今こうして書いているのだって、小説が好きだったその子から影響を受けたっていうのはあるかな」

「へえ……。わたしはずっと小説が友だちって感じだったし、そういうの羨ましいかも」

「でも成長していくにつれて、その子との関係がギスギスしていったの。叶《かな》えたい夢があって、だから必死にがんばって、なのに思うようにいかなくて——絶望に囚《とら》われた彼女は、モモちゃんを執拗《しつよう》に痛めつけるようになった。生きたままバラバラにしたり火あぶりにしたりと、その所業は残虐のひとこと。現場はひどい有様《ありさま》だったわ」

「は？　バラバラ？」

「そのせいでモモちゃんは天に召されることなく、現世を彷徨《さまよ》うことになったわけ」

「待って。それだと殺人事件の被害者ってことに」

「うらめしやあ、うらめしやあ」

あ、冗談だこれ。

わたしはため息をつき、古ぼけた旧校舎の天井をあおぐ。

自分が幽霊だってことを、ちょいちょいネタにしてくるのよね。この子。


そんなことがあったからだろうか。

モモちゃんがなんで幽霊になったのか、今さらながら気になってくる。

というわけで翌日、ホームルームが終わったあとに担任の先生にたずねてみた。しかし当然ながらこの学校でバラバラにされた生徒はいないし、火あぶりにされた事件だってない。というより、旧校舎の図書室に出没する幽霊の噂《うわさ》さえ存在しなかった。

モモちゃんの謎《なぞ》は深まるばかりだけど……困ったことに担任の先生が空振りだと、陰キャのわたしが話を聞ける相手はほとんどいない。どうしたものかと考えあぐねていたところで、一番頼りにしたくないクラスメイトと目が合った。

「なんだ、用があるなら早く言えよ」

「あんたには関係ないから。変な誤解されるしあっち行って」

しかし図体《ずうたい》がでかくなっても幼《おさな》いころからの癖《くせ》が抜けないのか、山本《やまもと》くんはドッジボールに誘われたときみたいな顔で近づいてくる。

それが嬉《うれ》しいかというと全然そんなことはなくて、

「小説のネタを探しているんだろ？　だったら俺にいいアイディアがあるぜ！」

「……ばかばかばか！　それ秘密だって前に言ったでしょうが」

いちいち声がでけえ山本くんの手をひいて、わたしは教室を出る。お互いの秘密や黒歴史を知りつくしているという意味では、幼なじみというのは本当に厄介だ。

周囲に人影がないことを確認してから、廊下の端でふうと息を吐く。こうしているとまた交際疑惑が囁《ささや》かれかねないけど、この際だし旧校舎の図書室についてたずねておく。

ところが、

「俺も噂らしい噂は聞いたことがないな。つかそれ、幽霊じゃないとだめなの？」

小説のネタを探していると誤解しているせいか、山本くんはだいぶピントのずれたことを言う。わたしはモモちゃんが化けて出てきた理由を探っているわけだから、幽霊じゃないとだめなのかと問われても困ってしまう。

いや、待った。実際のところどうなのだろう。

「幽霊だと思っていた相手が、まったく別の存在だった？」

「たとえば座敷《ざしき》わらしとかさ。小説のネタに使うなら妖怪《ようかい》とかでもいいんじゃねえかな。俺の親父《おやじ》の実家が、東北のけっこう山奥なのは知っているだろ。田舎《いなか》だとそういうの、いまだにガチで信じているんだよ。ものを大事にしないとバチが当たるって、昔よく爺《じい》ちゃんに怒られたし」

「やおよろずの神様なんて話もあるからねえ」

言われてみると案外、幽霊よりマッチしているかもしれない。

旧校舎の図書室に宿った、座敷わらし的な妖怪。

モモちゃんが本当にそういう存在かどうかはさておき、

「ありがと、参考になったわ。やっぱ発想の転換って大事よね」

「んじゃお礼に漫画を貸してくれ。俺向きのやつ」

相変わらず図々《ずうずう》しいな。

小説の参考にするために少年漫画もいっぱい持っているから、別に構わないけども。

ともあれそんな感じで友好的な会話になりかけていたのだけど、余計なひとことが多い我が幼なじみは、最後になぜかやたらと上から目線な感じで、

「来年は受験生なんだからさ。お前も小説ばっか書いてないで将来のことも考えろよ」

「はあ？　考えているから書いているんだけど」

すると山本くんは、声をあげて笑う。

――ばかだなあ。プロになんてなれるわけがないのに。

面と向かって言われたわけじゃないけど、そう考えているのは見え見えで。

わたしは無言で、彼のすねに蹴《け》りをいれてやった。


山本くんと別れたあとも、わたしの怒りは一向におさまらなかった。

彼だけじゃない。お父さんもお母さんも、小学生の弟でさえも、新人賞に投稿しているという秘密を知っている相手は、みんな同じ顔をする。

プロになるのは大変だろうな、無理だと思うけど応援するよ。

また落ちたのか、でもがんばったね。

呆《あき》れたような、笑うような――ぬるくなったコーヒーみたいな表情。

投稿をはじめたばかりのころはまだよかった。自分に才能があると信じていたし、絶対にデビューしてやるという決意もあったから、周囲の冷めた反応はむしろモチベーションアップに繋《つな》がった。

だけど今、わたしの自信とやる気は無残《むざん》にもすり減っていて、ちょっとしたことで根元からぽっきりと折れてしまいそうだ。

過去の名作を研究したり最近の流行を分析したりして、技術や知識を身につけるたびに、小説のことがどんどんわからなくなってくる。努力すればするほど、自分の小説の不出来さや、プロが書いた小説のすごさばかりが浮き彫りになってくる。これじゃだめだ、今のままじゃだめだと感じていても、どうしたらいいのか、わからない。

……ああ、やばい。また不安定な感じになってきた。

わたしは自分のほおをパンと叩《たた》くと、いつものように許可を取ってから旧校舎の図書室へ向かう。新人賞に投稿していることがバレてもモモちゃんは笑わなかったし、幽霊だろうと妖怪だろうと、いい友だちなのは間違いない。

「おろ、どうしたの？　今日はなんだか元気ないね」

「そんなことないってば。有り余っているくらいだし、新作だって進みそう」

とは言うものの、テキストファイルは真っ白のまま。

焦りを覚えつつ向かいのモモちゃんを見れば、心底楽しそうに文字を綴《つづ》っている。脇《わき》に置かれた原稿用紙を見るかぎり、すでにかなりの枚数だ。

「そういえばあんたが今書いているやつ、やっぱり自分が主人公なわけ？」

「今度のはちがうよ。モモちゃんが好きなひとをいっぱい出して、オールスター大集合にしようかなと。ホームズとかカムパネルラとか、銀髪の貴公子バンパイアとか」

案の定、聞いているだけで頭が痛くなりそうな内容だった。

ていうか安易に他作品のキャラを出すな。

コナン・ドイルや宮沢賢治《みやざわけんじ》に対する冒瀆《ぼうとく》でしょそれ。

なんて呆れていると、モモちゃんはにんまりと笑みを浮かべて、

「気になる？　気になるでしょ？　期待値爆上がりになってきたでしょ？」

「いや全然。むしろ読まずに窓から投げ捨てたいくらい」

「まーまーまー。すでにシェイクスピアおじさんもぶったまげの完成度だから」

だからどんだけ自信過剰なのよ。

とはいえモモちゃんのウザ絡みに耐えきれず、わたしは書きかけの原稿に目をとおす。

またクソみたいな話を読まされるんだろうなあと思って身構えていたものの、

「あれ、けっこう面白いかも」

「ほんと？」

「うん。誤字脱字はほとんどないし、文章も構成もわかりやすくなっている。相変わらず内容はカオスで設定もガバガバだけど、明るい話だしこれはこれでありかなって感じ」

プロの作品と比べたらさすがに見劣《みおと》りするとはいえ、前作が小学校の文集レベルの小説だったことを考えれば格段の進歩だ。この上達っぷりからすると、モモちゃんには小説を書く才能があるのかもしれない。

わたしが素直に感心していると、

「君がアドバイスしてくれたおかげだよ！　本当にありがとねっ！」

「そんなことないって。面白く書けたのはモモちゃんが努力したからだし」

口に出したあとで、自分の言葉が胸にちくりと刺さる。

じゃあいつまで経《た》っても上達しないのは、努力が足りないから？

努力しているのに結果が出ないのだとしたら、今度は才能がないってことになるよね？

心の中に溜《た》まったもやもやが溢《あふ》れてきて、自然と口から本音が漏れてしまう。

「わたしも、モモちゃんみたいになりたいなあ……」

「やめといたほうがいいんじゃないかな。この身体ってけっこう不便だし」

「幽霊になりたいって言っているわけじゃないってば。ニコニコ笑いながら小説を書いて、それで上達できればどんなにいいかって思っただけ」

「じゃあ君も楽しんだらいいじゃん。小説」

無邪気な顔で言われたものだから、わたしは内心イラっとしてしまう。そんな単純な話じゃないから苦労しているのだし、悩みながら必死に書いている自分をばかにされたような気分にさえなってくる。

「もういい。あんたがいるせいで集中できないから、しばらく家で書く」

「ええー、なにそれ！　急にひどくない⁉」

モモちゃんがむっとしたような顔で引き止めてくるけど、わたしはその手を乱暴に振り払って図書室を出る。

彼女に悪気がないことはわかっているし、ただの八つ当たりだって自覚もある。だけどこれ以上、自分のペースを乱されたくはなかった。

それから数日が経ち、週末になった。

わたしは土曜日そして日曜日と、自分の部屋でなにもせずにごろごろとしていた。ひとことで言ってしまえば、本格的なスランプだ。

旧校舎の図書室から家に場所を変えたところで筆の進みがよくなるわけもなく、それどころかよりいっそう雑念が増えて、原稿に集中できなくなっている節さえある。

自分には才能がない。がんばって書いてもどうせ一次落ち。そのうえ初心者のモモちゃんが上達する様を見て嫉妬《しっと》しているのだから、人間的にもクズのクズ。

ネガティブな思考は底なし沼のごとくズブズブと心を呑《の》みこみ、再浮上が困難なほどにモチベーションを奪っていく。

以前にも一度こういうことがあって、今まで書いてきた原稿のコピーをすべて、泣きながらびりびりに破いたことがある。

もしかしたらあのとき、心に抱いていた憧《あこが》れを――プロを目指すと決めたときの熱意さえも、まとめて燃えるゴミに出してしまったのかもしれない。

その後も新人賞への投稿は続けてきたけど、心はすでにぽっきりと折れていて、ずっと惰性で小説を書いていただけのような気がする。だとしたら、フレッシュさがないのは納得だ。

なんでわたしはこんなにつらい思いをしてまで、小説を書こうとしているのだろう。

どうしてプロを目指そうだなんて、無謀なことを考えてしまったのだろう。

そんなふうにメンタルがどん底まで落ちたところで、玄関のチャイムが鳴った。

続けてお母さんの「山本くんよー」という声。

……あの幼なじみはいつも、ひとりでいたいときにかぎってやってくる。たぶんこの前話していたとおり、漫画を借りにきたのだろうけど。

わたしはダウナーな気分のまま、彼を出迎えて、

「女の子の家にアポなしで突撃するな」

「ちょうど家の前を通りかかったら、いるって聞いたから。お前の母ちゃんに」

デリカシーという概念を学ぶことなく育ってしまった山本くんは、野生の熊《くま》みたいにどしどしと足音をたてて部屋にあがりこむと、わたしのベッドにどすんと腰をおろす。

下着とかはきちんと仕舞ってあるから大丈夫のはず、と思いつつも念のため部屋のあちこちに視線をさまよわせていると、

「で、漫画は？」

「最近買ったのもほとんど読んであるから、テキトーに借りていって」

その言葉を聞くなり、本棚をガサゴソ。こいつ、マジで遠慮がないな。

しばらくして「おっ！」と言うから『五等分の花嫁』でも見つけたのかと思ったけど、山本くんが取りだしたのは小学校の卒業アルバムとか四年生のころに書いた文集で、

「懐《なつ》かしいなあこれ。お前さあ、写真撮るときくらい笑えば？」

「うるさいわね。ていうかなんでそんなもん、わざわざ掘りだしてくるのよ」

わたしが嫌そうな視線を向けても、山本くんはバカみたいに文集を見せつけてくる。

なにがそんなに楽しいのか『ぼくのわたしの将来の夢』というページを開いて、

「ほら見ろ、俺の夢はプロ野球選手だってよ。お前はやっぱり小説家。ガキのころから変わらねえなあ」

なんてコメントを呟《つぶや》く山本くんは今、両親が営んでいる飲食店を継ぐために調理師の道に進むつもりでいるという。

上から目線で言ってくるだけあって、彼は将来の進路をきちんと考えていて——プロ野球選手の夢を見なくなった幼なじみと話しているとまた、心がどんよりと曇っていく。

現実を見ろ。夢を追いかけるのはやめて、大人になろうじゃないか。

ぬるくなったコーヒーみたいな感情はわたしの中にも着実に育ってきていて、それがいやでいやでたまらなかった。

「……は？　なんでお前、泣いているんだ？」

そんなわけないでしょ。

ムキになってそう口走りそうになったけど、嗚咽《おえつ》が漏れてうまく言葉が出てこない。

マイペースな幼なじみが珍しくおろおろとして慰めようとしたり謝ってきたりしたから、この際だし日頃の鬱憤《うっぷん》を晴らしてやろうと、

「あんたがいつもばかにするのが悪い！　小説を書くのがどんだけ大変かわかってないでしょ！　わたしがやる気なくしてプロになれなかったら責任を取ってくれるわけ⁉」

「ちょっ、待て待て待て。俺はばかにしたことなんてないぞ。そりゃネタにしてからかったことならあるかもしれないけど、基本的には応援しているし、うん」

「嘘《うそ》つけ！　才能がないことくらい本人が一番わかってるわ、ばーかばーか！」

そのあともしばらく泣きながら暴《あば》れていたら、体力が尽きたところを見計らって山本くんがティッシュを渡してくる。

長年の付き合いで地雷を踏んだときの対処法を熟知しているっぽい幼なじみは、鼻をか

んでいるわたしに向かって、諭《さと》すようにこう言った。

「泣いちまうくらい真剣になれることがあるってのは、いいことだよ。俺にとって野球はそういうものじゃなかったし、だから今でも努力しているお前はすげえと思う。これは慰めているわけじゃなくて、マジな話だから」

「ええ、急にそんなこと言われても戸惑っちゃうんだけど」

「どうしてほしいんだよお前は……。ていうかそもそもの話、才能がないとも思っちゃいないぞ。けっこう面白いもんを書いていたからな」

「だからそうやってテキトーに慰めるのはやめなさいよ。あんたには一度だって読ませたことないじゃないの、わたしの小説」

「小学校のころにみんなで書いたじゃん。そりゃずいぶんと前の話だし、今のお前からしたら、小説とは呼べないレベルの出来かもしれないけどさ」

山本くんはそう言ったあと、卒業アルバムといっしょに発掘した文集を開いてみせる。

昔のことだから、すっかり忘れていた。

不動詩凪に憧れて投稿をはじめたのは中学のころだけど、それよりも前からわたしは小説家になる夢を抱いていて——つまりはそうなるだけのきっかけがあったはずなのだ。

国語の授業。文集に載せる作品。

物語を作ることの楽しさを教えてくれた、最初の小説。

わたしはそのタイトルを見て、はっと息を呑む。

『モモちゃんの大冒険』

3

　翌日の放課後。わたしは急ぎ足で旧校舎の図書室へ向かった。

　モモちゃんが最初に渡してきた原稿は、わたしが小学生のころに書いた小説とまったく同じものだった。

　どうやって内容を知ったの？　なんでそんなことをしたの？

　聞きたいことがいっぱいあった。

　だけどいざ、いつも向かいあって執筆に励んでいた机の前にやってくると、モモちゃんの姿はどこにもなかった。

　ひとけのない図書室は時が止まったように静かで、わたしは何度も何度も彼女に呼びかける。なぜだかもう二度と会えない気がして、不安で胸がいっぱいになってくる。

　しばらくそうしたあとでふと、クリップで留めた紙束が机に置いてあることに気づく。

　モモちゃんが書いていた、新作の原稿だ。

　吸い寄せられるようにして手に取ってみると、内容は相変わらずのカオスっぷり。

　パワードスーツを着たシャーロック・ホームズが巨大ロボを操るモリアーティ教授と空

中戦を繰り広げたかと思えば、主人公の女の子が銀河鉄道に乗りこんで、前世の恋人であるカムパネルラと運命的な出会いを果たす——そこまでは以前にも読んだ覚えがあったけど、モモちゃんはわたしが図書室に来ていない間に続きを書いていたらしい。

原稿をめくると銀髪の貴公子バンパイアの城に主人公が招かれたあと、地下闘技場にて最強のチャンピオンであるモモちゃんと決闘する場面が描かれていた。

……いや、作者がラスボスって。

あまりの痛々しさにめまいを覚えつつ、わたしは最後の一枚をめくる。

物語は圧倒的なオーラを放つモモちゃんが、こう問いかけるところで止まっていた。

『君も一度くらい、小説の主人公になってみない？』

脈絡のなさすぎるセリフに思わず、原稿を二度読みしてしまう。

そして次に顔をあげたとき。

わたしは見知らぬ雑踏のただ中に、佇《たたず》んでいた。


「ええ……!?　なにこれ、どうなっているの？」

呆然《ぼうぜん》として、その場で立ちすくんでしまう。

眼前に広がるのは赤煉瓦《れんが》の街並み。

幅広の道に多くの通行人が行き交っているものの、みな西洋風の顔立ちで、まるで外国人タレントみたいに、流暢《りゅうちょう》な日本語でぺちゃくちゃと喋っている。

英語で書かれた看板があちこちにあり、時折パッカパッカと馬車が通りすぎていく。逆に自動車は一台も見かけなくて、だというのに空気はやたらと煙ったい。

ゴホゴホと咳《せ》きこみながら、わたしは心細さのあまり泣きそうになる。寝ているうちに映画の撮影に招集されて、説明もないままエキストラの役をやらされている気分だ。

と、そこで通行人のひとりに撥《は》ねとばされた。

不安とストレスが最高潮に達していたわたしは、半ギレになって叫ぶ。

「前を見て歩きなさいよ、危ないじゃないの！」

「おっと、失礼。ちいさすぎて見えなかった」

泣きべそをかいているわたしを見おろして、ぶつかってきたおじさんが笑う。

いけ好かない雰囲気だけど顔は整っていて、年齢はたぶん三十歳くらい。落ちくぼんだ眼窩《がんか》からのぞく瞳《ひとみ》は妙にどんよりとしていて、ただならぬ雰囲気を漂わせている。

やがてそこにもうひとり、背の高いおじさんがやってきて、

「すまないね、お嬢さん。見たところ迷子のようだけど、大丈夫かい」

「えーと、ぶっちゃけ自分がどこにいるのかさえわかりません……。さっきまで図書室にいたはずなのに、なぜか今はこんなわけのわからないところにいるし」

「ならば教えてやる。君は別の世界から招かれたのさ」

いけ好かないほうのおじさんが、得意げな顔で言う。

それって……最近のファンタジー小説で流行っているやつ？

説明が突飛すぎて余計に混乱していると、

「物語を続けるつもりなら鉄道を使え。そうだ、ぶつかったおわびにこれをあげよう」

彼はそう言ってから、わたしに一枚の切符を握らせる。

続けて隣にいる背の高いおじさんに向かって、

「先を急ごう、ワトソン。グズグズしていると大変なことになるぞ」

「そうだな、ホームズ。このままだとモリアーティ教授がロンドンを破壊してしまう！」

慌ただしく去っていく彼らを見送りながら、自分のほっぺたをつねってみる。

夢じゃない。だけど現実でもない。

ひとまず駅に向かって走りだしながら、わたしはちらりと背後を振り返る。

バッキンガム宮殿が巨大なロボになって動きだし、赤色のパワードスーツを着たホームズが、空を飛んで迎撃しようとしているところが見えた。


モモちゃんの小説を読みながら居眠りしているとか、実は登校中に交通事故にあって死にかけているとか、それとも十九世紀のロンドンにタイムスリップしちゃったとか。

現実味のない様々な憶測をめぐらせたあげくに考えることを放棄して、わたしは駅のホームに着くなり目の前の列車に飛び乗った。

物語を続けるつもりなら鉄道を使え――シャーロック・ホームズのアドバイスは今のところ意味不明だけど、ほかに手がかりらしいものはないのだから従ってみるしかない。名探偵の言葉に間違いはないはずだし、たぶん。

「うわっとっと……。あれ、乗客が全然いないじゃん」

乗車口は人でごった返していたのに、中に入ってみるとガラガラだった。

もしかして選択を間違えちゃったかなと不安になるものの、わたしを乗せた列車は蒸気機関車特有のぽっぽーという音をたてて出発してしまう。

こうなると慌てたところでどうしようもないし、おとなしく席に座ることにする。

「こんにちは」

「あれ？　なんであんたまで、こんなところにいるのよ」

向かいの席に、山本くんがいた。

彼は普段よりもずっと穏《おだ》やかな表情で、

「この列車は、銀河鉄道だからね」

急に何を言いだしたんだ、こいつ。

なんて首をかしげたあと、わたしははっとして外の景色に目を向ける。

いつのまにやら列車は、満天の星の中を走っていた。

巨大ロボと戦うホームズ。そして銀河鉄道。

夢か幻覚か、それとも流行りの異世界転移か。

いずれにせよわたしが今いるところは、モモちゃんが書いていた小説の中だ。

「ひょっとしてあなた、山本くんじゃないの？」

「ぼくはカムパネルラだよ、お嬢さん。もしどこかで会った気がするというのなら、君とは前世で恋人同士だったのかもしれないね」

山本くんの顔でにっこりとそう言われて、わたしは不覚にもときめいてしまう。

あの幼なじみと愛を誓いあった覚えはないものの……あえて否定したところで取りあってくれそうな雰囲気でもないし、ひとまず黙って彼の言葉に耳をかたむける。

カムパネルラは小説のキャラでもなければ許されないくらいポエミィで、

「考えてみてごらん。夜空に浮かぶ星々のひとつひとつに世界があり、物語があるって」

そう言ってから、いきなり窓を開けて外に身を乗りだした。

突然すぎる行動にわたしがぎょっとする中、カムパネルラは平然と車内に戻ってくる。

彼の手のひらには、宝石のようなものが握られていた。

「ほら、ぼくたちはただ手を伸ばすだけで、星々の輝きを楽しむことができる。途方もない年月を重ねて生まれた世界を、簡単に得ることができるのさ」

「あなたがなにを言いたいのか、さっぱりわからないのだけど」

困惑しながら手のひらに視線を移すと、カムパネルラに渡された星がまばゆい輝きを放っていた。涙が出そうになるくらいきれいで、不思議な色をしていて、わたしは時が経つのを忘れるほどに見惚れてしまう。

「ひとつと言わず、何個でもあげるよ。銀河鉄道に乗っている君は、お気に入りの星を、より魅力的な世界を、自由に選ぶ権利があるのだから」

「待ってよ、こんなにたくさん渡されても持ちきれないってば。それに――」

ふと見れば、カムパネルラに渡された星々は何冊もの本に変わっていた。いきなり重たくなったから支えきれなくて、わたしは本をばらばらと落としてしまう。

カムパネルラはその様子を見て、かなしそうに笑った。

「君は欲張りな女の子なんだね。夜空に浮かぶ星々だけでは満足できなくて、もっと別の、誰も見たことのない輝きが欲しいだなんて。でもそんなものはどこにもない。どこにもないのだとしたら、あとは自分で作るしかない。……そうだろう？」

わたしはうなずく。

彼がなにを言いたいのか、ようやくわかった。

世の中にはたくさんの本があふれているから、ただ手を伸ばすだけで、お気に入りの物語をいくらでも探すことができる。なのにわたしはそれだけじゃ満足できなくて、だからこの手で、自分だけの物語を作ろうとしているのだ。

「道ばたに転がっている石ころを、夜空に浮かぶ星々に負けないくらいまで磨《みが》きあげるのがどれほど大変なことかって、やる前から想像できなかったのかい。手を伸ばせば簡単に得られるはずのものを、途方もない労力をかけて生みだすのがどれほど愚かなことかって、やっている途中で気づかなかったのかい」

カムパネルラの無邪気な言葉が、わたしの胸に容赦なく突き刺さっていく。

小説を書かなくていい理由なら、いくらでもある。

小説を書かなくちゃいけない理由なんて、どこにもない。

書きたいだけなら趣味でやればいい。それさえ億劫《おっくう》なら読むだけにすればいい。プロを目指すのだって誰かに頼まれたわけじゃないのだから、途中で投げだすのも自由なのだ。

それでもわたしはいまだに幼稚な夢にしがみついていて、自分を支えていた気持ちがぽっきりと折れそうになっている今でさえ、慌ててそれを立て直そうとしている。かつての自分が抱いていたはずの憧れを、必死に取り戻そうとしている。

——プロになりたいと思う前、はじめて小説を書いたときはどうだったのだろう？

自分の作品として読むとなおさら『モモちゃんの大冒険』はひどい出来で、山本くんが発掘するまで忘れていたのも納得の黒歴史だった。とはいえ主人公のキャラクターだけはのびのびと描かれていて、当時のわたしが楽しんで書いていたことは伝わってきた。

それはたぶん新人賞に投稿しているうちに見失っていた大切なもので、だからこそ、

「わたし、モモちゃんに会いたい。ひどいことをしたって、思っているから」

「もしかして君は、すでに気づいているのかな。彼女はただの幽霊じゃない。やおよろずの神様ではあるけど、依代《よりしろ》にしているのは旧校舎の図書室じゃなくて——」

「わたしの小説、なのよね」

モモちゃんは、小説の神様だ。

はじめて書いたときからわたしの原稿に宿っていて、新人賞に投稿している間もずっとそばにいて、物語を通していっしょに遊んでくれていた大切な友だち。

それなのに落選するたびに作品ごと否定して、原稿もろとも彼女をバラバラに破いて、燃えるゴミに出して火あぶりにして、そうやって何度も何度も苦しめてきたのだ。

「きっと、恨んでいるにちがいないよ。幽霊になって化けて出るくらいだから、こんな世界に呼び寄せるくらいだから。だとしても、物語を続ける勇気はあるのかい」

そこで列車は速度をゆるめ、誰もいないホームに到着した。

駅名は【バンパイアの城】となっていて、わたしはモモちゃんが書いた小説のあらすじを思いだす。主人公の女の子はバンパイアの城に招かれたあと地下闘技場に落とされて、最強のチャンピオンであるモモちゃんと対決することになる。

わたしを物語の世界に招いたうえで、自分はラスボスとして登場するわけだから……今までの仕打ちに対する、報復をするつもりなのだろうか？

「君がお望みであれば、現実に帰してあげよう。彼女にはもう会えなくなるけど、バラバラにされたり火あぶりにされたりするよりは、よっぽどいいんじゃないかな」

「ご親切にありがと。でも、このまま終わりなんて絶対にいや」

不安になるような言葉をかけてくるカムパネルラに、わたしはにっこりと笑みを返す。

そして意を決して、駅に降りたった。

小説とはずっと友だちでいたいから。モモちゃんとまたいっしょに遊びたいから。

ずっと傷つけてきたことを謝って。嫉妬して八つ当たりしたことも謝って。それで許してもらえるかわからないけど——もう一度、向きあわなくちゃ。

「じゃあここでお別れだね。君が作った星をいつか、ぼくにも見せておくれよ」

カムパネルラを乗せた列車が銀河の彼方《かなた》に走っていくのを見送ったあと。

わたしは駅の外に広がる暗闇《くらやみ》に向かって、歩きはじめる。

4

「お待ちしておりました、我らの巫女《みこ》」

「……誰⁉　あ、銀髪の貴公子バンパイアか」

歩いていたらロン毛のおじさんがふっと浮かびあがってきたので、わたしはびっくりして腰を抜かしてしまう。

字面から耽美《たんび》な姿をイメージしていたのだけど、実際に現れたのはデーモン閣下とかクラウザーさん的な白塗りメイクのバンドマン。暗がりで出くわすとかなりホラーで、この世界を作ったモモちゃんの悪ふざけっぷりがにじみでているキャラクターだった。

「貴女様《あなたさま》を我が居城にお招きいたします。そこで準備をすませたあと、最強のチャンピオンであるモモちゃん様と、決闘する手はずになっておりますので」

「やっぱり戦わなくちゃだめなの？　穏便に仲直りできないのかな」

「無理でしょうな。ほかでもない作者が書きあげた作品を否定し続ければ、原稿に宿りし神が負の感情に呑まれるのは必定。今のあの御方に説得が通じるとは思えませんし、破られたり燃やされたり八つ当たりされたりしたことを思えば、これまでよくキレずに我慢してきたと言えるのでは」

「うっ……」

罪悪感に苛《さいな》まれるわたしを呆れたように一瞥《いちべつ》したあと、銀髪の貴公子バンパイアは自らの居城に案内する。

外観は暗くてよく見えなかったものの中はロイヤルホテル並みにゴージャスで、無駄に長いテーブルにたくさんの料理が並べられている。奥には伝説の装備っぽい武器や防具が用意されていて、まるでドラゴン退治を頼まれた勇者みたいな扱いだ。

「荒ぶる神となったモモちゃん様は凶暴な獣のような存在でありまして、召喚されし巫女である貴女様が聖なるパワーで打ちのめすほかに鎮める方法はございません。失敗すればあの御方はすべてを破壊しつくし、この世界もろとも消滅する運命となりましょう」

「待って待って、流れるように話のスケールを壮大にしないで！　そりゃあの子にひどいことをしたのはわたしだからなんとかしたいけど、神様とガチでやりあうのは無謀すぎるでしょ。自慢じゃないけど運動神経ゼロだから、卓球で勝負したって負けるわよ」

「ご心配なく。そのためのドーピング料理と伝説っぽい装備ですから」

ああ、やっぱりそういうことなわけね。

わたしが主人公になっているせいか内容はだいぶ変わっちゃったけど……モモちゃんが書いた小説の中でも城の場面から唐突にバトル展開がはじまったし、物語を続ける道を選んだ以上、いさぎよく決闘に挑む覚悟を決めたほうがよさそうだ。

わたしはテーブルの料理や陳列された装備を指して、

「用意するにしたってもうちょいどうにかできなかったの？　武器や防具はビニール製のおもちゃだし、料理にいたってはハンバーグとかエビフライとかオムライスだし」

「この世界を作りだしたのはモモちゃん様ですから。作中の描写では『高級な料理』『伝説の装備』とだけ記されておりますが、該当する単語の知識が貧困なせいでこのように」

「武器や防具のほうはともかく、あの子にとって高級な料理のイメージがエビフライとかハンバーグなのは泣けてくるわね。一応は神様なのに」

わたしがそう言った直後——ボフンと煙があがり、目の前の装備と料理がまったく別のものに様変わりする。

ビニール製のおもちゃは約束された勝利の剣《エクスカリバー》や立体機動装置に、お子さまランチみたいな料理は中トロ握りやローストビーフに。

「貴女様の知識を反映しておきました。しかしあえて申しあげるなら、上から目線でツッコミを入れたわりにはお粗末《そまつ》な仕上がりでございますな」

「ごめん、言われてみればわたしも高級な料理とかよくわかんなかったわ……」

伝説の装備にいたっては有名作品の丸パクり。プロを目指すなら書くだけじゃなくて知識や経験も増やさないとね、というありがたい教訓を得たところで、わたしは中トロをほおばりつつエクスカリバーや立体機動装置を取ってみる。

そこで天井からスルスルと赤い紐《ひも》がおりてきて、

「準備はできましたか？　セーブポイントはありませんからチャンスは一度きり、この世界で死ぬと二度と現実には戻れません。それでも戦うというのですね、貴女様は」

「あの、立体機動装置のつけ方がよくわからなくて、それだけでも教え――」

「ではでは、グッドラック！」

装着に苦戦してもぞもぞしているにもかかわらず、バンパイアは容赦なく天井の紐を引っぱった。直後、足元の床がぱかっと開いて、わたしだけ真《ま》っ逆《さか》さまに落ちていく。

さすがはモモちゃんが書いた小説の世界。展開がカオスすぎるでしょ。

「……ああ、もう！　昭和のコントじゃないんだから！」

地面に思いっきり尻餅《しりもち》をついたわたしは、理不尽な扱いに悪態《あくたい》をつく。

とはいえ神様が宿っていると知らずに原稿をびりびりに破いたり燃えるゴミにしたりした報《むく》いを受けているのだとしたら、まだまだ手ぬるいほうなのかもしれなかった。

腰をさすりながら立ちあがると、眼前に広がるのはローマなコロッセオ。地下闘技場という設定なのに青い空が広がっていて、相変わらずガバガバな世界観に呆れてしまう。

と、そこでどこからともなく太鼓のような音が響き、小刻みに地面が揺れはじめた。

ドムドムドム。ドムドムドム。ごくりとつばを飲みこんで前方に目を向けると、地面に禍々《まがまが》しい模様が浮かびあがり、そこから巨大な影がぬっと這《は》いでてくる。

『我コソハ最強ノチャンピオン、デストロイヤー＝モモチャンナリ』

「ええ……？　ゴリラ……？」

しばし理解が追いつかなかった。

てっきりＳＳレアで排出されそうなエロカワ系黒魔女コスプレをしたモモちゃんあたりが登場するのかと思っていたのだけど、目の前にいるのは巨大なゴリラ。しかも全身にごてごてとメカっぽい部品までつけていて、女子っぽい要素がどこにもない。

それでもわたしは深呼吸をしてから、

「ねえモモちゃん。一度、話しあいましょ」

『死、破壊、無。我ガ与エルノハ――絶望ナリッ！』

モモちゃんはいかにもラスボスっぽいセリフを吐きながら、問答無用で腕を振りおろしてくる。とっさに飛びのくと地面がクラッカーみたいに割れて、わたしは冷や汗をかく。

説得どころか会話すら無理。となると気は進まないけど、力で解決するほかなさそうだ。心の中でモモちゃんに謝りつつ、

「お願いだから正気に戻って！　エクス、カリバーッ！」

宝具演出とともに必殺の一撃をぶちかますものの、モモちゃんの毛皮が黄金色に輝いてあっさりと刃を弾《はじ》いてしまう。

勝ち誇った様子の彼女はドムドムドムと激しく胸を叩いたあと、

『コノ世界ヲ作ッタノハモモチャンナリ。ユエニ我ハスベテノ攻撃ヲ無効化スル!』

「なにそれ、チートにもほどがあるでしょ! って、ぎゃあ!」

肩からめきめきと新たな腕を生《は》やし、ついでに顔も増やし、ゴールデン阿修羅《あしゅら》ゴリラと化したモモちゃんが怒濤《どとう》のマシンガンジャブを放ってくる。ドーピング中トロ握りのおかげで身体能力が向上していたから避けられたけど、このままじゃ絶対に勝ちめがない。

ひとまず距離を取ろうと考えたわたしは、立体機動装置をパヒュン、パヒュンと闘技場の柱に使って上空へと舞いあがる。

『ソウヤッテスグ逃ゲル! ダカラ小説ノ腕モ上達シナイノダッ!』

「え、待っ……追いかけてくるのお⁉」

神様だからって自由すぎるでしょとツッコミを入れる間もなく、当然のように空を飛んできたゴリラにぺちんとはたき落とされてしまう。

すさまじい勢いで地面に激突したあと、わたしはよろよろと立ちあがる。

危なかった。中トロ握りを食べていなかったら死んでいた。

でも今の感じだと次にダメージを受けたらたぶんアウトだし、こっちの攻撃はまったく通じないのだから絶望的にもほどがある。ドーピング料理や伝説の装備の力を借りたところで素の自分が弱ければ、神様になんて勝てるわけがないのだ。

『諦《あきら》メロ。貴様ニハ、才能ガナイ。ダカラトイッテ努力スルコトモナク、スグ逃ゲル。熱意ガアルワケデモナク、些細《ささい》ナコトデ意欲ヲ失ウ。結局タダノ凡人ナノダ』

「……わざわざ言われなくても、自分のだめなところくらい自覚しているわよ」

目の前にいる巨大なゴリラを見ていると、つくづく感じてしまう。

小説の神様が作った世界は本当になんでもありで、想像力に限界なんかなくて——どこまでもどこまでも、自由なのだと。

その点で言うとわたしは小説を書くとき、細かいことばかりを気にしていた。

設定のリアリティとか、流行のエッセンスとか、オリジナリティがないと埋もれるとか、フレッシュさがないから評価されないだとか。あげくのはてに小説を書く理由とかプロを目指す理由とか、あれやこれやと複雑に考えて、ひとりで悩んで迷子になっていた。

考えることも大事だけど。

書きたいという衝動を支えてくれるのは、理屈じゃなくて感情だ。

「モモちゃんがなんでもありで勝負してくるなら、こっちだってなんでもありで戦ってやるわよ。といっても運動神経ゼロだから、わたしが使うのはやっぱりこれ！」

そう言って高らかに手を伸ばすと、空中からひらひらと一枚の紙が落ちてくる。

予想どおり。

この世界はなんでもありだから、イメージすればどんなものだって作りだせる。

『ヌハハハハッ！　ソンナ紙キレ一枚デ、ドウヤッテ戦ウツモリダッ！』

「プロの小説家を目指している女の子がやることなんて、ひとつしかないでしょ」

巨大化したせいでよく見えていないみたいだけど、これはただの紙じゃない。

モモちゃんが書いていた、小説の原稿。

わたしは制服のポケットからペンを取りだして、つらつらと文字を綴っていく。


――ドムドムドム。ドムドムドム。ごくりとつばを飲みこんで前方に目を向けると、地面に禍々しい模様が浮かびあがり、そこから巨大な影がぬっと這いでてくる。

『我コソハ最強ノチャンピオン、デストロイヤー＝モモチャンナリ』

「ええ……？　ゴリラ……？」

ぽむぽむぽむ。ぽむぽむぽむ。ごくりとつばを飲みこんで前方に目を向けると、リズムカルな足音とともに、可愛らしい動物さんが歩いてくる。

『わんわん。わんわん。さいきょうのちゃんぴおん、ももちゃんだわん』

「ええ……？　チワワ……？」

再び顔をあげると、巨大なゴリラはちまっこいチワワに変わっていた。

さっきまで威勢がよかったモモちゃんはびっくりして、

『きさま、なにをしたわんっ⁉』

「簡単なことよ。わたしはただ、小説を書いただけ」

そう。負の感情に呑まれておかしくなっているとはいえ、モモちゃんは小説の神様。

だから自分で書いた小説の世界に、わたしを招きいれることができた。

でもよく考えてみてほしい。

彼女はそもそも、わたしが書いた小説に宿った存在だ。

じゃあわたしが、小説の中で小説を書いたらどうなるか。

モモちゃんが書いていた原稿に手を加えたら、どんなことが起こるのか。

その答えが、これだ。

『ありえないわん！　ちーとすぎるわん！　なんでもありだからって――』

「ごめんね、今までひどいことをして。これで許してもらえるかわからないけど」

わたしはそう言って、チワワになったモモちゃんを抱きしめる。

原稿に宿っていると知らずに、何度も破いて燃やして、彼女をいっぱい傷つけた。

どうしたら仲直りできるだろう？　なにをしたら償えるだろう？

考えるだけ考えてみたけど、作者にできることなんてひとつしかない。

小説を、書き続けること。

「わたしね、絶対に諦めないよ。モモちゃんのことが、小説のことが大好きだから。好きで好きでたまらなくて、今のままじゃ満足できないくらい好きだから、もっといいものを書きたいって思っちゃう。才能がないくせに負けず嫌いだから、そのせいでつらいときもあるけど……世界で一番面白い小説を書きたくて、そのためにプロを目指しているの」

言葉にしてみたら、すっきりした。

わたしは小説が大好きで、泣いちゃうほど真剣だから。

誰にだって負けたくない。

プロにだって。神様にだって。

「そんなこと知っているってば。だから君を、応援したいと思っているんだし」

チワワ化していたはずのモモちゃんはいつのまにか可愛い女の子に戻っていて、わたしの頭を優しく撫《な》でてくれる。

あんなに荒ぶっていた神様が、あっさりと許してくれたのを見て、

「さては最初から怒っていなかったのね。わたしをこの世界に連れてきたのだって……」

「スランプになるたびにこんな大舞台を用意するはめになったら、今度こそマジでキレちゃうから気をつけてね。と言ってもモモちゃんが宿っているのは君の小説だし、このめちゃくちゃな世界を作っているのだって、本当は君の中に眠っている想像力なんだけど」

「え、そうなの」

「だからもっと楽しんで、自由に書いてみること。そうすればいつかきっと――」

言葉の途中で、モモちゃんが光の粒となって消えていく。

この世界の物語が結末を迎えたから。

そろそろ現実に、戻らなくちゃいけないのだ。


目を覚ますと、放課後の空はすっかり暗くなっていた。

なぜだか無性に悲しくなって、何度も何度も名前を呼びかける。

ひとけのない旧校舎の図書室は時が止まったように静かで、まるで最初からわたしひとりしかいなかったような空気を漂わせている。

だけどふと机のうえを見てみれば、神様といっしょに書いた小説の原稿が置かれていて、彼女が幻ではなかったことを教えてくれた。

5

こうしてわたしはまた、小説を書きはじめた。

あのあとモモちゃんと書いた小説を手直しして新人賞に投稿してみたのだけど、結果はあえなく落選。やっぱりプロの道は甘くない。

でも二次選考まで進めたので、前回よりも詳細な評価シートが郵送されてきた。

「ストーリーの展開が強引、設定はとっちらかりすぎ、パロネタが多すぎる……。まったく好き放題に言ってくれるわね、こいつら」

「でも神様のキャラはいい、だってさ。そりゃそうよね、モモちゃんだもん」

モモちゃんはそう言って、得意げに胸を張る。

現実に出てくることはもうないのかと思っていたけど、わたしの小説の神様は今日も健在で。近ごろはパワーが増したのか、旧校舎の図書室だけでなく、机の引き出しから出てくることまである。

おかげで四六時中、相手をするはめになって大変だ。

「じゃあさっそく改稿よ！　目指すはハリウッド映画化！　世界のモモちゃん！」

「えええ……。どんだけ野望がでかいのよ……」

モモちゃんにぺしぺし頭を叩かれて、わたしは今日も原稿に向かう。

彼女とお別れをすることになるのは、夢を叶えたときだろうか。

それとも――。

「シェイクスピアおじさんが言うにはね、この場面は変えたほうがいいって」

「待って、知り合いなの？　ていうか……読ませたわけ⁉」

手名町紗帆

「神様への扉」

手名町紗帆（てなまち・さほ）

漫画家。1993年生まれ。和歌山県出身。京都精華大学マンガ学部卒業。「月刊少年マガジン」第32回グランドチャレンジにて『夜鷹と六等星』で佳作を受賞しデビュー。電子雑誌「少年マガジンR」／アプリ「マガジンポケット」にて『小説の神様』を連載。コミックスは、月マガKCデラックスより発売中。

これは
小余綾《こゆるぎ》先輩が
文芸部を訪れる
少し前のお話
成瀬《なるせ》秋乃《あきの》
高校一年生
本屋の一人娘
好きなこと
読書
でも…

高校入ってしょっぱなから図書委員なんてダルすぎじゃない？
なんであそこでチョキ出したかな～
図書館では静かに
貴重なJKの放課後だよ
本なんか読んでる場合じゃないから
そんな自分がすこし恥ずかしくなる時があります

でも
いるよね
教室の後ろで
ラノベ読んでる
オタク
ぎく
あ～
キモい表紙の
やつね
こんな…
面白い
のにな…
すまない
ズモモモモ
返却を
したいんだが
!!

まさか僕が美少女作家のゴーストライターなわけがない!
灰沢佐子
イラスト 寺町
ぎゃあああああああ!!
ちっ違っ これは…!
友達に無理矢理押し付けられて…!!
…そうか
俺は好きだけどな
…え
読んだことあるの?

あれっ
くのりん先輩じゃーん！
おいす
知り合い!?
あ そうだ 君達にオススメしたい本が
え!? ちょっと!!
ガタ
うわっ ラノベじゃん
面白いんですぞ
マジで!?

ヒロインが毒舌だけど可愛いんだ
えっあーしじゃんソレ
くのりん先輩が薦めんなら読んでみよかなー
ちょちょっとこちらへ！
…困らせたか
悪かった
あ…いえ…
返却
…でも

本当は好きなんだろ? あの小説
えっ
ど… どうして…
あれほど幸せそうに本を読む人を
初めて見た
…愛するものを
胸を張って愛してると言えないのは
さみしいな
…!
…だが
ぼっ

あんな顔で読んでもらえたら
作者も幸せだろう
…っそれでも
嘘…ついてますから…
わたし…
だめなんです
本当は小説大好きなのに…
…このひとみたいになれたらな
どうしてこんなに堂々といられるんだろう――
…なあ

小説に救われたことあるか？
！
…あります
俺もだ
ふっ
作家が魂を込めて創り上げた小説で
ひとは支えられている

俺は物語を創ることはできないけれど
本を愛するひとを支えていきたい
物語に恩返しをしたいんだ
……?
文芸部に入らないか

好きなものを好きなだけ話せる場所に興味はないか?
俺は九《く》ノ《の》里《り》正樹《まさき》文芸部部長だ
……っ!
そうしてわたしは
文芸部
あの扉をたたいたのです

「僕と〝文学少女〟な訪問者と三つの伏線」

野村美月

野村美月（のむら・みづき）

2001年『赤城山卓球場に歌声は響く』で第3回ファミ通エンタテインメント大賞（現・えんため大賞）小説部門〈最優秀賞〉を受賞しデビュー。2006年より刊行された「文学少女」シリーズ（ファミ通文庫）が大人気となる。その他の作品に「ヒカルが地球にいたころ……」シリーズ（ファミ通文庫）、『下読み男子と投稿女子―優しい空が見た、内気な海の話。』（ファミ通文庫）、「ひまりさん」シリーズ（講談社タイガ）などがある。

これは僕がとある〝文学少女〟と、一つ目の小説の神様について言葉を交《か》わした秋の黄昏時《たそがれ》の、ささやかな小話だ。まずは作家らしく伏線から語りはじめよう。

文化祭を目前に控《ひか》えた昼休み。この日僕は、金色にかすむ銀杏《いちょう》の木々や、甘く香る金木《きんもく》犀《せい》に彩《いろど》られた校内の中庭で、下級生の女の子の願いごとに耳を傾けていた。

◇　◇　◇

「だから、ホントは相談なんかしたくないんだからねっ！」

と隣でベンチに座る彼女は、再三主張した。

「先輩みたく存在感薄くて、なに考えてんだかよくわかんなくて、根が暗そうで、家でSNSに延々と陰湿な投稿をしてそうな、でもって小余綾《こゆるぎ》さんとかいう人に片想《かたおも》いしている超絶趣味の悪い人になんか」

まったくさんざんな言われようだ。

彼女の認識どおり、僕は誰かさんと違って衆目を集める華やぎも才知のきらめきもない、ごく地味な一般生徒である。根が暗く陰湿な投稿を延々としてそうというのも、ある意味正しいと言えないこともない。誰かさんに片想いしているというのは、まぁ……先日教室でやらかしたこともあり、そう認識されても仕方がない。英語表現の授業で彼女が指名され、ある事情から立ち往生するのを、『僕が答えます』と立ち上がり板書したという

——いいところを見せようとしてウケるとか、逆効果じゃないかとか言われて、日頃ひっそり生きている僕が噂《うわさ》の的だった。

そんなわけで心ない陰口《かげぐち》にも耐性ができた。それでもここまで面と向かって悪しざまに並べたてておいて、よく頼みごとができるものだと純粋に不思議でならない。女子というのは誰かさんも含め、不条理の迷宮だ。僕の隣でいかにも悔《くや》しそうな真っ赤な顔で毒を吐《は》いているその下級生は、綱島利香《つなしまりか》という。人目を引く華やかな容貌《ようぼう》で、性格も外見と同様に強靱《きょうじん》そうだ。これまで一度も話したことはないけれど、美人なので顔と名前は記憶していた。

僕が所属する文芸部に成瀬秋乃《なるせあきの》という後輩がいる。綱島さんはそのクラスメイトで、親しい友人だという認識だ。彼女が成瀬さんと一緒にいるところを何度か見ている。とはいえ綱島利香の周りを他《ほか》の女子がにぎやかにとりまき、成瀬さんは大概その端《はし》のほうに遠慮がちに存在している、というのが率直な印象で……。

なににせよ綱島利香が、仲間たちの女王なのは間違いない。その高慢な女王様が何故《なぜ》僕のような下々の者を頼る屈辱に身を震わせているのか。

五分ほど前にさかのぼる。

昼休みの図書室にたまたま立ち寄ったら、思いつめた表情で本棚の前をうろうろ行き来している綱島利香と目があったこと。そこに並んでいたのがラノベであったこと、それらが今のこの奇妙な状況を作り出している。

ラノベ――いわゆるライトノベルは、表紙に漫画風の絵が描かれた中高生向けの娯楽小説と言えばわかりやすいだろうか。実際は中高年の読者も多いが、一般的には漫画のような小説というくくりだと思う。どちらかといえばオタクの読み物とされているラノベがぎっしり並んだ棚の前にいた、そうした文化を愛好する層とは対極に位置する上から下までリア充なきらきら女子は、僕の顔を見るなり大きく目をむき、即座に視線をそらして、赤くなったり唇《くちびる》を噛《か》みしめたりしたあと、今度はえらく強気に睨《にら》みつけてきて、ぶっきらぼうに言ったのだ。

――確か、秋乃の文芸部の先輩ですよね。ならラノベにも詳しいはずですよね。

秋乃というのは成瀬さんのことだ。地味な僕は彼女に『文芸部の人』と認識されていたらしい。そこから何故、ラノベにも詳しいはずですよね、となるのか？　世の中の文芸部員がすべてラノベ読者であるわけではない。偏見による決めつけではないかと思ったが、実際僕はラノベも好きだし、なにより小説を執筆している作家であった。

それは近しい人たちしか知らない秘密なのだが。

——詳しい……というか、まぁ普通かな。ラノベ読みたいの？

気のない声で尋《たず》ねるなり、すごい勢いで腕をつかまれ、図書室の外まで引っ張ってゆかれた。そこからさらに中庭へ出て、きょろきょろと周囲を見回し人通りがないことを確認するや、息も絶え絶えという様子で、

——そ、そういうこと、人前で言わないでっ。デリカシーなさすぎっ。

と抗議してきた。

いや、ラノベに詳しいかと尋ねてきたのはそっちだし。

もう帰ってもいいかなと思ったが、腕をつかまれているので動けない。そんな僕にますます顔を赤くし、つかんでいる指にも力を込めて、今度は少し弱気な声で言う。

——ラノベ、読んだことなくて、どれを読んだらいいのかわからなくて……。ネットで検索したら、胸とかお尻《しり》とか見えそうな服を着た女の子の表紙ばっかりで、タイトルも『えっちなメイドさんとラブラブライフ』とか『転生したら、聖奴隷のハーレムができました』とか、あり得ないし。学校の図書室に入っているやつなら平気じゃないかと思って行ってみたんだけど、棚から抜いたら半裸の女の子の表紙だったりしたら絶対ヤダし。そ

もそも図書室で借りたら履歴がばっちり残るし、もし、秋乃に知られたら……。

——いや、確かに奇抜なタイトルや、きわどい表紙のラノベもあるけれど、それは本を手にとってもらうための戦略のひとつで、中身はむちゃくちゃ熱血系だったり感動系だったりもするし、健全な表紙もたくさんあるから。

物書きとしてつい援護に熱が入ってしまう。

——ていうか、むしろ成瀬さんに訊《き》いてみたらどう？　成瀬さんはラノベ好きだし、僕より詳しいよ。

提案するなり、キッと睨まれた。

——空気読んでください！　ダメに決まってるでしょ！

——なんで？

——それはその、い、今さらというか……秋乃はあたしにとって、い、妹みたいなものだから！　弱みを見せたくない……。秋乃がラノベ大好きなことなんて、先輩に言われなくても知ってます。秋乃は、あたしにはラノベの話を振ってこないのに、ユイには自分のおすすめを教えたみたいで……二人で楽しそうにラノベの話をしてて……。

なんとなく事情がわかってきた。そこで『あたしにも、おすすめを教えて』と言い出せない性格なのだろうな、と唇を嚙んでうつむく様子から推察できる。

――べ、別にっ、秋乃がユイとラノベで盛り上がってても、気にしてませんけど。ただ……このあいだ、あたし、秋乃と、ちょっと気まずくなって……それはもう解決したんですけどっ！　秋乃のほうはまだ気にしてるみたいだし、あたしのほうがお姉さんみたいなもんだから歩み寄ってあげてもいいかなって。

本当は成瀬さんよりも、君のほうが引きずっているんじゃないか。そう指摘したくなる見え見えの強がりが誰かさんを思い出させて。女王様は女王様で悩みを抱《かか》えているのだと、目の前の後輩にもちょっと同情したりして。

結果、

――で？　君は普段どんな本を読んでるの。

と尋ねたのだった。

美人でツンデレな下級生の相談に乗るだなんて、それこそラノベのようだ。だが現実は厳しく、

「はぁ？　本？　読みませんけど」

と返されて溜息《ためいき》をついたら、女王様のご機嫌をそこねて冒頭のような暴言を浴びせられたという理不尽な流れだったりする。

「と、とにかく！　ラノベ読者のあいだで超〜話題のやつで、表紙がエッチくないやつ、そんで秋乃が好きそうなやつ」

おそらく今の彼女は余裕がないのだろう。誰かさんに鍛《きた》えられた忍耐力でつきあってやるか。彼女が将来僕の読者になる可能性も、ゼロではないわけだから。なんなら先日出版した僕の本を、すすめてみてもいい。厳密にはラノベではないし、読者のあいだで超〜話題——にもまだなっていないけれど、一応表紙は肌色系ではないし。

「そうだなぁ、成瀬さんはよくファンタジーを読んでいるけど」

「げ、ファンタジー」

女王様の趣味ではないらしい。

「現代物のほうが入りやすいかな。青春感動系とか成瀬さんも好きそうだ」

「あたし、感動の押し売りって嫌い」

予想以上に、我《わ》が儘《まま》な読者様だった。

「えーと、今話題の作品は……」

売り上げ順に検索するのが手っ取り早そうだとスマホを開くと、隣から覗《のぞ》き込《こ》んできた。目が真剣だ。これは表紙がエロいからダメ、これも表紙の女の子がバカそうだから嫌、とケチをつけまくりなのにはまいったが。そんな女王様の瞳《ひとみ》が、いきなり見開かれた。

画面に表示されているのは『転校生が生き別れの妹だった件〜えみるは世界で一番お兄ちゃんが好き好き！』という直球にもほどがあるだろうというベタなタイトルで、キャッチコピーが『妹萌《も》えのバイブル爆誕！』というこれまたベタベタすぎるものだった。

それでも、神絵師と名高いイラストレーターによる、白いワンピースを着たヒロインえみるの清楚《せいそ》で恥ずかしそうな笑顔は、ああこれは売れるなと一目で納得する愛らしさで、妹萌えの読者の琴線に触れまくりだろうと感じる。

だがしかし、『妹萌え』だなんて、ラノベ初心者の女王様には半裸の女の子たちと同様に理解しがたいものなのではないかと思いきや、その目はヒロインえみるの笑顔を、スマホに穴が開きそうなほど凝視している。

「あー……これ、キャンペーン中で、一巻まるまる試し読みできるみたいだ」

本文を読み込むと、表示された細かな文字をさらに熱心に追いはじめた。

幼少時代の思い出からはじまるプロローグで、主人公はもうすぐ生まれてくる妹の誕生を心待ちにしている。優しい母親と一緒に名前を考えながら、早く妹に会いたいな、絶対めちゃくちゃ可愛《かわい》がって大切にして、仲良しになるんだと。

「………」

ほんの少し前まで、僕の隣で不満を吐き散らしていた唇が、沈黙している。気に入ってくれたのだろうか。あんまり一心に画面を見つめすぎたせいか目がうるみ、鼻をぐずぐず鳴らしているようだけど。

もはや僕の存在など消え果てたかのように文字を追い続けていて、そろそろ昼休みが終わると遠慮がちに声をかけると、肩を揺らして勢い良く振り向いた。

「待って、今――」

と自分の携帯を開いて猛然と指を動かし同じ画面を出すと、その場でダウンロードしたようだった。そうして、また急に恥ずかしそうな表情を浮かべ、ぶっきらぼうに、

「ありがとうございます。秋乃には内緒にしといてください」

と念押しし、画面を見つめながら前のめりの早足で教室へ戻っていった。

まるでなすべきことを見つけた求道者のように、脇目《わきめ》も振らず。

あの様子だと、一巻を読み終えたあと、二巻、三巻と続けて購入しそうだ。やはりヒットしている作品は、タイトルや表紙や冒頭から読み手を引きつける力があるものなのだ

な。普段本をまったく読まないらしいのに、あんなにのめりこんで。

彼女が気に入る作品を紹介できたのは良かった。けど売れない物書きである僕は、一向に重版のかからない自分の作品と比べて、心が暗く陰った。

あんなふうに手にとってもらえて、一瞬で相手を魅了してしまう物語と、棚にささったまま通り過ぎられてゆく物語とでは、なにが違うのだろう。

表紙?

タイトル?

文章?

キャッチーなあらすじ?

幾千幾万もの本の群れの中で、一体どうすれば立ち止まってもらえるのだろう。手を伸ばしてもらえるのだろう。ページをめくり、これこそ自分が捜していた最上のものだと思ってもらえるのだろう。

放っておけば無限に沈み込んでゆくだろう気持ちにブレーキをかけ、僕もまた教室に戻る。下級生の女の子――それも結構な美少女に頼られて、彼女が気に入る本を選んでやれた。お礼も言われた。その事実だけを羅列すれば、今日の僕はついているのではないか。

と――教室に入ったところで視線を感じた。

これが二つ目の伏線。

長い睫《まつげ》に縁取られた黒い瞳が、不機嫌そうに僕を睨んでいる。真っ白な肌や完璧《かんぺき》に整った顔立ちが芸術品のように美しいクラスメイトの誰かさん――小余綾詩凪《しいな》が。

なんだ？

なにか腹を立てているのか？　僕は彼女にこんなしかめっつらをさせるような悪さをしただろうか？　それとも天からあらゆる才能《ギフト》を与えられている小余綾詩凪はエスパーでもあり、僕の心が読め、僕が生み出した作品に対する、敗残兵のようなネガティブな思考に怒っているのだろうか。

――あなたは、自分の作品に、誇りを持つべきだと思う。

あの日、モノトーンの家具が並ぶモダンなリビングルームで、僕が書いた本を宝物のように抱きしめ、まっすぐな双眸《そうぼう》で告げた小余綾。なのに自分の作品はやはり〝選ばれなかった〟〝失敗作ではないか〟と繰り返し感じてしまう卑屈さが後ろめたくて目をそらすと、いっそう睨まれたような気がした。彼女のほうへ向けられた側《がわ》の頰《ほお》が灼《や》けるように熱い。

僕と小余綾の席は隣同士で、教室では余計なトラブルを避けるためお互いに無視しあっているというのに、頰にあたる強い熱をその後もたびたび感じた。

五時間目、六時間目と、執拗《しつよう》な視線に耐えかねて、おそるおそる隣をうかがえば、小余綾の強い眼差《まなざ》しと出会った。艶《あで》やかな赤い唇を尖《とが》らせて、わたしをこんなに苛立《いらだ》たせるなんて、とお叱《しか》りを受けているようで、やはり彼女はエスパーなのかもしれない。

授業が終わり放課後になると、先に教室を出ていったはずの小余綾が、廊下の曲がり角で僕を待っていて、不機嫌そうに話しかけてきた。

「……中庭で、後輩の女の子と深刻な雰囲気だったのですって？」

作家としての自信のなさに対して説教でもされるのかと身構えていた僕は、まったく想定外の質問に、

「は？」

と訊き返してしまった。

後輩の女の子？　ああ、綱島利香のことか。

「よく……知ってるな」

驚いてつぶやくと、優雅な鼻をフンッと鳴らして、

「あなたが下級生を口説いていたと、わたしにわざわざ伝えにきたお節介《せっかい》な人たちから聞かされたのよ。あなたがわたしに相手にされないものだから、その子に乗り換えたのではないかって」

お節介というより悪意を感じる。まぁいちいち気にしていたらきりがない。それに全部、誤解だし。

「彼女は成瀬さんの友達だよ。たまたま図書室で会って、おすすめのラノベを教えてくれって頼まれたんだ。文芸部員なら詳しいだろうって」

「そう……」

小余綾はまだ不機嫌そうだ。それに僕の説明にも納得していないそうで、

「相手は目立つ美人だったそうだけど」

と、険《けわ》しい声で続ける。

確かに美少女だけれど、美人度で言えば目の前で厳しい顔をしている誰かさんのほうが、はるかに上をいっている。普段の小余綾は、自分が飛び抜けた美貌《びぼう》のためか他人の容姿を気にかけたりしないのに、なにをこだわっているのだろう。

「まぁ美人といえば美人かも」

性格が誰かさんと同じくらいキツいけど、と心の中でつぶやくと、綺麗《きれい》な眉《まゆ》がさらにもう一段階つり上がった。やはり僕の心の声は、筒抜けなのでは。

小余綾は沸々とこみ上げる怒りに耐えている様子で、

「あら、良かったわね。美人の後輩と甘酸っぱい青春の一ページを味わえて。あなたの次の作品は可愛い後輩とのラブストーリーかしら。浮かれすぎて陳腐《ちんぷ》にならないように注意なさいよ。定番なものほど作家の腕が試されるのだから」

と嫌みを全開にし、

「今日は部活には行かないわ、クラスのメイド喫茶の準備があるから」

とひんやりとした声で告げ、艶《つや》のある黒い髪をさらりと揺らし、細い背中を僕に向けて、教室へ戻ってしまった。

本当に――今日は、なんて日なんだ。

文芸部の部室へ、のろのろと歩を進める僕の胸に、黒い靄《もや》が広がってゆく。どうにもすっきりしない。綱島利香にぞんざいな扱いを受けても気にならない。だが、小余綾は別だ。扱いにくい性格だと理解していても、突き放されれば裏の裏の意味まで鬱々《うつうつ》と考えてしまう。

綱島利香や他の女子にどう評価されても、僕にダメージはない。けど、小余綾が僕という人間をどう見ていて、なにを望んでいるのかは、どんなささいなことでも見過ごしにできない。

何故なら小余綾詩凪は、僕千谷一也《ちたにいちや》の仕事上のパートナーだから。

売れっ子作家不動《ふどう》詩凪と、落ちこぼれ作家千谷一夜《いちや》が合作小説を創《つく》り上げるまでには、短いあいだに信じられないくらい多くのことがあった。

そんな苦難や奇跡を積み重ねて積み重ねて、『帆舞《ほまい》こまに』という合同ペンネームで僕らの本は刊行された。

その本はいまだに重版もしていないし、話題にもなっていない。

不動詩凪の名前で出していれば、ベストセラーになっただろうに。

僕の力が足りないばかりに、僕らが様々な奇跡と葛藤《かっとう》と困難の中で生み出した本は、膨大な出版物の海に沈もうとしている。

そうした引け目を、小余綾のほんのちょっとした言葉や態度でたびたび感じてしまうのは、作家としての自分に自信が持てないからで、自分の作品に誇りを持つべきだという小余綾の言葉が胸に刺さる。

——わたしには、小説の神様が見えるから。

出会った頃、ひとかけらの疑いもない表情で僕にそう語ってみせた彼女が、今は神様を見失っている。わたしがそれを見つけるまで待っていてほしいと、弱気な瞳で僕に願う。僕で良いのだろうか？　こんな僕とひとつの物語を生み出すことで、彼女は一度失った神様を見つけられるのだろうか。

そして僕も。

——神様を——、見つけたんだ！

彼女に向かってそう叫んだあの言葉は確かに、あの瞬間、揺るぎない僕の真実だった。

――君だって本当は、もう気づいているはずだろう！

あのときの、あの燃えるような確信に間違いはないのか？

小余綾が言う神様について、一体それはどういうものなのかとずっと考え続けていた。考えて、考えて、ぶつかって、悩んで、また悩んで、考えて――ある日、自分の中にある堅く冷たい扉が大きく開いて、見えなかった風景が目の前にはっきりと提示されたかのような瞬間の、あの恍惚《こうこつ》こそが、もしかしたら小説の神様そのものであるのかもしれない。

自分は書ける、書いてもいいのだ、書きたい、書こう、書かなければ、書き続けなければと強く思う、苦しくもまばゆい確信こそが。

けど、今また扉は閉じられ、僕は繰り返し揺らいでいる。

僕ははたして、小余綾詩凪のパートナーに相応《ふさわ》しい作家なのか。

彼女に、光と力と神性を与えることができるのか。

自虐に溺《おぼ》れながら、文芸部のドアを開けた。カーテンを全開にした窓から、夕暮れ前のやわらかな金色の光が射《さ》し込み、おだやかな海のように部屋中を満たしている。

見慣れた光景。

クラスの文化祭の準備で忙しいのか、部員の姿はない。

代わりに、見たことのない人が、光の中にたたずんでいた。


まっすぐな黒髪が、細い肩から背中へ向かってさらさらとこぼれ落ちるのを、一部だけ後ろでバレッタで留めている。小さな白い横顔を僕のほうへ向けて、清楚な花のような唇をほころばせ、優しげな黒い瞳で、熱心になにかを読んでいる。

綱島利香の相談に乗ったこと、小余綾詩凪の不機嫌——二つの伏線を触媒にして、なにか奇妙なものを召喚してしまったような——あるいは僕自身が別の時空に投げ出されてしまったような浮遊感に襲われ、言葉もなく立ち尽くしてしまった。

シンプルな細身のジャケットとロングスカートに身を包んだ綺麗な大人の女性が、本に囲まれた雑多な部室に、はるか昔から存在していたかのように溶け込んでいる。

誰なのだろう？

教師？

卒業した文芸部の先輩？

あんなに嬉《うれ》しそうに、楽しそうに、幸せそうに——一体なにを読んでいるのだろう？

謎《なぞ》の訪問者のほっそりした手元に視線を落とし、僕は次の瞬間、本気で心臓が止まりそうになり、大声で叫んでいた。

「それは！　僕の！」

僕の古文のノートだ！　昨日部室で課題をしていて置き忘れてしまったのだ。それだけなら問題はない。だが稲妻のように僕の頭に浮かんだのは、先日古文の授業中に、ふと湧《わ》き上がってきた文章を衝動のままノートに書き連ねたことだった。

執筆には普段、パソコンを使用している。

けどこのときは、授業が終わるのを待てなかった。見開きで二ページにわたって殴り書きした記憶がまざまざとよみがえり、首から頭の先まで熱くなった。

いや、彼女が開いているのが僕の雑文が飛び交うページとはかぎらない。古文の訳文を見て、学生時代を懐《なつ》かしんでいるとも推察できる。そうであってほしい！　でなければ書きかけの初稿をさらされるよりも恥ずかしすぎだ。恥辱の極みだ！

僕の叫びを聞いた彼女が振り向く。綺麗な長い黒髪が一緒にさらりと揺れる。清楚な瞳を見開いて僕を見つめ、それからその目を生き生きと輝かせて、僕のほうへ突進してきた。

「この美味《おい》しそうなおやつは、あなたが書いたの？」

澄んだ声で尋ねながら、細く白い両手でノートを開いてみせる。過去の自分の衝動の結果をまざまざと見せつけられて、僕は再びうわぁっと叫んだ。

おやつってなんだ？　美味しそうって？　いや、そんなことより今すぐそれを閉じて、目にしたすべてを忘れてくれ！

口をぱくぱくさせ手を伸ばしてノートを奪い返そうとする僕を、彼女はひょいとかわし、あろうことかうっとりした表情で朗読しはじめた。

『――二人掛けのソファは大きく、身体《からだ》が密着することはなかったが、教室に並んで腰掛けるよりはずっと近くに彼女を感じていた。キーボードを叩《たた》く僕を覗き込んでくるときと同じかもしれなかった』

うわぁ！　うわぁぁ！

『それと違うのは、自分の感情をごまかすための仕事道具が目の前にないことだった。紅茶の良い香りが漂っている。けれどそれ以上に、彼女の甘い匂《にお》いを強く感じていた』

うわあああああ、やめてくれ。

『結局、僕の言葉はあまりにも無力で、小余綾詩凪という女の子の魅力をどうしても表現できそうにない。でも、これは決して手の届かない宝石だ、と思った』

あまりにも恥ずかしくて、動転して、心臓がばくばくして耳鳴りまでしてきて、僕はこのとき彼女が小余綾の名前をなんの躊躇《ちゅうちょ》もなく正しく読み上げたことに、疑問を持つ余裕がなかった。ただもう頭を抱えて、どうか勘弁してほしい、後生だからやめてほしい、と息も絶え絶えに訴え続けていた。

「あら、どうして？　こんなに甘くて酸っぱくて、上質の紅茶にきらきらしたラズベリージャムを浮かべているみたいなのに。ああ、それに、レモンの砂糖衣をかけたマドレーヌみたいなお味もきっとするわ。ほら、ここも素敵」

そんなふうに語って、無慈悲な女神のように微笑《ほほえ》んで、澄んだやわらかな声でさらに僕の恥部を暴《あば》いてゆく。

『僕は、そのか細い二の腕を、抱き寄せたくてたまらなくなる。けれど、今は手にしている紅茶のカップが邪魔だった。熱い液体で、唇を湿らせる。部屋は静かだった。時計の音も、虫の声すら、聞こえてこない。彼女の吐息と、自分の心臓の音だけが、やたらと耳に付く。「ねぇ……。もう少し、待っていてくれる？」「なにが、だよ」「わたしが、神様を見つけられるまで」——』

もうダメだ。死ぬ。死のう。生きていてスミマセン。

耳をふさいでしゃがみ込む僕を、謎の訪問者は自分もまた膝《ひざ》をおり、目を丸くしてのぞきこんできた。

「どうしたの？　気分が悪いの？」

「……ええ、あなたが僕のノートの朗読をはじめてからずっと死にそうです。お願いします。ノートを返してください、それで全部忘れてください。でないとこの頭痛と吐き気と不整脈は一生続きます」

彼女は、まぁ、と目を見張り、それから唇をやわらかくほころばせて、

「勝手に見てしまってごめんなさい。でも、本当に素敵だったから」

とようやくノートを僕に返してくれた。

夢中で受け取り胸に強くかき抱く。まだ不整脈は続いている。

彼女も心配そうに僕を見ていて……。沈黙が気まずく、僕はノートをしっかり抱いたまま尋ねた。

「その、あなたは……文芸部のOGのかたですか」

すると彼女は「え？」と小さくつぶやいたあと、ほんの少し決まり悪そうな表情を浮かべ、そのあとすぐにまた懐かしそうに目を細めて微笑んだ。

「そうね、元文芸部員なのは間違いないわね」

やっぱりOGだったのか。今まで会ったことはないけれど。何年度の卒業生なのだろう？　女性の年齢はよくわからない。特に彼女のように少女めいた雰囲気をまとっている、年齢不詳な女性は。

「それで、今日はどういったご用件で」

「こちらの先生に、わたしのお仕事のことでお世話になったので、お礼にうかがったの。でもそれは口実で、本当は会いたい人がいたのよ」

あたたかな眼差しで、謎かけのようなことを言う。

「会えたんですか」

「ええ、半分」

半分？

また謎かけだ。どういう意味だろう。

僕を見つめる少女めいた訪問者は、ドキリとするような嬉しそうな笑みを浮かべている。清楚で古風な、すみれの花のような笑み……。いつかなにかの小説で読んだような一節が頭に浮かんだ。

あの小説はなんだったっけ……。

「わたしとしては、目的はじゅうぶんすぎるほど果たせたわ。きっと小説の神様が味方してくれたのね。今、文芸部をのぞいたら、とびきり素敵なハプニングが待っているかも、ってささやきが聞こえたの」

彼女の目的がなにかは、知らない。それよりも、彼女がごくあたりまえのように、小説の神様がささやいたのだと口にしたことに、僕は軽い衝撃を受けていた。

そんなことを素で語る人間が、誰かさんの他にも存在するなんて。

小余綾の神様は、作者の内にあるもの。

けれど、彼女が語る神様は、まるで親しい友人のようで。


「あなたは小説の神様を知ってるんですか」


とっさに口からこぼれ出た問いに、彼女はなんのためらいもなく、朗《ほが》らかな優しい声で答えてくれた。

「ええ。生まれたときからずっと。わたしの最初の神様は、わたしに物語の味わいかたを教えてくれた人と、わたしにあたたかな美味しいごはんを食べさせてくれた人よ。いつもわたしに背中を向けている綺麗で冷たくて淋《さみ》しい神様もいたわ……。そのときどきによって、顔も声も性格も違っていて、うんと優しかったり、厳しかったり、哀《かな》しかったり、切なかったり、我が儘だったり、素《そ》っ気《け》なかったりするけれど、今はそう……お仕事の合間にわたしに甘いおやつを書いてくれるわ」

おやつを書いてくれる神様ってどんなだ？　僕がさんざん考えてきた、どの小説の神様とも違う。

彼女は幸せそうにふわっと目を細め、なにか素敵なことを思い出しているように「ふふっ」と唇をほころばせた。

「きっと誰にでもそれぞれの小説の神様がいて、物語とわたしたちを繋《つな》いでくれているんだわ。ときどきは奇跡も起こしてくれる。人生を一転させるような大きな奇跡だったり、毎日の生活を明るく照らしてくれるようなささやかな奇跡だったりね」

光の粒子がゆるゆると体内に染《し》み渡《わた》り、ほんのり熱を帯びるように、彼女の語る言葉が僕の中に心地良く流れ込んでくる。窓からこぼれる黄昏の金色の光もまた、僕らをやわらかく包んでいて、テーブルが、椅子《いす》が、本棚が、すべてが静かにきらめいていて、そんな中で軽やかに、幸せそうに、語る彼女の声を、僕はおだやかな心持ちで聴いている。

不思議だ……。

これまで遠く無慈悲に感じていたものが、彼女の言葉を聞いていると、とても身近であたりまえのことに思えてくる。

小余綾の語る神様とは違う。

でも、ある日僕の前にも、彼女が笑顔で言うところの小説の神様が、友達面してひょっこり現れるのではないかと。

「例えばわたしが今日、小説の神様から贈られた一番素敵なプレゼントは、あなたのノートに書かれた物語の断片よ」

突然に現実に引き戻され、

「だから、それはもう忘れてください」

とあらためてお願いすると、甘い表情で、

「無理。だって素敵すぎたもの」

とささやいたあと、清楚な瞳を閉じて、また澄んだ声で言葉を紡ぎはじめた。

『わたしは神様のいる物語を書きたいと思ってる。人の心を動かすような。誰かの心の中にぴったりと嵌《は》まる歯車になるような……。読んでくれた人が、これはわたしのために書かれたのだと思えるような、誰かにそっと寄り添えるような話を……』

古文のノートは僕の手の中にある。書かれた文字を見ていないのに、花びらのような唇からあの日誰かさんが僕に語った大事な言葉が——僕が一生覚えておくべき言葉が——絶対に失いたくなくて、授業中に夢中で書き留めた言葉が、よどみなく流れ出てくる。

長い睫をそっと持ち上げ、微笑みとともに僕を見つめて、彼女が告げる。

『あなたとなら、それができるような気がするから』

僕はただただ頬を熱くし、透き通った砂糖菓子のような暗唱を聴いていた。彼女の声に誰かさんの声を重ねながら。

「ねぇ、この物語の主人公は、ヒロインのことを『決して手の届かない宝石』だと思っているけれど——あくまで一読者として、言わせて」

黒い瞳が明るく輝く。

「わたしは、主人公があとちょっと手を伸ばせば、届きそうな気がするわ！」

それが——僕が書き殴った物語の断片の唯一の読み手となった彼女が、作者である僕にくれた、感想だった。

「大変、そろそろ行かなきゃ」

壁の時計を見上げて、急に慌ただしく動きはじめる。

「またきみの物語を読ませてね、千谷くん」

名前を呼ばれてドキッとした。

「どうして僕の名前を？」

「ノートに書いてあるわ」

でも迷いもせず『ちたに』と言った。『せんたに』と読まれることも多いのに。さっきも小余綾の名前を正確に読み上げたし。

「また会いましょう、今度は三人で。小説の神様が必ず機会を用意してくれるわ」

三人って、もう一人は？　この人は本当に、ただ懐かしくて部室に立ち寄っただけの卒業生なのか？

「あの、先輩の名前を——」

ドアの前で彼女が長い黒髪を揺らして振り向き、すみれの花の笑みを浮かべて言った。

「ごらんのとおりの〝文学少女〟よ」

◇　◇　◇

しばらく惚《ほう》けたままドアのほうを見ていた。

黄昏の時刻は過ぎ、窓の外は藍色の夜の景色に変わろうとしている。空気も肌寒くなってきた。

結局あの人はなんだったんだ。〝文学少女〟と名乗っていて、確かにところどころ少女めいた雰囲気があったけれど、少女と名乗る年齢ではないだろう。

まるで夢を見ていたような――彼女が言うところの小説の神様に化かされたような気分で……。

うん、少し頭を冷やそう。

自称文学少女から奪い返したノートを鞄《かばん》にしまい、部室を出て教室へ引き返す。文化祭の準備期間だからまだみんな残っているだろう。その中にいるはずの誰かさんに、何故だか無性に会いたかった。

一年の教室が並ぶ廊下を歩いていると、後ろから、

「待って！　リカ！」

と呼びかける声がして、昼休みに話をした綱島利香が、綺麗にセットした髪と短いスカートの裾《すそ》を乱して走ってくるのが見えた。

「もうヤダ、もう死ぬっ！　恥ずい、死ぬっ！」

死ぬ、死ぬ、と繰り返し、僕の横を駆け抜けてゆく。

「リカ！」

綱島さんを追って現れた眼鏡《めがね》の女子は、文芸部の後輩の成瀬さんだ。一体なにがあったのかと呼び止めて訊いてみると、成瀬さんも困惑している様子で答えた。

「それが、わたしもよくわからなくて……。さっきまで教室で文化祭の準備をしていたんです。リカはいつもはみんなの中心になって働いているのに、今日はずっと携帯を見ていて。わたしが声をかけたら、びっくりしたみたいに『はい！　お姉ちゃん！』って答えて、そのあと真っ赤になって『違うから！』って言って、携帯を握りしめて走っていっちゃったんです。リカどうしちゃったんだろう」

それは多分、妹萌えのバイブルにのめり込みすぎて、作品世界にどっぷりひたっているときに声をかけられたものだから、とっさに『お姉ちゃん』と答えてしまったのだろうと想像する。

ひとつわからないのは、主人公は『お兄ちゃん』のはずなのに、何故『お姉ちゃん』に変換されているのだろう。ああでも、あたしのほうがお姉さんみたいなものだから、とか言ってたな。妹ヒロインの『お兄ちゃん大好き』という台詞《せりふ》を『お姉ちゃん大好き』とでも読み替えたのか？　それで『お姉ちゃん』と返事をしてしまったのだとしたら……死にたくなるな、うん。そもそも綱島さんはお姉ちゃんと呼ばれたい側であって、自分がお姉ちゃんと呼びたい側ではなかったはずだから、余計に屈辱だろう。

納得すると同時に同情も湧いてくる。おろおろしている成瀬さんは、友人のご変調の原因がよもやラノベとは思わないだろう。

綱島さんに妹萌えのバイブルを紹介した責任もあり、少々お節介をやいてみた。

「実は、昼休みに綱島さんと図書室で会って、おすすめの本を訊かれたんだ」

「え！　リカが？　千谷先輩に？　え？　ええ？」

女王様な友人が、そんな理由で僕に声をかけるなんて、成瀬さんにとっても意外すぎたのだろう。おすすめのラノベを訊かれた、と詳細を語れば、さらに困惑させたに違いない。だがそれは伏せておこう。ただ、

「リカに、なんの本をすすめたんですか？」

という成瀬さんの質問に、

「追いかけて綱島さん本人に確認してみるといい。そうすれば、綱島さんがいきなり赤面して走り出した理由もわかるはずだから」

と答えておいた。

「あ、はい……あの、じゃあ失礼します」

怪訝《けげん》な表情で、ぺこりと一礼して走り去る後輩を見送りながら、たまに弱みを見せるほうが心の距離は縮まるものだよ、と色々やらかしてしまった女王様に心の中でアドバイスを送る。

このあとの二人のやりとりを想像すると、楽しくもあり、おかしくもあり、愛おしくもあった。ともあれ、一冊の本が二人の関係をより近づけてくれることを、小説の神様に願っておこう。

と、神様の代わりに、背中で誰かさんの声がした。

「今のはどういう意味？　あなたは一体女の子が赤面して走り出すような、どんな卑猥《ひわい》な本をすすめたのかしら？」

振り向くと小余綾が、見過ごせないわね、という顔で腕組みしている。

機嫌は直っていないようだけど、今ここで誰かさんとこうして向かい合っていること自体がなにかの贈り物のように感じられて、自然と口元がゆるんだ。

反対に、向こうの唇はへの字に曲がる。

「なにがおかしいの？　にやにやしていやらしいし、腹立たしいわね」

「あのさ、綱島さんには人気の妹萌えラノベを紹介しただけだし、一般的にも主観的にも綱島さんよりも小余綾のほうが美人だ」

無自覚にフラグを立てまくるラノベの主人公みたいな台詞が、するりと口からこぼれ出てきたのも、謎の訪問者のことや後輩たちのことで肩の力がいい具合に抜けていたからに違いない。

誰かさんの頬が赤く染まってゆく。

「わ、わたしはそういうことを訊きたいわけじゃ――」

視線をそらし気味にして珍しく口ごもるのを見て、いっそうおだやかなすがすがしい気持ちになり、笑いがこみ上げてくる。

――わたしは、主人公があとちょっと手を伸ばせば、届きそうな気がするわ！

あのおかしな〝文学少女〟がくれた言葉。

僕らの内にいる小説の神様は、今はまた扉を閉じていて、神様を感じられない僕は不安になったり落ち込んだりするけれど、きっとまた扉の向こうのまばゆい景色を見るときが訪れる。

書きたい、書こう、書かなければ、書き続けなければと、苦しいほどに思うときが。

そして、文学少女な彼女が予言したとおり、この先、僕と小余綾と彼女の三人で、なにかわくわくすることをはじめるのかもしれない。

新しい伏線に胸をとどろかせながら、赤い顔でもじもじする誰かさんを眺《なが》めていた。

おまけ「〝文学少女〟なお客様が、美味しいご本をお求めです。」

先日わたしは出せるかぎりの勇気をかきあつめて、万引き犯に意見した。

――鞄に入れたものを、戻してください。

本に挟まれた狭い通路を、トートバッグを抱えて無表情に進んでくる背の高い細身の男性と、ゆっくりとすれ違ってゆくとき、バッグの端がわたしの肩にあたった瞬間の冷たい電流が走ったような震えや、竦《すく》んだまま動かない足や、しめつけられるような喉《のど》の痛みを、今もはっきり覚えている。

どうしよう、どうしようと、葛藤し、萎縮《いしゅく》し、仕方がないとあきらめそうになって、それでも臆病《おくびょう》に掠《かす》れた声で、

――待って……。

と口に出せたこと。

無視して立ち去ろうとする相手のトートバッグを、さえない高校生のわたしがつかん

で、耳や首筋を熱くしながら、あなたに物語に触れる資格なんてない、わたしたちの奇跡を奪わないで、と叫んだこと。わたしは怒りの塊《かたまり》で、あのときの自分を思い出すと、やっぱり耳が熱くなるし、血が滾《たぎ》るような恥ずかしさが湧《わ》いてくる。それは後悔ではなく、大切なものを守ることができたというわたしの小さな誇りでもある。あのときわたしは戦士だった。

でも、またそうした状況に遭遇しても同じように振る舞える自信がなかったし、万引き犯を目にすること自体、二度とあってほしくないと強く思う。

そんなわたしが、また万引きの現場を目撃しかけたのは、自宅の書店でたまたま一人で店番をしているときだった。

ちょうどお客さんの流れが途切れて、カウンターで簡単な雑務をこなしながら、リカに紹介するライトノベルのことを考えていた。

わたしのクラスメイトで中学から友達のリカは、お洒落《しゃれ》で華やかな今どきの女の子で、ライトノベルにはまったく興味がないと思っていたのに、わたしのおすすめを読みたいと言ってくれて、嬉《うれ》しさより先にあんまり意外でびっくりしてしまった。でも、リカが楽しんでくれたらすごく嬉しいので、リカが好きになってくれそうなタイトルを頑張って選ぼう。ああ、でも難しい。

そんなふうに思案しながら、売り場のほうへ目を向けたとき、あるお客さんを見て、心臓がぎゅっと縮んだ。

大きなトートバッグを肩から提げた、虚《うつ》ろな目をした若い男性が、ライト文芸が並ぶ棚の前をうろうろしている。前にわたしが呼び止めた万引き犯とは別人だけど、大きなトートバッグや、死んだ魚みたいなさめた目や、獲物を物色しているようなのろのろした緩慢な歩きかたがそっくりで、あのときと同じように身が竦《すく》み、勢いを増した血流が耳を打ち鳴らす。

まだ、万引き犯と決まったわけじゃない。

お客さんをむやみに疑うなんて、良くない。

でも、書店の娘として育ったわたしには、万引き犯を見わける勘みたいなものが染《し》みついているようで、耳鳴りも心臓の音も高まるばかりだった。

わたしの思い過ごしならいい。そうであってほしい。もしまた万引き犯だったら、わたしはあのときのように勇敢に振る舞えるだろうか。

いいや、あれは勇気ではなく、怒りのあまりの衝動だった。

今、わたしの足も身体も石のようにかたまっていて、身体の芯《しん》にあるのは燃えるような怒りではなく、どうしようという冷たい恐怖しかない。

店内に、店員はわたし一人しかいない。うちの大事な本たちをわたしが守らなきゃいけないのに。そうだ、わたしがいくら臆病でも、これだけは譲れない。あのときみたいに、もう一度。

トートバッグの男性はずいぶん長く立ち止まったままだ。いや、わたしが十分にも二十分にも感じていただけで、実際は一分足らずだったかもしれない。

感情のないどろんとした目が、平積みした新刊の上をゆっくりとさまよう。

「お会計お願いします」

ふいに別の方向から声をかけられて、わたしは飛び上がりそうになった。

レジの前に雑誌を手にしたおばあさんが立っている。トートバッグの男性を盗み見るのに夢中で気づかなかった。慌てて接客に戻る。

バーコードを読み取り金額を告げ、お金を受け取りおつりを返し、もどかしく雑誌を袋に入れている最中に視線を向けると、男性が無骨な手に一冊の本を持っているのが視界の端をよぎった。

あ、と思ったときには、先日わたしが見た万引きのシーンを再生するように、相手は本を持ったまま身体を反転させ、レジにいるわたしのほうへひらりと背を向けて、肩に提げたトートバッグの中に本を――。

ダメ！　ダメだ！　言わなきゃ！　声を出さなきゃ！　でもレジの前にまだお客さんが。

雑誌を受け取ったおばあさんが「ありがとう」と言って店を出てゆく。わたしは首をしめられているみたいに声を出せないまま、万引き犯のほうへ駆け寄った。

本はもう、トートバッグに半ば呑《の》み込《こ》まれようとしている。

そのとき、わたしの耳に澄んだ声が聞こえた。

「まぁ！ 不動詩凪《ふどうしいな》の三作目ね！ 彼女の作品はどれも素敵だけれど、それを選ぶなんて舌がこえているわ！」

張りつめた空気がふわりとやわらぐような朗らかな口調で、ほっそりした綺麗な女の人がトートバッグの男性に話しかけている。シンプルなジャケットと長めのスカート、背中にこぼれるさらさらの黒髪をハーフアップにまとめた清楚で優しい雰囲気の人だ。話しかけられた男性は手に文庫本を持ったまま、目をむいている。

そんな彼に、ますます明るい声で本格的に語りはじめる。

「不動さんのデビュー作は衝撃的だったわね。あちらも、香り高い桃や葡萄《ぶどう》、バジルを、とびきり上等のオリーブオイルとお酢、ブラックペッパーでからめていただく冷製のフルーツパスタみたいで、それはうっとりだったけれど、三作目のこちらはねっとりカルボナーラ風味なの！ ひらひらのリボンのような幅広のフェットチーネのゆで具合はやや固めで、塩漬けした豚の頬肉《グァンチャーレ》の塩加減も、絶妙なソースも、すべてが素晴らしいのよ！ それに、ここでもブラックペッパーのきかせかたが最高で、ともすればくどくなりそうなお味を、ぴりりと引きしめているのに感嘆を禁じ得ないわ！ わたしはひそかに不動さんをブラックペッパーの魔術師と讃《たた》えているのよ!」

一体、わたしの目の前でなにが起きているのだろう。目をきらきら輝かせ流れるように語り続ける彼女に、万引き犯はたじたじで、わたしも声をかけるタイミングを完全に失っている。冷製のフルーツパスタ? 幅広のフェットチーネ? ブラックペッパーの魔術師ってなに?

「衝撃のデビュー作と、才能の確かさを証明した二作目は、当然お味見済みよね? え? まだなの? それは大いなる幸運よ! あの唯一無二のお味を初体験できるなんて。ああ、わたしも記憶をなくしてもう一度いただいてみたいわ。そうそう、四作目も微妙にテイストが変わって美味しいの!」

心地良い音楽を奏《かな》でるように語りながら、彼女は棚からほっそりした指で次々と本を抜き出し、万引き犯の無骨な手に重ねてゆく。相手が、あーとか、うーとか言うのを朗《ほが》らかな言葉で軽やかに遮《さえぎ》り、本に挟まれた通路をはずむような足取りで歩きながら、楽しそうに幸せそうに語り続ける。

「不動さんをコンプリートしたら、次はぜひ千谷一夜《ちたにいちや》くんをいただいてみて。今、わたしが大注目している作家さんよ。まぁぁぁ！　『灰となって春を過ごす』があるわ！　あなた、本当にツイているわ！　これはもう絶対、いただくべき！　このタイトルだけで、どこか淋しくて、けれどツンと辛《から》くて爽《さわ》やかでもあるわさび漬けを連想しない？　タイトルをおかずにして、ごはん三杯はいけそうよ！　わさびの葉っぱや茎や根を刻んで酒粕《さけかす》に漬けたわさび漬けは、春の季語でもあるの。千谷くんのこの作品も、早春の風景のように少し寒くて、起伏もなく淡々としているけれど、おだやかな辛さと切なさ、爽やかさを内に秘めていて、あとを引くお味なのっ。まぁ！　他にも千谷くんの本が！　このタイトル、捜していたのよ。ぜひいただいてみて、それにこっちも」

　奔流のようにあふれ出る言葉を、わたしは全部聞き取れたわけではないけれど、切れ切れに聞こえてくる言葉はどれもきらきらしていて、そうしながらまた本を二冊三冊と重ねてゆく。さらにその上にもう一冊置いて、少しいたずらな目で相手を見上げて言った。

「不動さんと千谷くんを存分に味わったら、しめの一冊はこれ――。帆舞《ほまい》こまにさんよ」

　ドキンとした。

　それは、わたしが先日、蓮井《はすい》さんのお友達からいただいた作品だったから。わたしにどこか似ている臆病な女の子が主人公の――。推理小説のようであり、青春小説のようであり、友情物でもある。孤独と裏切りと絶望を描きながらも、人の優しさと可能性を感じさせる物語。

「この本はぜひ、不動さんと千谷くんをいただいたあとに読んでみて。そのほうがいっそう味わい深く感じられるはずだから」

両手に何冊もの本を抱えた男性は、もうそわそわも、きょどきょどもしてなくて、死んだ魚のようだった瞳に驚きと戸惑いをいっぱいに浮かべて、彼女のアドバイスを聞いている。

帆舞こまには、まだ一冊しか本を出していないけれど、それはわたしにとって特別な一冊だった。苦しくて、切なくて、綺麗で残酷で、懐《なつ》かしくて――勇気をくれる。これは、わたしのために書かれた本だと思わせてくれた物語。そんな大切な本をすすめてもらえて、わたしもなんだかぼぉっとしてしまった。

彼女はそのあとも、こっちの作家さんのこの本は蜂蜜《はちみつ》たっぷりのホットミルクのお味なのだとか、こちらはローズマリーの香りのローストチキンなのだとか言いながら、積み重ねた本の上にさらに何冊も本を重ねていった。

そうして店内を一巡りしてレジの前までできたとき、男性が両手に抱えた本は文庫とハードカバーを合わせて二十冊近くにもなっていた。狐《きつね》につままれたような表情ってこんなふうなんだろうな、という顔で男性が財布からお金を取り出して支払いをすませるまで、女性のほうはまだ「この本の続きは来週発売なの。ものすごく美味しそうなところで終わっていて、わたしは半年もおあずけをくらったのに、あなたはたった一週間で続きをいただけるなんてツイてるわ。それに帆舞こまにさんの続きも、きっと出るはずだとわたしは期待しているのよ。なんならあなたも出版社に『早く続きを読ませてください』って、お手紙してみて」などと笑顔で話し続けていた。

やがて、トートバッグを本でいっぱいにして、それでも足りず両手に本の入った紙袋を提げ、男性が店から出てゆくのをにこにこと見送ったあと、わたしと目があって、彼女は急に気まずそうにもじもじし、

「ごめんなさい。うるさくしてしまって」

と丁寧に頭を下げた。

「いえ、そんな。こちらのほうこそ——」

万引きを未然に防いでくれたうえに、うちの本を大量に売ってくれて感謝しかない、と言っても良いものか……、お客さんをそんな目で見ていると思われるのは良くないし……と口ごもっていると、向こうが清楚な花のように、やわらかく、優しく微笑んだ。

「今のお客さん、読みたい本がわからなくて迷っているみたいだったから、つい口を出してしまったの。ほら、わたしはごらんのとおりの〝文学少女〟だから、本の話をはじめると止まらなくなっちゃうのよ」

自分のことを〝文学少女〟だなんていう人に、はじめて会った。わたしの気を引き立てようとして、わざと冗談めかしてくれたのかもしれないけど。綺麗な大人の女性なのに、楽しそうに本の話をしていたときは、わたしたちと同じ歳《とし》の女子高生みたいで、可愛らしく見えた。

「それに、こちらの書店さんは品揃《しなぞろ》えがとても素敵で、わたし好みで、あれもこれもおすすめせずにいられなかったの。ポップの文章も一目でお味が伝わるように工夫をこらしていて、それでいてあたたかくて美味しそうで、わたしおなかがすいちゃったわ」

「ありがとうございます、嬉しいです」

でも、お味が伝わるとか、美味しそうでおなかがすいちゃうって、どういう意味だろう。グルメ漫画のポップを置いた覚えはないのだけど。

彼女は今度はちょっと眉《まゆ》を下げて、また少し恥ずかしそうに言った。

「本当はわたしがお持ち帰りしたかったのだけれど、全部彼に譲ってしまったの。だからお取り寄せをお願いしてもいいかしら」

「はい、もちろんです。でも、取り寄せにお日にちをいただきますが……」

「ええ、問題ありません。ぜひ、このお店でお買い物をしたいと思ったから」

「ありがとうございます」

どうしよう、嬉しさで頬がほてる。顔が赤くなっていたら恥ずかしい。けど、やっぱり胸が痛くなるほど嬉しくてたまらない。注文票に彼女が書いた複数のタイトルの中に帆舞こまにの名前もあって、ますます頰が熱でとろけそうになった。

彼女は他にも何冊か本を購入してくれて、

「領収書をお願いします」

と言った。

宛名《あてな》は老舗《しにせ》の出版社で、ああ、本のお仕事をしている人なんだとわかって、もっと嬉しくなった。彼女が万引きを見過ごせなかったのもそのせいかもしれない。

そうして、お店を出てゆくとき、彼女は晴れやかな優しい目をしてわたしに断言した。

「さっきの彼ね、また続きを買いにくるはずよ。小説の神様が、したり顔でわたしにささやいているわ」

その予言が当たればいい。

次に彼女が本を引き取りにきたとき、もしまた会えたら、そのときはわたしも言えたらいいな。お客様がお取り寄せしてくださった帆舞こまにさんのご本、わたしも大好きで感動したんですって。

「神の両目は地べたで溶けてる」

斜線堂有紀

斜線堂有紀（しゃせんどう・ゆうき）

2016年、第23回電撃小説大賞にて〈メディアワークス文庫賞〉を受賞。受賞作『キネマ探偵カレイドミステリー』でデビュー。近著に『詐欺師は天使の顔をして』（講談社タイガ）、『不純文学　1ページで綴られる先輩と私の不思議な物語』（宝島社文庫）がある。

五歳の頃の僕にとってハイセンスとは洞穴《ほらあな》のことだった。

勿論《もちろん》、実際の洞穴ではない。僕が指しているのは『洞穴』という名前の、その名の通り洞穴の如《ごと》き内装をしたレンタルＤＶＤ店だ。

恐らく店主の趣味だったのだろうが、どんな趣味を持てばレンタルＤＶＤと洞穴が合体することになったのかは分からない。ともあれ、誰向けか分からないその店は、僕には刺さった。

隙《すき》あらば僕は洞穴に行きたがり、レンタルをねだるでもなくニコニコと店内を歩き回った。薄暗い店内は肝心のＤＶＤが見づらく、入り組んだ配置の所為《せい》でよく迷子になった。それでも僕は洞穴が好きで、潰《つぶ》れるまでの半年間は毎週のように通っていた。

だから、閉店した時の衝撃といったらなかった。入れなくなった洞穴の前で、僕は転《ころ》げ回って泣いた。しかし母親はそんな僕を見て、何処《どこ》か安堵《あんど》したように言ったのだった。

「こんなとこ、好きだったのアンタだけだよ」

その時、僕は初めて他人の存在を知ったのかもしれない。

この世には他人というものが存在していて、自分の好きなものを他人も好きとは限らない。その衝撃的な事実を知ってから十年が経《た》った。高校生になった僕は、もう全人類が洞穴を好きになるとは思わない。

「なあ、舞立《まいだて》！　お前も水浦《みずうら》しずの小説が好きなんだな⁉」

岬布奈子《みさきふなこ》がそう言うまでは洞穴のことだって忘れていたくらいだ。岬は僕の読んでいた本をがっしり摑《つか》んでいて、端的に言って逃げ場が無かった。

「こんなクラスに水浦先生の良さが分かる人間がいるなんてな！　舞立もなかなか趣味がいい」

岬の声は恥も外聞《がいぶん》も無く大きい。甲高《かんだか》いその声に釣られて、クラスのみんなが一斉に僕らを見るのが分かった。岬の背は女の子にしては高いし、芸能人しか掛けないような大きな眼鏡《めがね》を掛けているし、おまけに女子なのにうなじを刈り上げた強いボブヘアーをしている。田舎《いなか》にいるには相応《ふさわ》しくないくらい戦闘力の高い格好をした女子高生。それが岬布奈子だ。

そんな彼女に絡《から》まれるのは耐《た》え難《がた》い拷問だった。さっきから視線が矢のように刺さっていて心底気まずい。それでも、岬は構わずに話を続ける。

「授業中に本読んでるから何かなーって覗《のぞ》いたらさ、なんと水浦しず作品じゃん！　もう、気づいてから話しかけたくてたまんなかったんだ！　なあ、いいよなそれ、いいよな！」

「……ま、まだ序盤しか読んでないし」

「序盤からいいだろ？　やっぱ分かる奴《やつ》には分かるんだよな！」

どうしようかと迷った。このまま岬と一緒に注目を浴び続けるのは嫌だが、強く拒絶して、更に面倒なことになっても困る。彼女を興奮させている水浦しずの本を持ったまま、僕は硬直する。目の前にいる岬が酷《ひど》く恐ろしいものに見えた。

永遠に続くかと思った時間は、岬の「あ」という言葉で唐突に終わった。

「これ、図書室の本じゃん。買えよ、死ね」

岬は大袈裟《おおげさ》に舌打ちをすると、憤懣《ふんまん》やるかたない様子で僕の後ろの席に戻っていった。

手にした小説の中では、世にも美しい出会いの場面が描かれている。本に視線を戻した僕の後ろで、また舌打ちの音がした。

これが僕と岬布奈子、そして水浦しずとの出会いだった。


東京まで電車で二時間。この微妙な距離に、僕の住む町がある。

住みたい田舎ランキング六位、というこれまた微妙な成績を残すここには、あまり娯楽が無い。ファミレスや病院やショッピングモールなどの必要最低限の文化はあるけれど、映画館に行くのは骨が折れる。そんな立地だ。

こういう場所で金の無い高校生がコンテンツに触れるのは難しい。

そんなわけで、僕は入学当初から高校図書室のヘビーユーザーだった。予算内で出来る限りの新刊を入れてくれるので、ここに通うだけで話題の本には触れられる。おまけに、意外とこの図書室は利用者が少ないから本が借りやすい。

そんな図書室の新入荷コーナーに、ひっそりと追加されていたのが水浦しずの本だった。

ここに入る本はどれも厳選されたベストセラーだ。タイトルだけは何処かで聞いた、というものが多い。その中で水浦しずの本は唯一の例外だった。センスの良い表紙を捲《めく》った先の著者紹介には『恋愛小説家』という思い切りのいい肩書きだけが載っている。だから、思わず手に取った。正直、岬布奈子に絡まれると知っていたら、僕はこの本を手に取ったりしなかっただろう。ある意味で岬は水浦しずに迷惑をかけている。


「おい、舞立」

あれだけ怒っていたのに、翌日になると岬はまたしても僕に話しかけてきた。帰ろうとした僕の肩を掴み、早口に言う。

「あれ、図書室に入れるように言ったの私なんだ」

その言葉で、新入荷コーナーの謎《なぞ》が解けた。利用者が少ない図書室ならリクエストも簡単に通る。

「……なのに借りたら怒ったわけ？　流石《さすが》に矛盾してるだろ……」

「確かに水浦しずの新規読者が増えたらいいとは思ったよ。でも実際にああして借りられてるの見ると腹立つな。買わないと水浦先生の利益にならないだろ」

何の理屈も通っていない無茶苦茶な言葉だった。第一、僕だって本を買わないわけじゃない。図書室で借りて、本当に好きだと思ったものはちゃんと買っている。水浦しずの本だって序盤を読んだ感じ、結構好みだ。このままいけば本棚に並べていたかもしれない。

それでも岬は納得がいかないのか、苦虫を嚙《か》み潰したような顔で唸《うな》っている。

「そんなにこの小説が好きなの？」

「好き。水浦先生の作品が世界で一番好き」

そう言う岬の顔は張りつめていた。

「だから、舞立が水浦先生の小説を読んでるって知った時は嬉《うれ》しかった。でも、今はかなり複雑だ。こんなのないだろ」

「じゃあどうしろっていうの？」

「そう、それを言いにきた」

岬はうって変わって笑顔を浮かべた。屈託の無い、と形容するには凶悪すぎる笑顔だった。

「今から一緒に水浦先生の小説を買いに行こう。それで解決だ」


どうしてこうなったのだろう、と本屋に辿《たど》り着いてもなお考えていた。

今日は履歴書を買ったらそのまま家に帰るつもりだった。駅前のレンタルＤＶＤ屋さんが、タイミングよくアルバイトの募集を始めたからだ。時給も高い上に、レンタルの時に社割《しゃわり》が利く好条件。これで僕の文化レベルが上がる、と思っていたのに。

「水浦先生の本はあっちにあるから。レーベル別じゃない文庫棚にある」

逃亡防止の為か、学校を出てから岬はずっと僕の肩を摑んでいた。傍《はた》から見てどう映っているのかが怖くて仕方ない。さっさと買ってしまうしか逃れる術《すべ》は無いのだ。

「ほら、この棚の下の……ほら、そこだよ」

場所まで熟知しているのか、岬がはっきりとそこを指し示した。

小さな本屋に水浦しずの本は一冊しかなく、しかも隅《すみ》に棚差しされていた。取り出す時に、軽く引っ掛かりを覚える。長らくここに収まっていたからだろう。その本は、選ばれることを想像もしていなかったように見えた。

「よしよしいいぞ。じゃあ会計だ」

「別に逃げたりしないから放せよ……。買いづらいし」

「あ、ごめん」

岬は思い出したように手を放すと、笑顔で手を振った。旅立つ人間を送るかのようなその仕草《しぐさ》を背にレジに向かう。会計をしている間中、岬の視線が痛かった。水浦しずの本を買うのが嫌なわけじゃないが、これはこれで酷く落ち着かない。

「これで安心したよ。やっぱり水浦先生に貢献するには紙の本を買わせないとな」

会計を済ませて店を出ると、岬はうって変わってご機嫌な様子だった。烈火の如く怒っていた時とはまるで別人のようだ。

「……じゃ、今日はありがとう。僕もいいきっかけになったよ。また」

「待ってくれ、ちょっと話がある」

早々に事態を収めようとした僕を、またも岬が引き留める。

「話って？　もう水浦先生の本は買っただろ」

「……水浦先生の小説は、本当に面白い。私はその本がさ、新刊棚にぽつんとあった時に見つけたんだ。正直知らない作家だし、買おうか迷ったんだけど……なんか気になって。それで読んだら……マジで人生が変わったんだ。こんな物語を書ける人間がいるんだって信じられなかった」

「それは……良かったね」

「そういうわけで、私にとって水浦先生は特別な作家なんだ」

歯切れの悪い口調で脈絡の無い言葉が連ねられていく。一体何なんだ、と思っていると、不意に岬が真面目《まじめ》な表情になった。そして、言う。

「お前、ＳＮＳやってる？　ツイッターは？」

「え？　見る専のアカウントなら持ってるけど……」

好きな作家やバンドの公式アカウント、後はアートイベント情報を流してくれるｂｏｔだけをフォローしたアカウントだ。自分で何かを呟《つぶや》いたりはしていないから、殆《ほとん》ど死んでいるアカウントだけれど。

「そうか。そうかそうか、なるほどな」

その声を聞いてぞっとした。何か分からないけれど嫌な予感がしたのだ。その悪寒から身を引くより先に、僕の目の前にスマホの画面が突きつけられる。そこには誰かの――いや、『Misaki』の呟きが大量に表示されていた。

一見しただけじゃ詳しい内容は分からない。けれど、その画面いっぱいに「水浦しず」の単語が躍《おど》っているのだけは分かった。スマホを印籠《いんろう》のように掲げる岬の目が輝いている。けれど、それは場違いなクリスマスイルミネーションのような、電灯が切れる寸前の異常な明滅のような、そういう異様さがあった。

「これは私の水浦しず用のアカウント。水浦先生の小説の感想と、水浦先生の小説のどんなところが好きかを書いてる」

「はあ、そ、そうなんだ……」

「日本で一番水浦しずについて呟いてるのは私じゃないかな。まあ、そういうわけだ」

「そうみたいだね」

「で、だ。丁度仲間が欲しいと思ってたんだよ。これからは一緒に水浦先生の話をしよう。ああ、その前に水浦先生の本の感想を八百字程度に纏《まと》めて提出してもらう。それは読書感想投稿サイトにも載せて、他《ほか》の本好きにも水浦先生の存在を知らせるんだ。とにかく必要なのは新規読者だからな。見つけてもらえるように布教しないと。明日から早速始めるぞ」

「ちょっ、ちょっと待って、どういうこと？」

「どういうこともなにも。水浦先生の小説を読むんだから、舞立も布教活動に参加してもらわないとだろ。まずは水浦先生の小説を読むんだ。んで、明日口頭で感想を言ってもらう。感想文はその後でいい」

「待って、何で感想文を書くってことになってるの？」

「新規読者を呼び込むのに一番いい方法だからだよ」

一応の回答は貰《もら》っているのに、全く話が嚙み合わない。目の前にいる岬が得体の知れないものに見える。実際、話しかけられた時から嫌な予感はしていたのだ。

「だから、その新規読者を呼び込むとか、何で僕が……」

「だってお前はリアルで遭遇した初めての水浦しずファンだぞ！　布教活動に取り込まないでどうする！」

どうやら岬はもう既に僕を水浦しずファンの一人に数えているらしい。僕はまだ最初の数ページしか水浦作品を読んでいないのに。当然ながら、僕が水浦しずの小説を好きになれない可能性だって十二分にある。何せ岬は僕の読書傾向なんか少しも知らないのだ。

しかし、岬は惑うことなく預言者《よげんしゃ》のように言うのだった。

「まずは明日だ。お前は水浦しず先生のファンになる。一緒に少しずつ先生の読者を増やしていこう」

その言葉を聞いた瞬間、鞄《かばん》の中の文庫本が急に重くなったように感じた。

本というのはその内容も勿論だけれど、出会い方というのも重要だと思っている。岬の所為で、水浦しずに対する印象は地の底に落ちていた。そもそも、誰も知らないようなマイナーな本を、周りから浮いている妙な女子高生が推しているという時点で信用がならなかった。そこらの石ころを拾い上げて宝石だと騒ぎ立てるのに似た行為なんだろうと。

でも、違った。

結論から言おう。水浦しずの小説は面白かった。

一般的な高校生よりは小説を読んできたけれど、その中でも一、二を争うくらい衝撃的だった。恋愛小説家、という素《そ》っ気《け》ない肩書きが指し示すように、水浦しずの物語はシンプルだ。この世界の何処かにありそうな恋物語を描いているだけ。それなのに、この小説は息が止まりそうなほどスリリングだった。二人の行く末が見たい、という一点だけでページを捲る手が止まらない。正統派な恋愛小説でありながら、推理小説的でもあった。

それでいて、この物語は酷く優しい。

この小説を書いた人間は、きっと世界のことも人間のことも好きなのだろう。そう思えるような小説だった。

本を閉じて溜《た》め息《いき》を吐《つ》く。岬の言う通り、僕はこの小説のことがすっかり好きになっていた。これで水浦しずファンといっていいのかは分からないが、少なくともこの小説のファンになったことは間違いない。

いてもたってもいられず、スマホでタイトルを検索する。この小説にはラストに少しだけ解釈が割れそうな描写があった。他の人はこの小説を読んで、その部分をどう解釈したのか知りたかったのだ。

そして驚いた。水浦しずの小説にはレビューが殆ど付いていなかった。感想投稿サイトにも、書籍の通販サイトにも数件しか感想が無い。しかも、その中で目立っていたのは『Misaki』の感想だ。――恐らくは、岬布奈子のものだろう。

こんなに面白い小説なのにどうして、と心の底から疑問に思う。けれど、僕だって図書室で見つけるまで水浦しずなんて作家のことは知らなかったし、この本はお店でも目立たない棚に差さっていた。おまけに水浦しずはこの小説がデビュー作らしく、他には何の実績も無い。知名度が無いから、読んでいる人数が少ないのだろう。

それを思うと、何故《なぜ》か胸がざわついた。

今まで、売れていない小説は単純につまらない小説なのだと思っていた。反対に売れている小説は面白い小説だ、と。現に、ベストセラーには外れが無い。あれもこれもそれなりに楽しめる。

でも、その法則に則《のっと》れば水浦しずは矛盾している。

デビュー作なのに文章力が高く、構成も台詞回《せりふまわ》しも信じられないくらい上手《うま》い。これなら、書評家とか、それこそ文壇《ぶんだん》のお偉いさんなどが取り上げていてもおかしくないのに。一年以上前に発売されたらしいこの本は未《いま》だに初版で、しかも殆ど読まれていないのだ。

――ならやっぱり、水浦しずの小説は世間的に見たらそんなに名作でもないのだろうか？　ふと、洞穴の店が頭を過《よ》ぎる。

挙げ句の果てに、数少ないレビューの中にこんな感想も見つけてしまった。

『期待しないで読んだけど、面白かった。ちょっと不動詩凪《ふどうしいな》の影響受けすぎだけど』

『不動詩凪フォロワーって感じ。及第点かな。不動詩凪自体そこまで個性的ってわけじゃないけど、要するに没個性。ラストは割と好き』

水浦しずの文体は、どうやら不動詩凪という小説家のものに似ているらしい。

その評価を見た時、すっと温度が下がった。さっきまで感じていた熱が輪郭《りんかく》から抜けていく。そうして自分の中から抜け出た熱は、途端に場違いで恥ずかしいものに思えた。参加していたパーティーを外から眺《なが》めた時のような気恥ずかしさがあった。

そのまま件《くだん》の『不動詩凪』を検索する。水浦しずを検索した時と違って、夥《おびただ》しい量の情報がヒットする。

マイナー作家の水浦しずに対し、不動詩凪は人気作家だった。

エンターテインメント系の新人賞を受賞し華々しくデビューした彼女は、何冊も本を出している。売り上げは上々で、評価も高い。そして何より、彼女は若くて美しかった。

『現役美人女子高生作家』の肩書きを、何の憂《うれ》いもなく戴《いただ》けるくらいに。

インタビューに答える不動詩凪の姿は、純粋無垢《むく》な印象を受けた。気取らないその様を見た瞬間、僕の感動は完全に醒《さ》めていた。

「先に不動詩凪のこと教えといてくれれば良かったのに……」

ここにいない岬に向かって恨みがましくそう呟く。

こう言っては悪いけれど、すっかり水浦しずは不動詩凪の下位互換《かいごかん》だという印象になっていた。似たような作風であっちの方が格段に売れているということは、つまりそういうことだろう。

似たような小説を書ける人間は他にもいて、しかもその作家の方が有名なのだ。その事実を知ったことで、水浦しずの小説で覚えた感動が安っぽいものに変わってしまった。自分でも勝手な話だと思う。でも、こういう印象は理屈じゃどうにも出来ないものだろう。

買った方の本を棚に収める頃には、僕の感動はすっかり落ち着いていた。

水浦しずの小説は確かに面白かったけれど、それは本当にいいものじゃなく、単に岬の洞穴だっただけのことだ。

それに一も二もなく感動して、一瞬でも岬と同じような興奮を味わってしまったのが気恥ずかしかった。そうだよな、とわざわざ口に出して言ってから眠りにつく。


「どうだ、最高だっただろ」

それなのに、岬は全く疑うことなく洞穴を愛していた。

わざわざ放課後を待って話しかけてきたのは、僕への配慮じゃないだろう。多分、水浦しずの話をたっぷりする為だ。そのあまりの無邪気さが少し恐ろしい。水浦しずの小説の素晴らしさを欠片《かけら》も疑わないのは異様だ。ともあれ、僕は言う。

「……なんていうか、結構良かった。小説で泣くことってほぼ無いんだけど、終盤はかなり涙腺《るいせん》にきた。ほら、あの台詞がラストで別の意味で出てくるじゃん。あそこで、上手いなー……って」

「そう！　そうなんだよ！　水浦先生は伏線回収の仕方が凄《すご》く上手くてさあ！　ああして出てきた時に『確かにこの言葉ってそういう風にも取れるな』って気づけるんだよ」

水を得た魚のように岬の目が輝き出す。僕が水浦しずの小説を褒めたことがよっぽど嬉しかったのだろう。

「私は特に中盤のあのシーンが好きでさ、ずっと」

「知ってる。初めて自分の気持ちを自覚するシーンだろ」

先回りして言うと、岬は嬉しそうに頷《うなず》いた。そのことは知っている。何しろ昨日、僕は岬のレビューを読んだのだ。

岬の書いたレビューはまっすぐだった。

決して大袈裟な言葉を使っているわけじゃない。この小説の好きなところ、好きな文章、好きな場面をバランスよく配置し、それでいて目を惹《ひ》くものに仕上げている。検索してあんなレビューが出てきたら、確かにその本を読みたくなるかもしれない。ある意味で『Misaki』のレビューは人の目を過剰に意識したものだった。

それでも、岬のレビューは僕の気になっていたラストの解釈にもちゃんと触れていて、胸によく響いた。その台詞をそう捉《とら》えたのか、と素直に感動する。あの小説を読んだばかりの僕だったら、もしかしたら岬と同じテンションで熱く語れていたかもしれない。

ただ、不動詩凪の存在は、僕の心にかなり大きな引っ掛かりを作ってしまっていた。何の躊躇《ためら》いもなく水浦しずの素晴らしさを語る岬が気に食わなくて、僕はわざと明るい声で続ける。

「でも、これって不動詩凪の小説っぽかったよね」

「え？」

「言葉選びとか構成とかさ」

　ネットに書いてあったことをそのまま流用する。そこそこ小説を読んでいそうな人のレビューだ。きっとこれは的外《まとはず》れじゃないんだろう。

　正面からこの言葉をぶつけられた岬はどう感じるんだろう。怒るだろうか。弁明するんだろうか。こう思うと、僕のこの気持ちは八つ当たりに近いものだったのかもしれない。水浦しずの小説を読んで覚えた感動に水を差された分、岬の方にも同じ気持ちを味わって欲しかった。

　ややあって、岬は冷静に返した。

「不動先生の作品も読んだことあるし、似てるのも分かる。というか、シャッフルして読めば殆ど分からないと思う」

「その不動詩凪っていうのの方が売れてるんだろ。なら、やっぱり水浦しずより不動詩凪の方がいい小説を書くってことなんじゃないか」

　乱暴な論理を敢《あ》えて口にした。当然ながら、一概にそうとは言えないだろう。売れているものは良いものである可能性が高いが、生前に全く評価されなかったゴッホの例もある。

例外が存在すると知りながら言い切ったのは、岬の反応が見たかったからだ。岬は分かりやすく眉《まゆ》を吊《つ》り上げて、僕のことを睨《にら》んでいる。問題はこの後、岬が何を言うかだ。

予想では、分かりやすいカウンターを放ってくるんじゃないかと思っていた。即《すなわ》ち、水浦先生は顔出しをしていないが、不動詩凪は美人小説家として持《も》て囃《はや》されている。おまけに本人も美人だ。だから売れてるだけ、実力じゃない——なんて批判を。

実際、不動詩凪という小説家を知った時に、僕が抱いた感想はそうだった。耳目を集める肩書きと、アイドルみたいな可愛《かわい》いお顔があれば、小説の中身とは関係なく売れるんじゃないかと思ってしまった。不動詩凪の小説の紹介には書影と共に必ずと言っていいほど彼女の写真も添えられていた。まるで不動詩凪の美しさが、その本の価値を担保しているかのように。

「いや、」

けれど、静かに反論する岬の言葉は、僕の予想とは違ったものだった。

「違う。不動詩凪の方はちゃんと世界から見つけてもらってるだけ」

悔《くや》しさも諦《あきら》めも滲《にじ》んでいるのに、随分凪《な》いだ声だった。

「不動先生の作品はちゃんと面白いよ。構成もしっかりしてるし、表現力も確かだ。伝えたいことを描くのに、単なる数行の描写だけじゃなくエピソード単位で積み重ねをしてるから凄く丁寧に響く。女子高生作家だってことが無闇《むやみ》に取り上げられがちだけど、あの人はちゃんと実力がある」

普段の岬からは想像も出来ない、理知的で整然とした言葉だった。その所為で、僕は口を挟むことも出来ずに聞いてしまう。

「不動詩凪は実力がある書き手で、美人な女子高生であることは取っ掛かりだ。彼女の才能を正当な位置まで連れて行くアリアドネの糸だ。そうして彼女の才能は沢山の人の目に触れた。だから売れたんだよ。あくまで実力があって面白い、っていうのが最初。対する水浦先生にはその取っ掛かりがない。一月に何冊の本が出版されると思う？　数百冊だ。その中でぽんと出てきたばかりの水浦先生の小説が売れるはずがない。だって、誰も水浦しずを知らないから。水浦しずって恋愛小説家がとても面白い小説を書くって知らないから。不動詩凪と水浦しずの違いはそれだけ。二人とも才能はある」

そこでようやく岬が言葉を切った。浅く息を吐《は》いてから、らしくなく真面目な顔をする。

「だから私らが水浦しずを陽《ひ》の当たるところに連れ出さなくちゃいけないんだよ。誰も知らないけど私は見つけた。私が見つけたんだ」

岬の言葉はレビューと同じくまっすぐだった。僕が何を言おうと、全く揺らぐことがない。

「というわけで不動詩凪の話をするんじゃなくて、水浦先生のレビューを書けっての。大枠は決まった？　もしかして下書きくらいは持ってきてくれた？」

「まだ書いてないけど……まずは読めって言ってただろ」

「なんだよ、期待させといて。はあ、無駄だったな。挙げ句の果てに他人の言葉で殴り掛かってきやがって」

舌打ち交じりに岬が言う。あっさりと見抜かれた『他人の言葉』に顔が赤くなった。

「何で……」

「やっぱりお前、不動詩凪の作品読んでないんだな。そんな気がした」

「カマかけたのかよ。卑怯者《ひきょうもの》」

「他人の評価で本の面白さが上下するなんて大変だな。相場師《そうばし》」

岬はありったけの軽蔑《けいべつ》と憎しみを込めて僕のことをせせら笑った。

腹は立った。けれど、今回ばかりはそう言われても仕方がなかった。

岬の顔は強張《こわば》っていて、今にも感情が決壊してしまいそうだった。半開《はんびら》きの口の中で、舌が震えているのが分かる。彼女はあからさまに傷ついていた。

僕は軽蔑されても仕方がない相場師だった。


岬の言葉が頭から離れず、家に帰ってから改めて水浦しずの小説を読んだ。

読むのは二度目だ。話の内容は頭に入っている。この先に何が起こるのかも、どんな会話が続くのかも知っている。

なのに、涙が出た。一度目に読んだ時よりもずっと内容が心に響く。堪《こら》え切れない嗚咽《おえつ》が口から漏《も》れ出して、部屋の中に大きく反響した。買ったばかりの文庫本にぼろぼろと涙が落ちていく。止められない。

僕はこの小説が好きだった。

岬に素直に言えば良かった。水浦しずの小説は凄かった。面白かった。感動した。それを伝えるのが何だか気恥ずかしくて、褒めなくてもいい理由に読んだこともない不動詩凪の名前を使った。

だって、これが洞穴じゃない保証なんて何処にも無い。自分が好きなものを屈託無く晒《さら》すのは恐ろしい。それが否定されたら、きっと傷ついてしまう。……今日の岬のように。

それでも、岬は怯《おび》えることなく水浦しずへの愛情を語るのだ。

岬に謝らないと。そう思いながらノートパソコンを開く。悩んだ末に最初の一文字を打ち込んでから、手元にある水浦しずの本を拠《よ》り所《どころ》のように撫《な》でる。


翌日の岬は不機嫌さを隠そうともしていなかった。話しかけるのが躊躇われるほど発せられる負のオーラに、一瞬身が竦《すく》む。岬の手には少し汚れた水浦しずの小説があった。それは彼女にとってのお守りなのかもしれない。強い髪型と芸能人ライクな眼鏡のように、岬布奈子を彼女たらしめるもの。

「……言いたいことあるなら言えよ」

目の前に立った僕に、岬が吐き捨てる。

「……その、流石にごめん」

具体的なことは何も言わなかった。けれど岬は「別にいい」とだけ返し、それ以上何も言おうとしなかった。責められなかったことに安心するけれど、このままじゃいけないことは分かっている。

だから、行動で示すことにした。僕は四つ折りにした紙を岬の机に置く。

「何これ」

「誠意だよ、僕の」

岬の手がゆっくりと紙片を開く。

それは、昨日僕が必死に書いた水浦しずの小説のレビューだった。

「岬に言われて、ちゃんと考えたんだ。……下手かもしれないけど、自分なりに考えたことを」

「そうだね、下手すぎ」

岬が食い気味にそう言った。そのまま紙片が突き返される。

「やり直し。悪いけど、これじゃ水浦作品の良さが全然伝わってこない。これで何も知らない未来の読者に伝わると思う？　未読者に向けて期待を煽《あお》って、この読書体験が人生を変えるかもって思ってもらわないといけないんだぞ？」

そうまくし立てる岬は、もうすっかり元の岬布奈子に戻っていた。

「ポエムを書けって言ってるんじゃないんだよ！　レビューっていうのは宣伝なの！　水浦しずの名前を検索する新規読者を逃がさないようにするんだよ！」

「絶対その努力の方向性は間違ってるって！　岬の思いは一周回って不純になってきてるだろ……」

「不純でも何でもいいんだよ！　このレビューで水浦先生を好きになる人がいればいいの！」

「でも……」

「そもそも誤字脱字もあるだろ！　三度読み直して二度音読しろ！　私はそうしてる！」

それはその通りだった。岬が指し示した場所には変換ミスで「m」の文字が入ってしまっているし、助詞が抜けているところもある。書き上げてからすぐ印刷したから、そもそも文章として綺麗《きれい》とは言えなかった。

それでも、僕はそのレビューに愛着があったし、文句を言う岬も何処となく嬉しそうに見えた。

「……ていうか文章の下手さとか、誤字脱字については僕が悪いと思ってるけど……。感想自体については、僕が素直に感じたことだし。……宣伝目的で狙《ねら》った感想書くより、素直に今の気持ちを記録しておいた方がいい……んじゃないか」

そう言った後で、わざとらしくならないように「そっちの方が水浦先生も喜ぶと思う」と付け足す。これは半分本心で半分打算だ。

「……分かった。でも、誤字は直せよな。次誤字脱字あったら殺すから」

あの繊細な物語を好きだとは思えないような、強くて粗雑な言葉だ。ただ、岬がそんな言葉を口にするのは、そうでなければ折れてしまいそうだからだろう。

『殺す』というあまりにも強い言葉の裏で、岬は僕に約束を強《し》いている。

もう水浦しずから逃げたりしない、もう水浦しずを軽んじたりしない。約束しろ。そう言っている。

「うん、それでいい」

僕はその裏まで勝手に汲《く》み取って、はっきりとそう言った。

何しろ僕は、水浦しずのファンなのだ。


その後、十数回のリライトを経《へ》てようやく、岬から合格が言い渡された。練りに練った僕のレビューは、自分でも恥ずかしくなるくらい愛に満ちていた。

しかし、サイトに僕のレビューを載せても、世界は別に変わらなかった。当然だ。僕は高名な書評家でもなければ、アルファツイッタラーでもない。ただの片田舎の高校生だ。

ただ、こうして目に見える形で自分の感想を載せるというのはいい経験だった。小説を読んで感じたことをずっと抱《かか》えておくよりも、気恥ずかしさから外に追いやってしまうよりも、ずっと適切な出力だ。数少ない水浦しずのレビューの中に、整えられた僕の感想が並んでいるのは、素直に嬉しい。

それでも、水浦しずの小説が爆発的に読まれることはない。

「でもな、この一個が世界を変えるかもしれないだろうが」

何も言っていないのに、岬が嚙みつくようにそう言った。

まるで、水浦しずの読者が増えなかったことを気に病んでいるみたいだった。その辺り、岬は妙に気負ってしまっている節がある。

「水浦先生だって喜んでるはずだから」

その言葉には素直に頷いた。水浦しずがこれを読んでいるとは思えなかったが、あなたの小説が届いた人間がここにいますよ、と示せるのはいいことだと思った。

「ファンレターとか送らないわけ？」

「馬鹿《ばか》だな。送ってるに決まってるだろ。でも、読んでるか分からないな。ファンレターはむしろ出版社に圧をかける為に送ってんの。ここにファンがいるんだから水浦しずのことをちゃんと推せよなって。だから、どっちかっていうと水浦先生のキャンペーンをやって欲しいとか、そういうことを書いちゃう」

あれから僕は、レビューだけじゃなく、岬の呟きや布教活動にも目を通した。殆どフォロワーのいない、誰が見ているかも分からないアカウントで、岬は水浦しずを推している。あれだけの情熱を保《たも》ち続けていられるのには素直に尊敬した。単なる高校生が水浦しずの未来を背負っているかのように振る舞うのは、不遜《ふそん》な上にちょっと怖い。

僕にレビューを書かせようとするのも、それが水浦しずはおろか世界にとっても正しいことだと信じているからなのだろう。

「でも岬の愛はどう考えてもやりすぎだろ」

「ファンってのはファナティックからきてるんだぞ。意味分かるかー？　狂信的だ！　つまり、このくらいの熱量が無い人間なんかファンじゃないね！　水浦先生だってこれだけ推されたら嬉しいはずだ！　エゴサで見つけやすいようにフルネームで呟いてるからな、毎日嬉しいと思う」

「そういう作家の人ってエゴサとかしないんじゃないの。モチベーションに影響が出るだろうし」

「する作家もいるだろ！　水浦先生がそういうタイプだったら、きっと嬉しいよ」

届いてたらいいな、と岬が嬉しそうに口にする。

その姿だけは、報《むく》われて欲しいと思うくらいに純粋に見えた。

しかし、概《おおむ》ね岬の愛は見当違いな方向を向いている。クラスメイトに無理矢理水浦しずの本を買わせ、レビューを書かせて悦に入っている場合じゃないとも思う。

「とにかく、これで終わりじゃないからな。今回は読書レビューサイトだったから、今度はインスタグラムにしよう。案外こっちの方が同じ高校生に響くかもしれない。早速書影が映える写真を撮ろう」

「インスタグラムにも投稿してるの？」

「当たり前だろ。この世のありとあらゆるSNSに水浦しずの名前を出すのが私の使命なんだ。レビューサイトにはまだ人が多いけど、インスタは私だけなんだ。ほら、舞立も写真を撮れ。そうしたらインスタ用の文章を書くぞ」

「……本当にこれを延々と続けるつもりなの？　しかも、僕を巻き込んで」
「ああ、私は延々と続けてきたんだ」
岬は笑顔でそう言った。岬の愛情は根を張り、小さいながら空に手を伸ばしている。

ところで、レビューを投稿してからすぐ、水浦しずの本を買った駅前の本屋を覗きに行った。

水浦しずの本は僕が買ったきり、補充されていなかった。水浦しずの本が差さっていた場所には別の本が収まっていて、水浦しずの本が戻ってくる様子は無い。これで、この本屋を訪れた人間が水浦しずの小説と出会うことはない。そのことがやけに恐ろしく、岬の言っていたことはこういうことなのか、と改めて思った。水浦しずの小説は面白いのに、この辺りに住んでいる人は背表紙にすら出会うこともない。

岬のように水浦しずの小説を注文し続ければいいのだろうか。確かに良い手かもしれない。注文した本は二、三冊入荷するというのなら、この棚には水浦しずの本が戻ってくるのかもしれない。

でも、本当にそれが最善だろうか、とも思う。

僕が水浦しずの本を手に取る前のように、棚に収めて誰かが見つけてくれるものだろうか。

平台に詰まれている小説には『二十五万部突破』や『アニメ化決定』の華々しい帯が巻

かれている。素人の僕には、どんなプロセスでメディアミックスが決まるのかも、そもそも売れる本がどうして売れるのかもよく分からない。店頭で確認出来るのなんて表紙とあらすじくらいだ。そこに部数という目を惹く実績が付いていなければ選んではもらえない。

水浦しずの本を手に取ってもらう最初の一歩。それの想像がつかなかった。読者の時間だって切り売りされているし、本棚の面積は限られていて、全《すべ》ての小説を置くことは出来ない。それなら、そこから見出《みいだ》されるのは、それこそ小説の神様に見初められるようなものなんじゃないだろうか。自分の考える神様は、やけに商業的だ。けれど、神様の加護というものはストーリーテリングや台詞回しの才だけじゃない。光あれ、と誰かの目の高さに置いてもらう祝福もある。

不動詩凪の小説は今日も大々的に展開されていた。POP用に印刷された不動詩凪の顔は、相変わらず美しかった。けれど、彼女の表情はインタビュー写真の時の無垢さとはまた別の方向にチューニングされていて、何だか別人のようにも見える。現役女子高生小説家、に使われている明朝体《みんちょうたい》がやけに煽情的《せんじょうてき》だった。

「結局のところ、必要なのはジャスティン・ビーバーなんだよ。ふざけてる」

そのことを話すと、岬はそう言って憤っていた。思えば、岬は水浦しずに関することでいつも怒っているような気がする。岬にとって、水浦しずに対する愛は炎なのだろう。岬と関《かか》わることになってから、その愛に焼き尽くされそうだ。

「小説の神様はどうやら水浦しずを見つけられない節穴らしいからな。後はもうそういうマスの力を持った有名人だよ。ほら、何だっけ。ジャスティン・ビーバーが面白いって言ったから滅茶苦茶《めちゃくちゃ》売れて紅白にも出た芸人。結局のところそういうことなんだよなー！　はー、クソですわ。ジャスティン・ビーバーが推したら水浦しずだって紅白出られるもんな。キレそう」

「……あんまりそういうこと言うなよ」

「影響力のある人間が褒めれば売れる。何だか目立つ賞取れば売れる。それってもう天運に近いじゃん！　どうして早く水浦しずがそういう場にいかないのかな？　業界の人間、水浦しずの本ちゃんと読んでるのかよー！　だったらみんなで水浦しずを推していこう！になるはずだろうが」

岬の愛はエゴイスティックで他を顧みない。話していて分かるけれど、彼女は僕よりもずっと小説を沢山読んでいる。その上で、ひたすら水浦しずに執着し続けるその様は、彼女の言葉通り狂信的に見えた。

「私が権力者だったらな。国を挙げて水浦しずを推すのに。大ファンである岬布奈子推薦、じゃ駄目なのか。駄目なんだろうな」

「まあ、僕とか岬だけの推薦じゃ、ってことなんだろうね」

「でも一人よりは二人がいい。一億人が推薦してればジャスティン・ビーバーにだって勝てる。私が舞立に水浦しずのレビューを投稿させようとしてるのはそれが理由。ほら、早く写真撮れって」

今日の僕は、インスタ用の写真を撮るのに苦戦していた。夕暮れの教室という定番のシチュエーションに、水浦しずのエモーショナルな書影を併せよう、というのが岬の提案だったが、これがなかなか難しい。本にピントを合わせれば背景が見えないと文句を言うし、反対に教室ばかりが目立っても駄目だ。岬のお眼鏡に適《かな》うものを撮ろうとしている内に、陽はどんどん傾いていって、難易度はどんどん上がっていく。

「ねえ、大分逆光が厳しくなってきたよ。これ本当に撮れる？」

「舞立が気合いの入った写真を撮らないからだろ？　愛が足りないぞ」

「普通に写真を撮るんじゃ駄目なの？　感想ならしっかり書くからさ」

「駄目。全然興味を惹かれない」

当の岬の写真は、確かに気合いが入っていた。作中の場面に合わせて、わざわざ海に行って撮影していたのだ。写真の腕もそこそこなのか、本も風景もいい具合に馴染《なじ》んでいる。それを思うと、教室で適当に撮影した僕の写真は確かに愛が足りない。

「でも、インスタに綺麗な写真上げたって誰も見ないだろ。僕のアカウントとか作ったばっかだし」

「私が見るから！」

もっと意味が無いんじゃないか、と言おうとして、すんでのところで留まった。空は夕焼けのオレンジから、夜の紫に変わり始めている。風景としては綺麗だが、写真を撮るには向かなくなっていく。なおざりにシャッターを切る僕を見ながら、岬が言う。

「この写真がきっかけで誰かが目に留めるかもしれない。水浦先生の小説を読むかもしれない。そうしたらファンが一人増えるんだ。神様には見る目が無いけど、目のある読者もきっといる！」

暮れゆく陽の中で、岬の姿も段々と影になってきている。だから、力強くそう言う岬の表情はよく見えなかった。いつもの輝いた目がそこに付いているか心配になったけれど、僕は黙ってシャッターを切った。周りの暗さを感知したのか、目映《まばゆ》いフラッシュまで焚《た》かれてしまう。ここまでだ、と思ってスマホを仕舞った瞬間、岬がぽつりと言った。

「……水浦先生の新作が読みたいな」

恐らくは自然に出てきた言葉なのだろう。影になった岬が慌てて否定する。

「水浦先生の小説は読む度に新しい発見があるから、これでも十分すぎるくらいなんだけど」

この小説は水浦しずのデビュー作であり、唯一の著作だ。それきり他の小説は発表されておらず、岬が語る愛はこの本だけに基づいている。

直接口にしないけれど、岬の行為は全てたった一つの願いに続いている。水浦しずの新作小説が読みたい。彼女の愛にくべられている薪は、ただひたすらその一念だ。それを汲み取るように、僕は言う。

「僕は新しいの読みたいけどな。これの後にどんな小説書くのか知りたいし」

「……まあそうだよな！　絶対面白いよ。だって水浦先生だもん」

「とにかく、今日はこれでおしまい。粘《ねば》りたい気持ちもあるだろうけど、こんなの意味無い」

とっぷり闇に沈んだ教室の中でそう言うと、岬がまたきゃんきゃん吠《ほ》え始めた。面倒だったので、フラッシュを浴びせかけて撃退する。目の眩《くら》んだ岬は、そこでようやく帰り支度を始めた。

「別に今日限りってわけじゃないんだからさ。また明日やればいいだろ」

「そうかもしれないけど」

「ほら、水浦先生だってもう帰ろうって言ってる」

「水浦先生はそんなこと言わない！」

いつか水浦しずの新作が発売されたら、岬はまた張り切って宣伝し、水浦しずの小説の好きなところを挙げるのだろう。派手で耳目を集めるような大袈裟な言葉で。

その中に、自分の心の柔らかいところに刺さったものを紛《まぎ》れ込ませながら。

けれど、岬のアカウントが水浦しずの新作について呟くことはなかった。

何のことはない。岬のアカウントが凍結されたのである。

その時の一連の流れを、僕はリアルタイムで見ていた。タイミングが良かったのだ。お風呂上《ふろあ》がりにタイムラインを眺めていると、今日も今日とて水浦しずについて呟く岬がいた。これだけ大量に呟いているのに、呟くネタが尽きないことに素直に感嘆した。

誰かに届くか分からなくとも、必死に愛を捧《ささ》げる岬は尊くもあった。……尊い？　と、自分で不思議に思う。思い返すまでもなく、僕は岬に引いていた。今でも気持ち悪いし、愛の方向性もズレていると思っている。

ただ、揺らぐことのない岬は尊かった。岬のようなファンがいる水浦しずは幸せなんじゃないか、と思うほどに。

岬がいつまで水浦しずのことを推し続けるのかは分からない。こんな熱を人間はいつまでも保ち続けていられるものなのだろうか。

その時、何故か僕の方がそれを寂《さび》しく思った。別に、毎日水浦しずのことを呟かなくてもいい。クラスメイトを捕まえてレビューを書けと脅さなくてもいい。ただ、水浦しずという小説家のことをずっと好きでいて欲しい。そう思った。

そうして出所の分からない感傷に浸っている内に、もう流れが変わっていた。いつものように水浦しずに関する呟きをし続ける岬に、一件のコメントが付いたのだ。

『とかいって、水浦しず全然売れてないだろうが』

プロフィール欄に何の記載も無い、知らないアカウントだった。どうやって岬の呟きに辿り着いたのかは分からない。丁度水浦しずの小説を読み終わって、何の気無しに検索したのだろうか。そして、熱っぽい呟きを見て揶揄《やゆ》してやりたくなったのだろうか。

それでも、通りがかりの悪意ある言葉は僕の心を冷やし、岬の怒りに火を点《つ》けた。

『いきなりリプライしてきて何？　お前、水浦先生の小説読んだことあんのかよ』

それを見た瞬間、まずい、と思った。煮え立つような岬の声が想像出来る。

『あるよ。確かにそこそこは読めたけど、既存の作品に似すぎ。影響受けすぎ。一言で言っちゃうと陳腐《ちんぷ》です！　結局一作出しただけで枯れてるし。断言するけど水浦は二作目書けないよ』

相手も煽られたのか、更に攻撃的な言葉が返ってくる。傍から見てもまずい連鎖だった。こうなってくると、岬ももうあっちもも止まれない。

『陳腐？　水浦先生の小説の何を読んだんだよ。水浦先生の小説は本物だよ。第一、小説に関して偽物だの本物だの言い出す感性どうなってんの』

『クソだからクソだって言ってるだけだろ。水浦しずの本は資源の無駄』

『は？　そのリプライ消せよ。先生を馬鹿にするな。先生の小説は傑作だ』

動揺する岬の姿が目に浮かぶようだった。岬はいつだってこの世の何処かにいる水浦しずを気にしている。先生にこの言葉が届いてしまうかもしれない、という懸念は、彼女のことを揺さぶるだろう。そこが岬の分かりやすいウィークポイントだった。

『いいものは売れる。クソは売れない。従って水浦しずはクソ。はい論破』

そんな岬の怯えを見透かしたかのように、相手が勢いづいていく。

『水浦しずは劣化不動詩凪だろ。だから二作目も出ない』

『それっぽい言葉を並べてあるだけのポエムで感動出来るなんて頭お花畑ですね』

『これを褒めるような文盲だからまともな反論が思いつかないのでは？』

岬の返信を待たずに、相手が矢継ぎ早にコメントを送る。

もうやめてくれ、と思うのに目が逸《そ》らせない。この場に不動詩凪の名前が出てくることすら耐え難かった。不動詩凪にも水浦しずにも等しくファンがいて、二人とも岬が認めるくらい素晴らしい小説を書くのに。自分が同じ言葉を吐いていたことを思い出して眩暈《めまい》がした。

ややあって、争いは唐突に終わった。岬が最後のリプライを送ったのだ。

『おい、直接n出てこい。住所教えろ。頭の形変わるくらいぶちのめしてやる』

結局、岬布奈子はこの発言が原因でアカウントを凍結されてしまった。

当然だ。彼女のやったことはれっきとした脅迫だった。然《しか》るべき場所に出せば大変なことになる、犯罪行為だ。

岬布奈子は最初から最後まで間違い続けていた。

こんなことがあった翌日も、岬は普通に登校していた。そして、怒っていた。

「あのクソアカウントの所為で私のやったことが全部パーだよ、はー、ふっざけ、この、あーもう駄目。世の中はクソ、クソです」

放課後を待って話しかけて、最初に聞いた言葉がそれだった。ややあって、僕は冷静に返す。

「あれはどう考えても岬が悪いよ」

「ちょっと！　舞立はどっちの味方だよ！」

目を吊り上げ、牙《きば》を剝《む》き出さんばかりの勢いで岬が吠える。この辺りまではいつもの岬だ。けれど、その怒りは長続きすることなく、徐々に弱っていく。そのまま、岬が深い溜め息を吐いた。

「……分かってるだろ。よく回る舌が、言葉を見つけられずに彷徨《さまよ》っている。

「……分かってるだろ。あんな言葉無視すれば良かったんだ」

「……うるさいうるさい。後出しで正論言いやがって。私がどんな気持ちで戦ってたか分かんないの」

「しかもあの脅迫ツイート、誤字ってただろ。何だよあの脈絡の無いnは。三度読み直して二度音読するんじゃなかったのかよ」

「………………nも読んだ」

「雑な嘘《うそ》を吐くな」

本当は分かっている。誤字脱字に厳しい岬があんなミスをしたのは、それだけ平静でなかった証《あかし》だ。傍から見ていた僕だって動揺していたくらいだ。岬が傷ついていないはずがない。

反論しようとする岬の口がぱくぱくと開閉して、結局閉じた。ここまでくると、もういつもの岬だとは言えない。

「あんまりへこむなよ。またアカウント作ればいいだろ」

「凍結された後だと大変なんだよ。メールアドレスとか電話番号認証とかで今は複アカに厳しい時代なんだ。というかそういうことじゃなくてさ……」

「いいからまた始めろよ。何なら僕がアドレス貸してやるから。あ、でもやっぱり岬にそういうこと言うと独創的な悪用しそうで嫌だな」

「あのさ、前から思ってたんだけど、私のこれって意味あるのかな」

「は、」

それは言わない約束じゃないのか、と心の中で叫ぶ。確かに岬の呟きは全く影響を及ぼしていなかったし、岬の功績といえばあの面倒なアカウントに絡まれたくらいだ。地元の書店に水浦しずの本が再入荷されることもない。

岬の前髪が机に掛かる。殆ど机に伏せてしまいそうな格好で、彼女は静かに言った。

「私はもう、駄目かもしれない」

明日の天気を告げるような、他人事の声だった。

「どれだけダメージ受けてるんだよ」

「だって、私負けてただろ。あれ」

「勝ち負けじゃないって。そもそもあんな煽りに乗る方が馬鹿だ」

「それでも私はあいつの言葉を撤回させて、改宗させて、水浦先生のファンにしてやりたかった」

不遜で傲慢《ごうまん》な言葉はいつもの岬を連想させる。ただ、その声からはあまりに精気が感じられなかった。

「でも、そんなの無理なんだよな。分かってる」

「岬」

「愛に力なんて無い。いや、違うな。力の無い人間の愛なんて意味が無い、が正しいか。水浦先生は天才だよ。でも、それを見つけたのがよりによって私だったのがいけないんだ。私がもっと影響力のある人間だったら、水浦先生の力になれたのに……」

岬布奈子の愛には意味が無い。と、岬ははっきりと繰り返した。

「水浦先生の新刊が出ていないことは知ってるよな。水浦しずの小説はあの一冊だけで、それ以外は無い」

「……うん」

小説がどのくらいの間隔で出るものなのかはよく知らないが、奥付に書いてあった出版年月日からは、結構空いている。それでも、水浦しずの新作は出ない。

「……出版業界が厳しい世界だってことくらい分かる。もしかしたら商業的に……その、水浦先生の本は出せないのかもしれない。……よく分かんないけど。私は、水浦先生の小説が評価されない世界の方がおかしいと思ってるから、世界が水浦先生を見つけるまで出し続けて欲しいと思ってるし、いつか正当に評価される日が来るって信じてる……けど、」

「けど、なんだよ」

その時、今まで堪えていた岬の目に、初めて涙が滲みだした。みるみる内に溜まっていくそれが、机の上に小さな水溜まりを作る。

「水浦先生は、もう小説なんか書きたくないのかもしれない」

そして岬は、絞り出すような声でそう言った。

「頑張った小説が誰にも届かなかったんだって思って、小説が嫌いになってしまったのかもしれない。自分の物語に自信が持てなくなって、筆を折ってしまったのかもしれない。……こんなことなら、この小説を書かなければ良かった、とすら……」

そこから先は殆ど言葉になっていなかった。岬にとって、それがどれだけ絶望的な事態かは想像に難くない。岬布奈子をここまで魅了した小説は、当の水浦しずにとって忌《い》まわしい失敗になってしまっているかもしれない。それを否定したくて、岬はあれだけの愛を語っていたのだろうか。届くかも分からないところで、水浦しずの為に。

「あんなことが言いたいわけじゃなかったんだ、私が伝えたかったのは、水浦しずの物語を愛している人間がここにいるって、それだけだったんだ。たとえ売れてなくても、たとえ沢山の人に評価されてなくても、ここにいる私に届いたんだって伝えたかった。でも駄目だ。私は好きな小説家一人救えない」

最後の言葉は殆ど聞こえなかった。何故なら、そのまま弱音を吐きそうだった岬の机を、僕が思い切り叩《たた》いたからだ。岬の目が驚きに見開いている。

「お前らしくない。神様に見る目が無いって怒ってたお前は何だったんだよ」

「…………」

「水浦先生の小説があんなに好きなお前が、水浦先生が小説を嫌いになったって本気で思ってるのか。どうしてそこを信じられないんだよ」

自分でもどうしてこんなに憤っているのか分からなかった。岬が弱々しい声を出す度に、見ず知らずのアカウントの言葉が蘇《よみがえ》ってくる。あの声を掻《か》き消すくらいの強さが、岬にはあったはずなのに。

「……先生の作品を読んで、水浦先生が小説のことを凄く好きなのは伝わってきたし、分かってる。でも、だからこそ、ってのもあるじゃん」

岬の言うことは理解出来る。水浦しずの小説は密度が濃く、繊細で、美しかった。あれだけのものを書くには相当小説に向き合わなければいけないだろう。なら、その愛が反転してしまうこともあるかもしれない。その愛の重みに耐えられず、自重で潰れてしまった可能性もある。

それでも、岬布奈子がそれを言うのは違うだろう、と手前勝手に思った。水浦しずの小説が素晴らしいものだと心の底から信じ、飽くなき愛を捧げていた人間が、よりによってそこを盲信してくれないなんて困る。

岬の怒りを丸ごと引き受けたかのように、僕の中で言いようもない激情がうねる。そこで僕は、自分が傷ついていることを知った。手を放された子供の気分だ。本当なら、岬と一緒に泣きたかった。

「もういい」

これ以上一緒にいると、酷いことを言ってしまいそうだった。突き放された岬が、怯えた目で僕を見る。

でも僕は何も言わない。言ってやらない。

それから、僕と岬は学校で一言も話さなくなった。元より水浦しず以外に共通項の無い二人だ。元に戻っただけでしかない。岬はたまに僕に視線を向けたけれど、結局話しかけてくることもなくなった。気まずいと思っているのか、はたまた怒っているのかも分からない。

僕に残されたのはたった一つのレビューと、結局投稿されなかった下手な写真だけだった。

そういうわけで、僕らが次に言葉を交《か》わしたのは、それから一ヵ月後、あの例の本屋でのことだった。

「…………あ、」

察しの悪い岬は会計が終わるまでレジに立っているのが僕だと気づかず、袋を受け取ったところでようやく小さく声を上げた。まるで幽霊でも見たかのような反応が少しおかしい。

「言っておくけど、僕は駅前のレンタルＤＶＤ屋にも受かってたから。それでもこっちを選んだんだ」

岬に何か言われる前に、早口でそう言った。その所為で余計に言い訳がましく響いてしまう。

「何で……」

「バイト始めて一週間だし、売り場を好きに出来る権力とかは無い。発注とかもまだ無理だ。でも、お前よりは多分僕の方が水浦しずに貢献出来る」

僕に岬以上の情熱は持てない。でも、僕は正しい方向性を知っている。

ここは片田舎の本屋で、僕はしがないアルバイトだ。仮にここで売り場を任せてもらえるようになって、必死に水浦しずの本を売ろうとしても、岬の望むようなムーブメントを生み出すことは出来ないだろう。

でも、岬や僕のように水浦しずの物語に新たに出会う誰かは生み出せるかもしれない。あるいは奇跡が起きて、ここから水浦しずの小説が爆発的に売れるかもしれない。

小説の神様の目は節穴で、水浦しずをまだ見つけてはくれない。けれど、ここには水浦しずの物語が届いた僕らがいる。なら、神様の目を抉《こ》じ開けることだって出来るかもしれない。

「……なんだよ。なんだよお前、そんなさあ。……そんなの、水浦しずの……いや、私の為にここにいるみたいじゃん」

「そうだよ。僕は岬がいなかったら、本屋でバイトしようとは思わなかった」

僕ははっきりとそう言った。

水浦しずはまだ殆ど知られていない無名の作家で、それを推している岬も何の力も無い女子高生だ。布教活動は殆ど効果が無さそうだし、そもそも岬の情熱は何処かピントがズレている。

それでも、岬布奈子は水浦しずの救いであって欲しい。

存在を認知されていなくても、メッセージが届いていなくても、それでも岬は水浦しずを愛し続けてきた。今も愛している。それが欠片も救いにならないなんてあるだろうか？そんな悲しい話は無いだろう。岬布奈子は何処かで水浦しずを救っていてくれなければ。

暗くて孤独な執筆活動のただ中で、水浦しずは岬布奈子に励《はげ》まされていて欲しい。世間に評価されなくても、沢山の人間に読まれなくても、たった一人の読者がいるだけで嬉しくなって欲しい。岬の存在があったから小説家でいられるのだと、どれだけ苦しくても岬の為に書き続けるのだと誓って欲しい。岬布奈子はそれだけの力を持っているはずだ。けれど僕は水浦しずじゃない。僕は水浦しずとして岬に報いてやることは出来ない。

それでも、僕は岬布奈子を見つけたのだ。なら、僕に出来る最大限で、岬の愛に報いてやってもいいじゃないか。

「どうだよ神様、世界を変えた感想は」

「悪くないね。悪くない」

確かめるように岬がそう繰り返す。強気な表情を形作っているのに、その声は弱々しく震えていた。

あの棚にまだ水浦しずの本は戻ってきていない。

けれど、僕はその内、なけなしの職権を行使するつもりだ。

その後、僕は岬に「洞穴を模《も》したレンタルDVD店についてどう思う」と聞いてみた。幼《おさな》い僕にとってハイセンスとは洞穴のことであり、流行《はや》りはしなかったが今でも愛している場所だ。

すると彼女は少し考えてから「見づらそう」と尤《もっと》もなことを言った。

そのコンセプトにロマンを感じられないなんて、岬布奈子にはセンスが無い。でも彼女は、僕より先に水浦しずを見つけたのだ。

その点は褒めてやってもいい。

相沢沙呼

「神様の探索」

相沢沙呼（あいざわ・さこ）

1983年埼玉県生まれ。2009年『午前零時のサンドリヨン』で第19回鮎川哲也賞を受賞しデビュー。2011年「原始人ランナウェイ」が第64回日本推理作家協会賞（短編部門）候補作、2018年『マツリカ・マトリョシカ』が第18回本格ミステリ大賞の候補作となる。繊細な筆致で、登場人物たちの心情を描き、ミステリ、青春小説、ライトノベルなど、ジャンルをまたいだ活躍を見せている。『小説の神様』（講談社タイガ）は、読書家たちの心を震わせる青春小説として絶大な支持を受け、実写映画化（2020年公開）される。

近刊の『medium　霊媒探偵城塚翡翠』は「このミステリーがすごい！」2020年版国内編　第一位、「本格ミステリ・ベスト10」2020年版国内ランキング　第一位、「2019年ベストブック」（Apple　Books）2019ベストミステリーの三冠を獲得し、2020年本屋大賞、第41回吉川英治文学新人賞、第20回本格ミステリ大賞にもノミネートされた。

神様とはなんだろう。

自分の眼《め》が無意味に原稿の上を滑《すべ》っていることに気づいて、河埜絢子《こうのあやこ》は顔を上げた。瞼《まぶた》が重く、眼に疲れを感じる。溜息《ためいき》をつきながら喉《のど》を反《そ》らして、指の腹で閉じた眼を押さえた。ここのところ、すぐこれだ。目薬はデスクに置いてきてしまった。仕方なく、軽く瞼をほぐしてから、タブレットに表示させた原稿に眼を落とす。

担当している作家の、インタビュー原稿を確認しているところだった。何度か仕事をさせてもらっている信頼できるライターだったので、ほとんど修正点は見られない。絢子が引っかかったのは、担当作家の何気ない発言内容に関してだった。


そのとき、小説の神様が降ってきたんです。


これだけなら、よくあるフレーズだ。アイデアが湧《わ》いてきたときなどに、こうした表現を用いる小説家は珍しくない。それにも拘《かか》わらず気になってしまったのは、たぶん、自分がこれから会う作家のことを連想させたからだろう。いつだったか、彼女も神様のことを話していた。自分にはそれが見えるのだと、誇らしげに瞳《ひとみ》を輝かせてそう教えてくれた。

「ここ、いいですか?」

絢子が顔を上げると、後輩の小森《こもり》が自分を見下ろしていた。定食を載せたオレンジのトレイを手にしている。少し遅れて、社員食堂のかすかな喧噪《けんそう》が耳に甦《よみがえ》ってきた。

「小森くんさ」

絢子は首筋に手を当てながら言う。

「神様って、なんだと思う?」

「なんです、唐突に」

小森は面食らったようで、幼《おさな》さの残る眼をぱちくりとさせた。それから向かいの席に定食のトレイを置く。肩から提げていたトートバッグから、草臥《くたび》れたゲラの端《はし》が顔を覗《のぞ》かせていた。それをどさりと空いた椅子《いす》に置いて、思い至ったように言った。

「ああ、もしかして、不動《ふどう》さんのことですか?」

察しがいい。

困らせてやろうと思って言ったのに、これではつまらない。

「正解」

絢子のむっとした顔を見て、小森は席に着きながら笑った。

「これから、不動さんと打ち合わせに出るって言っていたじゃないですか。神様って、小説の神様のことでしょう。なにかのインタビューで触れていたので、それかなって」

「よく見てるなぁ」絢子は顔を顰《しか》めた。「ただのファンみたい」

「それはまぁ」彼は恥ずかしげに頬《ほお》を撫《な》でた。それから、弁明するように続ける。「ほら、僕ら編集者っていうのは、編集者である前に、ただの一読者でもありますからね」

絢子はタブレットをスリープさせた。彼女はもう、自分の昼食を食べ終えてしまっている。綺麗《きれい》に片付いたカレーの食器が、傍《かたわ》らに鎮座《ちんざ》していた。食事を始めた小森から視線を外して、絢子は珈琲《コーヒー》の残りに口をつける。思った通り、すっかり冷めてしまっていて、ひどくまずい。

「神様って、アイデアをくれる存在なんですかね」

男子らしい勢いで、がつがつと箸《はし》を運びながら、小森が訊《き》く。

「作家さんたちは、よくそう言うよね。アイデアが降ってきたときとか、神様が降りてきたって。天啓みたいなものなのかな」

「河埜さんは、そういう感覚、あります？　アイデア思いついたときとか」

どうだろう。インスピレーションが湧いてくる瞬間は数多い。企画を立てるときはもちろん、担当作家との打ち合わせで行われるネタ出しなど、何時間も考え込んだ末に訪れる閃《ひらめ》きというのは忘れがたい快感を伴うものだ。小説家たちは、そうしたものに神様という名前を与えているのだろうか。物語を書いた経験のない絢子には、それがわからなかった。それらは単なる比喩《ひゆ》表現として、素直に受け入れるのが正しいのだろうか。あるいは、そうではないのだとしたら、その神様が作家の前から消えてなくなってしまうということは、ありえるのだろうか――。

「不動さん、調子はどうですか」

考え込んでいると、小森が訊いてきた。

「わからない」

絢子は素直に答える。

「レーベル創刊までに、間に合いそうです？」

「それは、少し怪しくなってきたかな……」

そのことを考えると、どうしても気が重たくなる。

本音を言えば、少し怪しい、というレベルではない。

ほとんど不可能、というのが正しいのかもしれなかった。

けれど、諦《あきら》めたくはなかった。諦めてしまえば、その時点で僅《わず》かに残っていた可能性の芽すらも、自分がこの手で潰《つぶ》してしまうことになりそうで、怖い。

置いていたタブレットがアラームを表示する。時計を確認すると、そろそろ支度《したく》をしなければ約束の時間に遅れそうだ。絢子が立ち上がると、食事を終えて箸を置いた小森が、こちらを見上げて言った。

「もし、小説の神様なんていうのがいるとしたら――、そいつは随分と残酷なことをしますね」

絢子はなにも答えられなかった。

ただ、やるせなさだけが湧き上がってくる。

テーブルにゲラを広げた小森を置いて、絢子はその場を去った。

＊

待ち合わせ場所は、いつもの喫茶店ではなかった。

あの場所は、もう使いたくないということなのだろう。指定された喫茶店は、降りたことのない駅から少しだけ歩く場所にあった。昔ながらの喫茶店という趣で、店内の様子はアンティーク調で統一されている。雰囲気は悪くないが、机は狭くて仕事がしづらいな、と考えた。ゲラを広げて人を待つのは難しい。だが、待ち人はすぐにやって来た。

久しぶりに会う不動詩凪《しいな》は、いつもと違った装いだった。

キャスケット帽に大きな黒縁眼鏡《めがね》。華奢《きゃしゃ》な身体《からだ》を地味な冬服で覆《おお》っている。いつもはセンスの良《い》い華やかな格好をしていたり、女子高の制服を着ているイメージがあるので、意外に思った。

だが、得心はする。

そうせざるを得ないほど、彼女は追い詰められているのだ。

仕事の話に入るのは、いつものように何気ない挨拶《あいさつ》を交《か》わし、他愛《たわい》のないお喋《しゃべ》りをしてからだ。けれど、そのいつものようにという部分が、どうにもうまくいかない。詩凪の笑顔には力がなかった。声には覇気がなく、普段は絢子をまっすぐに見つめてくる瞳も、輝きを感じられないばかりか、視線を合わせることすら避けているように見える。普段なら、最近読んだ小説の話で仕事の話に入るのを忘れてしまうくらい、何時間も話していることがある。それなのに、今日はどうだろう。彼女は配信で観《み》たという古い映画の話をしたが、心はどこかここにあらずといった様子だった。なにか小説を読んだという話すら出てこないから、絢子は自然とその話題を避けていく。ケーキの話も、ファッション誌の話も、今日は盛り上がらない。

「引っ越し先は、この近くなの？」

話題が尻《しり》つぼみになり、絢子はとうとうその問題へと踏み込んで行くことにした。

「はい」

詩凪は静かに頷《うなず》いて、そのまま視線を上げることなく、続けた。

「学校も変えることにしました。急だったので、新学期のスタートには、たぶん間に合わないんですけれど」

大きな黒縁眼鏡の奥で伏せられた眼は、ひどく寂《さび》しげなものに見えた。

「そう」

絢子は言葉を選んで、結局のところ、頷いた。十代の少女が苦しい状況に陥《おちい》っているというのに、大人の友人として発することのできる言葉というのが、あまりにも少ないことに愕然《がくぜん》とした。

「その……、ご両親は、納得してくださったの？」

詩凪の母とは、詩凪がまだ中学生だった頃に、二度ほど会ったことがある。詩凪にはあまり似ていないが、気の強そうな美人で、厳格な家庭であることが伝わるほどの空気を、その佇《たたず》まいや親子のやりとりで感じ取っていた。詩凪の母は、あまり作家という仕事に対して興味がある様子ではなく、仕方がないから勉強が疎《おろそ》かにならない範疇《はんちゅう》で好きにやらせている、といった感触だ。あまり良好な親子関係には見えず、そこから発生しただろう問題を詩凪がどのように解決したのか、それが疑問だった。

「納得はしていないと思います」詩凪は力なく笑って言う。「ただ、一家揃《そろ》って住まいを変えるわけにはいきませんから、落ち着くまではわたしだけでも住む場所を変えた方が良いだろうと、合理的に判断してくれたんだと思います」

彼女は、住む場所も、通う学校も変えなくてはならなかった。

以前から、不動詩凪のストーカーには絢子も悩まされていた。作家に対して熱心なファンがつくということは珍しくない。けれど、不動詩凪は文芸界に現れた特別な存在だった。中学二年生という若さでの鮮烈なデビューは多くの人たちの注目を集めたし、才能だけではなく、その可憐《かれん》な容姿に心を打たれた人間も多かっただろう。デビュー直後にまだあどけなさを残していた少女は、一年二年と経《た》つにつれて、その美しさに磨《みが》きを掛けていった。他《ほか》の作家に比べると写真撮影を伴った取材は圧倒的に多かったし、テレビ出演のオファーにも事欠かなかった。イベントを開けば数分と経たずに席は埋まり、サイン本はネットオークションで高値で転売されてしまうほどだ。だから、そうした種類の人間を引き寄せてしまうことは、ある意味では仕方がないことだろう。しかし、半年前の事件をきっかけに、注意するべき敵は熱心なファンだけに留《とど》まらなくなった。その波は、絢子も経験したことがないくらいの勢いで、様々なものを瞬《また》く間《ま》に浚《さら》っていった。

予測も、対処も、なにもかもができなかった。

「新しい学校は、どんなところなの？」

そう訊《たず》ねると、詩凪は絢子が聞いたことのある学校の名前を口にした。確か、この近くにある有名な進学校だったはずだ。だが、そこで妙な引っかかりを覚えた。最近、どこかでその名前を耳にしたような気がしたのだ。だが、それがどこだったか思い出せない。

「そういえば、今日は平日だけれど」

春休みに入るには早すぎる時期で、詩凪は私服姿だった。まだ転入前なのだから、通っていた女子高には、もう行っていないということなのだろうか。絢子の疑問に、詩凪は力なく笑って頷いた。

「今の学校は、もう」

詩凪のその表情を見て、絢子は余計な質問をした自分を恥じた。

「この前も、友達のところに、わたしを訪ねて男の人が来て、その子を追い回したそうです。もう、みんな、怖がってしまって……。わたしとは無関係の部活のサイトにも、不動詩凪に小説を書かせるのをやめろって、そういう脅迫がたくさん来ます。わたしのせいで、多くの人に迷惑がかかって……。学校からしたら、きっとわたしなんて、もう、厄介ごとを持ち込むだけの存在でしょうから」

「詩凪ちゃんは――、そんなの、悪いことなんて、なにもしていないでしょう」

「どうなんでしょう」

詩凪は眉尻《まゆじり》を下げて、視線を落とした。

力なく肩にかかった髪の一房を、指先が縋《すが》るように弄《もてあそ》んでいく。

「そうだとしても、わたしの友人が怖い思いをすることに変わりはないんです。わたしは学校から逃げ出すことができたけれど、友達はそうはいかない。まだ、わたしの居場所を求めて、みんなを追い回す人たちがいる……。みんなに迷惑をかけることがわかっていて、わたしは……」

白い指先は、冬の冷たさに悴《かじか》んだように、蒼白《そうはく》に震えていた。その手が苦しげに拳《こぶし》を作って、テーブルの下に降りていく。俯《うつむ》いた詩凪は、しばらく唇《くちびる》を噛《か》みしめていた。細い肩がもどかしそうに動く。

「詩凪ちゃん――」

「どうしてですか」

ぽつりと、彼女の唇から言葉が漏れて、絢子はかけようとした言葉を見失う。

「わたしは――」

大きな瞳が、訴えるように絢子を射貫《いぬ》いた。

「わたしは、ただ物語を書きたかっただけ。誰かに寄り添えるような、誰かの寂しさを一瞬でも紛《まぎ》らわすことのできるような……。そういう、優しい物語を書きたかっただけなんです。それなのに、わたしの小説はわたしの友達を苦しめてる。わたしが小説を書いたせいで、わたしは、わたしの友達を、みんな――」

テーブルの縁に載った彼女の拳が、なにかを握《にぎ》り潰《つぶ》そうとするようにかたちを変えていった。水の注がれたグラスの水面が、静かに波打っていく。絢子はなにも言えなかった。

「すみません……」

なにも言えない絢子の様子を見て、詩凪は言葉を呑《の》み込《こ》んだ。大きな黒縁眼鏡をずりあげて、その内側に指先を差し込んでいく。

「いいの」絢子はようやく声を出すことができた。「話なら、いくらでも聞くから。これからのことだって、焦らなくたって」

不動詩凪は、もう物語を綴《つづ》ることができない。

その病状については、既に電話で相談を受けていた。今回の打ち合わせは、それを踏まえた上で、これからの作家活動をどうしていくのが望ましいか相談するためのものだ。

無理に小説を書く必要はない、とは絢子も考えている。詩凪が物語を綴れないのは、スランプなどといった単純な都合と一緒くたにできるものではない。詩凪が負った傷は、彼女の日常生活にまで支障をきたしているのだ。医者の見立てでは、回復までどれほどかかるのかはわからないという。数ヵ月で癒《い》えることもあれば、何年もかかる場合だってあるらしい。正直なところ、もしかしたら短期間で回復するのではないかと、絢子はほんの少しの期待を抱いていたのだ。だが、今日の様子を見るに、その展望はやはり明るくないのだろう。

その後、軽く打ち合わせをして、絢子は会社に戻った。文庫化作業は、ひとまず進めることになった。ゲラに文字を書くことは困難だが、修正箇所を口頭で説明することならできるかもしれない、と詩凪は言う。通常のゲラ作業より時間はかかるかもしれないが、電話や直接の打ち合わせを重ねて絢子が手助けをすれば、文庫刊行は可能だろう。しばらくの間は、そうやって進めていくしかない。

だが、新作となると、どうだろう。

別れ際に、絢子は詩凪にこう切り出した。

「文字を書くことは難しいかもしれないけれど、新しい物語のプロットを考えてみるのはどう?」

だが、詩凪は暗い表情のまま、かぶりを振るだけだった。

無理を言うつもりはなかった。でも、暗い気持ちを抱《かか》えているだけでは、回復は遠くなってしまうかもしれない。辛《つら》いときにこそ、詩凪には物語が必要なのだ。絢子はそう思う。

「いつまでも、待っているから」

今は、待つことしかできない。

どんなに恋《こ》い焦《こ》がれたって、手の届かない物語がある。それでも、自分たち編集者は、原稿を待ち続けることしかできない――。自分にこの仕事を叩《たた》き込《こ》んでくれた人が、酒の席で笑って零《こぼ》した言葉だった。印象的だったので、絢子はその言葉を今でも耳に甦らせることができる。そして、本当にそうなのだと、これまで幾度も実感してきた。

会社に戻って、絢子は大量に溜《た》まっていたメールを返した。担当する作家との打ち合わせや、書店訪問の日程調整、プロットの感想、取材先の手配……。気づけば数時間が経っていた。いつも、メール作業だけで時間を大量に消費してしまう。疲労と空腹を感じたが、既に窓の外は暗く、社食が営業している時間ではない。

仕方なく、会社を出て近くのコンビニで弁当を買った。缶珈琲を開け、それで眠気を覚ましながら、静かに会社への道を歩く。

脳裏に甦るのは、不動詩凪の力ない笑顔だった。いつも明るく快活で、難題に挑む際に覗かせたあの挑戦的な表情は、もう絢子の記憶の中にしかない。

せめて、たとえばアイドルを抱える芸能事務所のように、なにかしらのノウハウでもあれば良かった。こんなことになるなんて、絢子はまったく想像していなかったのだ。不動詩凪のデビュー直後、取材が殺到した時期にすべての依頼を引き受けたのは絢子の判断だった。それどころか、取材をしてもらえるように打診したり、伝手《つて》を頼って根回しもしていた。それは不動詩凪の作品を後押しする、逃してはならない大きな波だと、絢子は確信していた。どんなに素晴らしい傑作でも、なにかの話題やきっかけがなければ、書店で埋もれてしまう。そうして歯痒《はがゆ》い気持ちになり、作品を生み出してくれた作家に対して罪悪感を抱いた経験は数知れない。だからこそ、不動詩凪へのメディアの注目を利用しない手はないと考えた。彼女の作品は素晴らしい。多くの人に読んでもらいたい。だから、できる限りのことをしたかった。結果として、中学二年生でデビューした不動詩凪は、美少女作家として持《も》て囃《はや》された。それを詩凪はくすぐったく感じていただろう。本当なら作品の力だけで勝負したい、と零したこともあった。だが、それだけでは作品が書店で埋もれかねないことも詩凪は理解していたように思う。だからこそ、絢子はメディアへの露出を詩凪に薦めた。新刊を出す度に、たくさんの取材が入るようにアピールをした。

その結果が、これだ。

不動詩凪の才能を潰したのは、自分かもしれない。

編集部に戻ると、ほとんどの人間は帰ってしまったのか、誰もおらずに静まり返っていた。近くの部署にまだ何人か残っていて、電話でやりとりする声だけがかすかに聞こえてくる。

一人で弁当を食べながら、なんという気もなしに隣の小森のデスクに眼を向けた。その上に載っているクリアファイルに挟まれた書類に気がついて、胸の中で更に重たい気持ちが頭を擡《もた》げてくる。

それは、絢子たちの部署が夏を目処《めど》に立ち上げようとしている、新文庫レーベルの資料で、執筆依頼をしたい作家に企画の概要を知ってもらうため作ったものだ。

その企画を成立させるために尽力したのは絢子だった。若い年齢層の人間が読書への興味を失っていく時代の中、小説を嫌厭《けんえん》してしまうような若者でも面白く読めるような、一般文芸作品を作っていきたい。そのことは、文芸部署に配属されてからの絢子の掲げる目標の一つだった。出版業界は、変わる時を迎えていた。一般文芸に限って言えば、このまだと読者層はどんどん高齢化していってしまう。大人たちが大人のために作品を作り続けていけば、そうなるのは必然だろう。高名な文学賞はほとんど、年齢層の高い読者たちに向けたものばかりで、若者に好まれる作品が受け入れられることは滅多《めった》にない。そうした中で、若者に好まれて世界に大きく飛び出していく出版物は、ライトノベルやコミックスがほとんどだった。だからこそ、そうした作品を好む若い人たちであっても、一般文芸作品を面白いと感じられるような、新しい導線となりえる小説を作りたい。新しく立ち上げるレーベルは、そのためのものだった。既に、似たような傾向のレーベルを各出版社が立ち上げ始めている。これからの競争が懸念される中であっても、絢子の訴え続けていたことが聞き届けられて、念願が叶《かな》うかたちとなった。

夏に、そのレーベルが創刊される。

その創刊ラインナップを飾る執筆者の中に、不動詩凪の名前が入る——。

そのはずだった。

痛い、と思って、指先に眼を落とす。

割り箸を、強く握ってしまったらしい。毛羽だった箇所の先端が、まるで小さな針のように絢子の指先に傷を作っていた。それから、彼女は思い出す。不動詩凪の白い手。縋るように、あるいは所在なげに、自身の髪の房を摑《つか》もうとしていた様子が脳裏を過《よぎ》った。細くて綺麗な指の、一ヵ所だけに目立つ部分があったのを、はっきりと思い返す。中指にあるペンだこ。絢子は、もうずっとキーボードを打つばかりで、自分の手を見返してもその名残《なごり》は消えてしまっている。けれど不動詩凪の中指には、それが克明に刻まれていた。まだ年若い作家の指先は、これまで、どれだけ多くの文字を綴ったのだろう。

そしてこれから、どれだけの文字を綴れるのだろう。

その未来を奪ったのは、はたして誰なのか。

＊

ここのところ、寝不足が続いていた。

運がいいのか悪いのか、抱えている担当作の原稿が立て続けに到着したせいかもしれない。会社にいるときは、とてもじゃないが原稿を読む時間がないから、どうしたって読むのは帰宅してからになる。面白い原稿を読まされたときは、たまったものではない。朝まで読み続けてしまって、今日みたいにほとんど寝ずに出勤するはめになるからだ。

「河埜」

どうにか欠伸《あくび》を噛み殺したときに、部長の神崎《かんざき》に呼ばれた。絢子は慌てて目尻に浮かんだ涙を、メイクが落ちないよう拭《ぬぐ》いとった。

「なんでしょう」

神崎は難しい顔をしていた。それから、珈琲でも飲まないかと誘われる。手には既に自販機で買ってきたらしい缶珈琲が握られていた。もちろん、こういうときは決まって良くない話をされる。絢子にはなにを言われるのかの見当がついていた。

部署の隣にある、戸棚で区切られた打ち合わせスペースに、向かい合って腰掛けた。

まぁ飲めよ、と言われて、絢子は缶珈琲のタブを開けた。

絢子はこの珈琲のブランドが好きではない。苦すぎて、口をつけるのに躊躇《ちゅうちょ》が必要だった。思い切って熱い液体を唇に触れさせた頃に、神崎が切り出した。

「不動さんの件、どうなってる」

予感は当たった。

覚悟を決めて、絢子は缶珈琲をテーブルに置く。

「夏までには、難しいかもしれません」

神崎は小さく息を吐《は》いた。彼も理解していたのだろう。

新文庫レーベルの創刊は、ここのところ各出版社で頻発している。競合相手が多いのだ。売り上げを伸ばすことができず、創刊して間もなく廃刊となるレーベルも珍しくはなかった。それを防ぐためにも、創刊ラインナップには目玉となる作品を並べなくてはならない。第一線で活躍する人気作家の、渾身《こんしん》の作品を並べること——。不動詩凪はその第一陣を担う作家だった。もっとも若い感性とカリスマ性を併せ持ち、十代の若者たちを魅了する作品を生み出す彼女は、このレーベルの理念からしても、先陣を切るのにこれ以上ないほど相応《ふさわ》しい作家だった。

「そうなると、考える必要があるな」

　ラインナップはもう固めなくてはならない。第一弾の刊行予定数は四冊で、既に筆の速い人気作家二名の原稿は入稿している段階だ。三人目は筆が遅いことで有名だが、いつもギリギリには抜群の作品が上がってくるので、心配はしていない。残りの一枠を詩凪が担う予定だったが、それは諦める必要があるだろう。そうなると、第二弾、第三弾で執筆を担当するはずだった作家に、繰り上がるかたちで第一弾をお願いする必要がある。そのためには締め切りを早めなくてはならないし、詩凪の代わりにという表現では気を悪くする作家もいるかもしれないから、方便も考えなくてはならない。どちらにせよ、時間が足りないのだ。

　できるなら、絢子は詩凪に書いてほしかった。

　彼女と一緒に、自分の夢だったレーベルをスタートさせたかった。

　彼女となら、新しい時代を切り開けるような、そんな気がしていたのだ。

　だから、絢子は可能な限り神崎への報告を遅らせて、ギリギリまで粘《ねば》った。もしかしたら明日、詩凪から電話が来るかもしれない。

　また、小説が書けるようになりましたって……。

　あの、優しく語りかけるような声音で、魅惑的な物語のあらすじをもう一度聞けるかもしれない。そう、願っていた。

「すみません」絢子は頭を下げた。「もう少し、待てませんか」

「それは無理だな」

間髪を入れずに返ってきた無慈悲な返答に、絢子は顔を上げる。

「けれど、部長」

「これ以上待って、書いてもらえるあてがあるのか？　書けるようになったとしても、原稿が間に合う保証なんてどこにもない。他の作家さんたちの都合も考えろ」

「それは、そう、ですが」

「どうせ、お前のことだから、責任でも感じてるんだろう」

神崎の言葉に、絢子は押し黙った。

「お前のせいじゃない。いちいち考えるな。原稿には巡り合わせってものがあるんだよ。今回はたまたま運が悪かっただけなんだ。お前にとっても、不動さんにとっても」

「運が悪いで、済ませて良いこと、なのでしょうか」

「そう考えなきゃやってられんだろう。あのなぁ」

神崎は、そこで少し考えるような間を置いた。

「不動さん、まだ十代だろう。花の高校生だ。焦らなくても時間はたっぷりあるし、作家をやるだけが人生じゃないだろうよ。たくさんの選択肢から選べる時期じゃないか。なのに、そこで俺たちが自分の都合で更に追い詰めてしまったら、どう責任をとるんだ？」

自分の焦りが、詩凪を追い詰めることになるかもしれない。

それは、絢子が直視することを避けている問題でもあった。

「なんなら、担当を小森あたりに替えるか？」

「それは」

反対しようとして、咄嗟《とっさ》に言葉を漏らした。

けれど、そこで湧き上がった感情こそが、自分のエゴでしかないことに気づく。

小森なら、きっと焦ることなく、ゆっくりと時間をかけて詩凪と向き合うだろう。次の原稿をもらうまで数年かかったとしても、辛抱強く待てるかもしれない。あるいは、彼女がもう小説を書かないと決断したとしても、それこそが彼女のためだと素直に受け入れることができるはずだった。

それなのに、自分は……。

「とにかく、不動詩凪は諦めろ。彼女にも、休ませてやるんだ」

そう言って、神崎はデスクへと戻っていく。

絢子はしばらく、立ち上がることができなかった。

神崎の言うことはすべて正しい。詩凪のことを考えるなら、彼女に小説を書かせるべきではない。数年という長い目で、じっくりと待つべきなのだ。

けれど、と絢子は思う。

今の詩凪は、小説を書くことに対して、どう思っているのだろう。

せめて、小説を書くことを、嫌いにならないでいてほしい。

テーブルに置かれた缶珈琲に手を伸ばす。

それは僅かにだけれど、まだ温かかった。

＊

予定をキャンセルするべきだったかもしれない。

休日に読まなくてはならないゲラや原稿が、まだまだたくさん残っているのだ。けれど、せっかくの休日だから、という誘惑に自分は負けてしまった。断りばかりを入れて、付き合いの悪い人間だと思われたくもない。それが、まさかこんなふうに肩身の狭い思いをする結果になるなんて。

こうした小洒落《こじゃれ》た雰囲気のカフェで甘いケーキを口に運びながら、仕事とは関係のない話に花を咲かせるのは、随分と久しぶりのことだった。こういう時間は意識して作らないと、どんどん自分から遠のいてしまう。だから寝不足で、仕事がたくさん残っていても、絢子はどうにかこの場所に足を運んだのだ。

久しぶりに会う大学時代の友人たちとの会話は、初めのうちは楽しいものだった。近状を報告し合って、恋愛話で盛り上がる。新しい彼氏と付き合い始めたという由紀《ゆき》は幸福そうで、化粧や髪型、身に付けているものからも精神的な余裕のようなものを感じられた。

二人目の子どもが生まれたばかりの美優《みゆ》は、恋愛がいちばん楽しいのはそれくらいの時期だから、と由紀を励《はげ》ました。美優は以前会ったときよりも少しふっくらとして、衣類や化粧の変化から、母親となった苦労を覗《うかが》わせた。だが、子ども二人の写真を見せてくれる美優の表情はとても明るくて、幸せそうだ。ここぞとばかりに、佳苗《かなえ》も自分の子どもの写真を見せてくる。早くに結婚している佳苗の子どもは、来年で小学生になるという。前に写真を見せてもらったときは、まだ赤ん坊だった。こういうとき、時間の流れの速さを感じて、絢子は少しばかり愕然とする。

「そういえば、絢子は彼氏できた？」

由紀の言葉に、絢子は目をしばたたかせた。

時は経っても、大学生だったときと、話題の流れはあまり変わらない。

「良かったら、職場の男、紹介しようか？」

「ありがとう。うう－ん、でも、今はまだいいかな。忙しいから」

「またまたぁ。美人は余裕だからねぇ！」

美優に肩を叩かれる。由紀が追い打ちをかけるように言った。

「まだとか言ってると機会逃すよ。あんた大学じゃいちばんモテてたのに、仕事始めてからまるっきりダメじゃん。っていうかさ、いつも思うんだけど、あんたのところブラックすぎじゃない？　昨日は何時に帰ったの？」

「昨日は……、家に着いたのは、零時半、だけれど」

思い返すと、気が遠くなる。ちょうど校了間際の担当作が二つあって、どうしても遅くまで会社に残って作業をする必要があった。それにも拘わらず、読めていない原稿の数は一向に減らない……。

「でも、終電には間に合ったから」

タクシーを使わずに済んだぶん、まだいい。笑ってごまかそうとするが、友人たちは一様に、ぎょっとしたような顔をしていた。

「ええ。いや、それはない。それはないわ。相変わらずブラックすぎる」

「早く帰りなよう。私は十八時には帰ってるよ。定時退社大事。そんなの、プライベートな時間、ぜんぜんとれないじゃん」

「それは、そうなんだけれど」

「相変わらず、機械みたいに仕事してるねぇ」

美優が笑う。それから、今更のように由紀が聞いてきた。

「そういえばさ、絢子ってなんの雑誌作ってるの？　ファッション誌？」

このときにはもう、ここへ来たことを、絢子は後悔し始めていた。

幸いなことに、大学時代は「いつも怖い顔をしている」とからかわれていたくらいだ。無理に笑う必要もなく、絢子は答えた。

「雑誌じゃないの。文芸」

「ブンゲイ？」

「小説のこと」

「ああ、小説。へえ」

「この子、小説とか読まないからねぇ」

「だってさぁ」

「まぁ、あたしも、もう子どもがいるし、そういうのはぜんぜん読まないけど」

友人たちの笑う様子を見て、絢子は肩を竦《すく》めてみせる。

そうやって、なんでもないことのように受け流すことしかできなかった。

昔からそうだ。小説を読むという行為が極めてマイナーな趣味であることは、こうして何度も実感している。彼女たちの世界には、自分の仕事なんてあってないようなものなのだ。どれだけ自分が必死に働いても、どれだけ眠る時間を惜しんで熱意を注《つ》ぎ込《こ》んだとしても、彼女たちの世界からすれば、そんなものは存在しないのと一緒だった。

「帰れないくらい頑張ったって、得するのは作家さんだけなんでしょう。ちょっと可哀想《かわいそう》だよね。何百万部って売れてても、絢子には一銭も入ってこないんでしょ?」

真面目《まじめ》に応《こた》えるのは疲れるから、絢子はその言葉も笑って受け流す。友人たちは、絢子の大きなバッグに入っているゲラに気がついて、それが仕事の道具なのかと質問をしてきた。絢子はゲラのことを簡単に説明する。読まなくてはならないものだから、ここへ来るまでの電車で目を通していたのだ。

「そんな、休みの日にまで仕事しなくたってさ」

気の毒そうに、由紀が言った。

「手抜きって必要だよ。そりゃ、就業時間内にきちっと働くのは当然だろうけどさ、もうちょっと、作家さんとかに好きにやらせたらいいんじゃないの。それじゃ、恋愛とかする暇、ぜんぜんないじゃん」

「そうそう。絢子、ちょっと頑張りすぎなんじゃない？　そんなに仕事抱えなくても、他の人に任せるなりしたら、なんとかなるものでしょう。気張りすぎちゃって、やらなくてもいいことをしてるんじゃない？」

絢子が答えに窮していると、佳苗がスマートフォンを取り出して、あっと声を上げた。彼女の旦那《だんな》から、子どもに関する連絡がメッセージで来たらしい。写真でも添えられていたのか、他の二人もそのメッセージを覗いて、可愛《かわい》いねぇ、と盛り上がった。絢子はその輪に進んで加わる気になれず、その写真を見たふりをするだけで精一杯だった。たぶん、それは佳苗なりの気遣《きづか》いだったのだろう。おかげで話題は変わったけれど、どっと疲れが湧き出るのを感じた。

帰路の電車の中で、絢子はゲラに目を通すことができなかった。

文字を追いかけても、ただ滑っていくだけで、意味をうまくくみ取れない。

作家が魂を込めたはずの原稿が、無味乾燥な文字列に見えてくる。

なんだろう。

マウントをとられた？

昔から、由紀にはそういうところがあった。無思慮な言葉で他人を傷つけるけれど、当人には悪気も自覚もないところが、余計にたちが悪い。それとも、そんなのは自分の考えすぎだろうか。

恋愛とかする暇、ぜんぜんないじゃん。

そんなことができるほどの余裕は、今の生活にない。昔から人づきあいは苦手な方だったし、仏頂面でいることが多いから、良い出会いがあったとしても幻滅させてしまうことがほとんどだ。自分はあの子たちとは住んでいる世界が違いすぎる。彼女たちの価値観で自分の生き方を測られてしまうことに、虚《むな》しさのようなものが込み上げてきた。そう。自分はそんなものを求めてはいない。それなのに、どうしてこんなに動揺しているのだろう。思っていたより、響いているのだろうか。それとも、別の言葉が棘《とげ》になって刺さっているのだろうか。きっと作家なら、こんなときに自分自身の心理を分析して、適切な比喩を以《もっ》て表現するのだろうけれど、絢子にはそんな才能は微塵《みじん》もなかった。だから、悶々《もんもん》とした気持ちだけが、この胸中を満たしていく。

気持ちを切り替えよう。最寄り駅で降りたら、近くのカフェへ寄って、そこでゲラを読み切っておかないと。それから、届いていたメールの返事をして、原稿依頼をしたい作家の新刊を読んで、それから……。

路線を乗り換える際に、駅ナカにあるコスメショップが眼についた。メイク落としが切れそうになっているのを思い出したのだ。絢子はそこに入って、煌《きら》びやかに並んだ化粧品たちに目を通す。昔はこうしたものを揃えて、自分を着飾るのに高揚《こうよう》感を覚えたのに、今はどうだろう。メイクをするのは、ただの惰性で行っていることに成り下がっているような気がする。絢子は綺麗な発色のアイシャドウのサンプルを開いて、鏡に目を落とした。

そこに映る、自分の顔を見た。

少し、疲れているな。

でも、だって忙しいのだから、仕方がない。

どうして、こんなことをしているのだろう。

働いて、働いて。

そうして、一人の女の子の才能を潰して。

神様は残酷だなんて言うけれど、本当に残酷だったのは、誰だろう。

スマートフォンにメッセージが来る。

佳苗からのものだった。

『みんな、絢子が働きすぎで、疲れちゃってないか、心配なだけだからね』

わかってる。

「わかってるよ。それくらい」

絢子は誰にも聞こえない言葉を呑み込んで、重たいゲラが覗く鞄《かばん》の中に、スマートフォンをそっと押し込んだ。

＊

結局、新レーベルの創刊ラインナップには、不動詩凪の代わりに、小森が担当する他の作家の作品を入れることになった。不動詩凪ほど爆発的な人気はなく、ヒット作に恵まれているわけでもないが、若い読者から着実な支持を得ている作家だ。本来は第三弾刊行を担当する予定だったのだが、思いのほか原稿が早く仕上がりそうで、小森が言うには傑作らしく、充分な話題が期待できるという。

詩凪には、その件を電話で伝えておいた。

『気にしないでください』

電話越しに、彼女は弱々しい声で呟《つぶや》く。

『もう、今のわたしじゃ、何年お待たせしてしまうか、わかりませんから』

「これまで、急《せ》かしたりして、ごめんなさい」

絢子は言葉を選んで言った。

これ以上、自分が彼女を追い詰めるようなことがあってはならない。

「無理はしないでね。今の詩凪ちゃんには、ゆっくり休むことが、必要だと思うから」

また連絡します、という詩凪の言葉を最後に、通話は切れた。

絢子は静かになったスマートフォンを見下ろす。

もしかしたら、彼女からの連絡は、もう来ないかもしれない。

＊

「そうね。駄目だと思う」

絢子はプロットの記されたプリント用紙に目を落として、小さく吐息を漏らす。

それから、目の前で所在なげにしている少年を見つめた。

「そうですか……。河埜さんって、結構厳しいですよね」

「そうかな」

「いえ、あんまり、プロットに駄目出しされた経験ってないので……」

そう言われて、絢子はほんの一瞬、プロットの用紙に目を向けた。

「うーん、もしかしたら、漫画作ってたときの癖《くせ》かも」

そんなふうに、絢子は適当な言葉を並べて、動揺を隠した。

プロットの可否を決めるのは、編集者の仕事だ。だからといって、絢子は自分の感性に絶対の自信があるわけではない。良いと思った作品がまるで売れないことが普通にある時代だ。これは良くない、と感じたプロットがベストセラーとなる可能性だってあるかもしれない。編集者は、所詮《しょせん》は編集者だ。作家とは違う。その感性を馬鹿正直に信じていられるほど、絢子は愚かではなかった。でも、だからこそ編集者が自信を失ったり、迷ったりした様子を見せるわけにはいかない。そんな態度でいたら、作家はなにを信じたらいいのかわからなくなってしまう。今は、自分が培った勘に従うべきだろう。

そう。このプロットには問題がある。

正確には、この少年そのものに、といえるかもしれない。

千谷一夜《ちたにいちや》は、不動詩凪と同時期に他社でデビューをした新人作家だった。もっとも、彼は覆面作家なので、現役高校生ということを知る人間は業界内であっても少ない。瑞々《みずみず》しい筆致で登場人物の心情を描きながら、作品の色彩は硬派で、その文体には純文学的な香りすら漂っている。デビュー当時は中学生だったのだから、同業者たちは誰もが驚愕《きょうがく》の声を漏らした。ただでさえ風格のある文章で作品作りをしているのに、著者は十代の少年なのだ。成長したら、どれだけの作品が出来上がるのか、業界内の期待は大きかった。父親はそれほど有名ではないが、千谷昌也《しょうや》という多彩な作風を誇る作家で、これが血というものなのかと絢子は得心したものだ。聞けば、幼い頃から父の作品を読んで育ったのだという。

だが、期待や予測とは裏腹に、千谷一夜の作品はヒットを飛ばすことがなかった。絢子はなにかしらの文学賞に引っかかるのではと考えてもいたのだが、そうした風向きもなく、少年の執筆速度は驚異的だったものの、出す作品出す作品が鳴かず飛ばずといった様子で、売れ行きを調べてみれば落ち込んでいく一方だった。だが、こうしたことは珍しいことではない。良いものを書けば売れる時代だったら、どんなに良かっただろうとも思う。

たぶん、有り体《あてい》に言えば、少年は運が悪かったのだ。あと一息で重版に手が届く、というところで、数字が伸びない。重版しない作品がほとんどの中、それは決して悪くはない数字といえる。悪くはない数字だから、ある程度のレビューがネットに書き込まれることになるが、そこでの酷評が少年から熱意を奪い取ってしまった。絢子からすれば、ネットのレビューなど単なる好みの問題を履き違えたものばかりで、決して的を射た批評とは思えない。だが、少年にとっては、それらがすべてだったのだろう。世の中には、レビューすらつかない作品がごまんとあるが、重版の通知もなく読者からの手紙も届かない最中にあっては、そこに縋りたくなってしまう気持ちも想像できなくはない。ネットのない時代だったら、きっと彼は伸び伸びと作品を書き続けることができたのではないだろうか。

今の千谷一夜には、明らかに作品作りへの熱意が欠けてしまっている。

提出されたプロットはおざなりで、ありきたりな筋書きだった。試しに書いてもらった冒頭の文章にも、これまでの作品の流麗さは欠片《かけら》も覗《うかが》えない。

「僕は、もう小説を書くつもりはないんです」

歯痒かった。

この才能が、ここで潰《つい》えてしまうことが。

彼の作品を、もう読めなくなってしまうことが。

そんなことが、どうして赦《ゆる》せるだろう。

彼を担当していたデビュー版元の編集者に、恨み言の一つでも言いたくなる。

もし、自社からデビューしてくれていたら。

もし、自分が担当についていたら。

こんなことには――。

どうだろう。

脳裏に過るのは、奇《く》しくも彼と同じ年齢の少女の顔だった。

「一緒に考えて、面白い小説を作りましょう。千谷くんだって、まだ小説を書くことを諦めていないはずよ。そうでしょう?」

絢子は精一杯少年を励ました。少しでも書くことに前向きになってほしい。自分が彼の作品に惹《ひ》かれたのは本当だ。けれど、どんなに編集者が原稿に恋い焦がれたとしても、すべては巡り合わせだ。この手が届くとは限らない。

もう一度、プロットを作り直してもらう。どうにかそう少年に頷いてもらったところで、その日は解散となった。あまりしつこくしても、悪い結果になりかねない。

「千谷くん、筆は凄《すご》く速いんだから。良いプロットができたら、すぐに傑作が書けるわよ」

「いいプロットさえあれば、ですけどね」

少年は自虐的に笑った。

「空から降ってきてくれれば良いんですけれど」

帰り際に、彼の妹の様子を聞いた。彼の妹は、ここのところは調子が良いらしい。少年は、重い病気の妹のために小説を書いている節がある。直接会ったことはないが、彼の妹が言うには、絢子の名前が友達の名前と似ているので、きっといい編集さんだよ、ということを言ってくれたらしい。よくわからないが、ちょっと変わった感性の子なのだろう。それを聞いて以来、なんとなく親近感が湧いて、一度会ってみたいな、と考えている。

少年と別れて、駅までの道を歩く。

どうだろう。

絢子は自分の中の感触を振り返った。

彼はまた小説を書いてくれるだろうか。

千谷一夜と不動詩凪。

奇跡的に同じ時代に生まれた、同じ齢《よわい》の違った才能が、同時に潰えてしまうなんて。

だが、少年の方には、まだ望みはあるはずだ。

彼はきっと、どんな物語を生み出せばいいのか、自分が歩むべき道を見失ってしまっているだけだ。多くの酷評に振り回されて、それらの評価ばかり気にしてしまうから、自分が歩むはずだった道を、まっすぐに歩くことができないでいる。

良いプロットさえあれば、きっとすぐにでも――。

絢子は足を止める。

思い返したことがあった。

頭を過ったアイデアを、検討する。

そうだ。これは奇跡的なことだ。

けれど、そううまくいくだろうか。

いや、まずは自分の記憶を確かめたい。

逸《はや》る気持ちでスマートフォンを操作して、メールの履歴を検索した。前に、他の作家が高校の取材をしたいというので、参考までに千谷の通う高校の名前を聞き出したことがある。メールでやりとりしたはずだ。結果は、すぐに表示された。

絢子は興奮を抑えながら、道端《みちばた》で立ち尽くしていた。通行人の邪魔になって、ようやく意識が現実に戻ってくるのを感じる。

神様が降るって、自分にとっては、こういうことなのかもしれない。

そこに表示された名前は、不動詩凪が転入先に選んだ高校と、同じものだった。

＊

「不動詩凪と、千谷一夜に、合作をさせる？」

その突拍子もない企画を聞かされて、神崎は目つきの悪い眼を大きくさせた。デスクに座って絢子を見上げ、あんぐりと口を開けたまま、彼女を矯《た》めつ眇《すが》めつ眺《なが》めてくる。

「どうですか」

「どうですかって……。そいつは……」

神崎は顎先《あごさき》に手を置いた。彼が熟考に入る姿勢で、感触としては悪くはない。あとは押すだけだった。

「不動さんは、文章が書けません。けれど、書いてもらう予定だったプロットがあります。あれは半《なか》ば固まっていて、捨てるには惜しいものです。千谷くんの筆なら、不動さんの作風はとても合うと思います。彼は筆が速いですから、創刊は無理でも、年末のラインナップには食い込めるかもしれません。千谷くんにプロフィールを公開してもらえれば、実力と実績のある現役高校生作家のタッグです。絶対に話題になります」

「そいつは……。まぁ、そうかもしれないが……」

神崎は唸《うな》った。それから、じろりとした視線で絢子に問いかけてくる。

「本人たちの了承はどうなってる？」

「これから話を持って行くつもりです」

「あのなぁ」

「だって、彼らに話したあとで部長の許可が下りなかったら、意味ないじゃないですか」

「二人の承諾がなくても意味ないだろう。合作なんて、そんな……。そいつは二人が望んでいることなのか？」

絢子は言葉に詰まった。

確かに、それればかりは絢子には判断がつかない。

作家としての矜持《きょうじ》が、二人にはあるだろう。

筆がないから物語を貸せ、物語が駄目だから筆だけ貸せというふうに、そう受け取られてしまっても仕方がない企画かもしれない。

「なにか、巡り合わせを感じるんです。二人は学校が同じで、コミュニケーションも円滑にとれると思います。話を持って行くだけでも、させてもらえませんか」

「了承を得たとしても、合作でまともな作品が上がるかどうかはわからんだろ」

「それは、原稿が上がってからでないと判断できないことです。まずは、作品作りをする機会をください。二人から断られたら、大人しく諦めます」

それから、いくつかの押し問答があった。

だが、最終的には絢子の粘《ねば》り勝《が》ちになった。

神崎のお墨付きとなれば、企画は通しやすい。

だが、そのためには肝心要《かなめ》の作家二人から了承をとらなくてはならない。

絢子はデスクへと戻る。メールを打っていたらしい小森が顔を上げて、やりましたね、と囁《ささや》いた。話を聞いていたらしい。

「けれど、ここからだから」

肝心なのは、ここから、二人をどう説得するかだ。

絢子は吐息を漏らす。

自分は、余計なことをしているのかもしれない。

少女は深く傷ついている。彼女が傷を負ったのには、絢子にも責任の一端があった。自分はそれを繰り返そうとしているのではないか。

少年は物語に絶望している。力尽き、もう戦いたくないと嘆く兵士を、戦場に送り出してなんになるだろう。

自分は残酷なことをしているのではないか。

そこまでする必要があるのか。


気張りすぎちゃって、やらなくてもいいことをしてるんじゃない？

そうか、自分は、あの言葉に腹を立てていたのかもしれない。

その言葉は、今の絢子が抱えている問題の、痛いところを突いてくるものだったから。

鞄の中で、電話が鳴っている。

絢子は慌ててスマートフォンを取り出す。

ディスプレイに、不動詩凪の文字がある。

嫌な予感を覚えて、息が詰まりそうになった。

『大事な話があります』

涙が混じったような、少女の声音は。

もう、作家をやめたいと。

絢子に、そう告げているようだった。

＊

絢子はすぐに、詩凪と会う予定を取りつけた。幸いなことに、翌日の午後に身体が空く時間があった。さっそく、前回の打ち合わせで使った喫茶店で詩凪と会うことになった。

でも、どうしたらいいだろう。

自分の気持ちに、絢子はまだ答えを見出《みいだ》すことができていない。

本音を言えば、詩凪には小説を書き続けてもらいたい。今は難しくても、小説を嫌いになってほしくはなかった。たとえ合作であっても物語を作り続けていれば、それは彼女の心の治療に役立つはずだと信じたい。けれど、作家をやめたいと言われたら。もう待たないでほしいと言われたら。そうしたら、自分は素直にその意思を尊重し、彼女の言葉を受け入れることができるのだろうか。

喫茶店に辿《たど》り着《つ》くと、既にいちばん奥の席に不動詩凪の姿があった。先日とあまり変わらない服装で、既に帽子を取っていたが、大きな黒縁眼鏡は相変わらずそのままだった。夕方にはまだ早い時間帯のせいか、店内に客はほとんど見られず、これなら落ち着いて話ができそうな雰囲気だ。絢子は息を呑んで、彼女の席に近づく。

薄暗く感じる店内の影に包まれて、揺らぐ少女の瞳に、悲しみの色が覗いていた。

絢子は、その瞬間に覚悟を決めた。

無理強《むりじ》いなんてできるはずがない。彼女の意思を尊重するしかない。

挨拶は最小限のものだった。席に着き、絢子はメニューを開くことなく、決めたら声を掛けるから、と店員を返した。悠長にお茶を楽しんでいる時間はないかもしれない。

楽しかったな、と思い返した。

彼女とは、打ち合わせで悩み苦しんだことよりも、一緒にケーキを食べて他愛のない雑談で笑い合ったことの方が、思い出として印象的だった。一度だけ、一緒に洋服を買いに行ったこともある。大人の女が、どういうお店で服を買うのか知りたいのだ、とませたことを言っていた。小説の参考にしたいからと懇願《こんがん》されたら、付き合わないわけにもいかない。仕事相手というより、少し年の離れた妹のように感じることの方が、ずっと多かった。もちろん、だからといって仕事の手を抜いたことは、一度もなかったけれど。

どんなに待ち焦がれたって、手の届かない物語はある。

神様は残酷だ。

わたしたちに、こんな決断をさせようだなんて。

もう、この子が笑うところを、見ることはできないのか。

「それで……。話したいことって？」

なんでもないことのように、絢子は聞く。

詩凪は頷いた。

「わたし……、学校を休んでいる間、ずっと考えていました」

眼鏡の奥の大きな瞳が、決意を宿しながら、絢子を射貫いた。

緊張に、絢子は汗を握り締める。

「わたしの物語には、どんな力があるんだろうって……。わたしは、誰かに喜んでほしくて、物語を綴ってきて……。けれど、わたしの物語には、もしかしたら、なんの力もなくて。それどころか、友達にたくさん怖い思いをさせることになって。物語を書く意味なんて、だから、ないのかもしれなくて……」

絢子は少女を見る。少女は俯き、唇を嚙みしめていた。テーブルの縁に載せられた拳が、あのときのように苦しげに震えている。

「わたしには、もしかしたら、もう、神様は見えないのかもしれない」

「詩凪ちゃん──」

「もう、書く意味なんて、ない。そう思ってました……。けれど、聞かれたんです」

「聞かれた?」

詩凪は大きく息を吐く。

「クラスの子に……。小説は、好きですかって」

少女は顔を上げた。

眼鏡の奥の瞳が、ぐらぐらと揺れ動いているのを、絢子は見返す。

「わたし、なにも答えられませんでした。考えても、考えても、わからないんです。好きだって言えなくて、嫌いだとも、言えないの……。でも、一つだけ、わかることがあるんです」

少女は眼鏡をとった。

その表情が見えなくなる。

くしゃくしゃになった顔を、両手で覆いながら、詩凪は言った。

「河埜さん……。わたし……、物語を書きたいです。書けなくても、それでも、諦めたくないんです。どうしようもなく、書きたいの……」

絢子は、自身の思い違いを、ようやく悟った。

「書けない作家なんて、お荷物かもしれないです……。わたしなんか、みんなに迷惑をかけるだけかもしれない。それでも、駄目なんです。このまま一生書けないかもしれないけれど、でも、書きたいんです。だって、それがわたしなんです……」

込み上げてくるものを感じて、唇を引き締める。絢子は自身を恥じた。少女は、闘い続けていた。それなのに、自分が先に諦めてしまってどうするというのだろう。絢子がするべきことは、少女を最後まで信じ続けることだった。自分が信じることをしないで、誰が作家としての彼女を支えるというのだろう。詩凪は、絢子に捨てられてしまったかもしれないと、そう怯《おび》えていたのかもしれない。

少女は顔を覆って啜《すす》り泣《な》きながら、それでも必死に訴えた。

無慈悲な世界に。目の前の絢子に。

「小説を、書きたいです……。わたしを、助けてください……」

絢子は立ち上がり、少女の傍らに立った。

震えながら訴える彼女の肩を抱いて、そこを優しくさすった。

「大丈夫。大丈夫よ」

神様は、残酷な試練を与えたのかもしれないけれど。

少女の闘志は、まだ消えていない。

当たり前のことだった。不動詩凪が、こんなことで小説を書くことを嫌いになるはずがない。

だって、あなたは、物語を愛しているのだから。

「この狭い世界の中であっても……、物語があれば、あなたは自由だわ」

かつて、不動詩凪が綴った一節を囁いて。

絢子は、詩凪が闘うための策を、語り始めた。

＊

慌《あわ》ただしい日々とともに、絢子が持ち込んだ企画は回り出した。

意外なことに、詩凪の方も合作の提案をするつもりだったらしい。自分が再び物語を書けるようになるために、できることはなにかを考えた結果だという。合作相手として、千谷一夜を絢子が提案すると、詩凪は迷うことなく、その双眸《そうぼう》を輝かせて頷いた。どうやら彼の作品のファンだったらしく、著作はすべて揃えているのだという。千谷作品の物語構造の素晴らしさと文体の鮮烈さを、詩凪はとくとくと語った。一時間以上、二人して千谷作品の魅力を語り合い、盛り上がったくらいだ。少年が聞いたら喜ぶのではないだろうか、と絢子は笑いを堪《こら》えるのが大変だった。詩凪は、千谷一夜の正体については知らないらしい。

「若い子だって、曾我部《そかべ》さんが教えてくれたことがあるんです。大学生くらいかしら？　あんな素晴らしい小説が書けるんだもの。きっと深く物語を愛している、優しくて素敵な人なのでしょうね。でも、わたしなんかとのお仕事、引き受けてくださるかしら……」

これは面白い、と思って、詩凪と同じ高校に通っていることは、二人を引き合わせるまで伏せておくことにした。少年の方がこの仕事を引き受けてくれるかどうか不安ではあったが、きっと大丈夫だろう、と絢子は見積もった。彼は以前、不動詩凪作品を褒めていたことがあるし、自身が物語を必要としていることを、誰よりも深く理解しているはずだ。

だが、それは悪手だった。

いざ二人を引き合わせてみると、会合は散々な結果に終わってしまった。

なんらかの経緯で、二人は既に学校で顔を合わせたことがあったらしいのだが、そこでの第一印象はお互いに最悪なものだったようだ。言い争う二人の顔を見て、絢子は早くも企画の頓挫《とんざ》を覚悟した。つくづく、神様はひどいことをするものだと思う。詩凪の方は、覆面作家千谷一夜の理想像とのギャップが大きすぎたのかもしれない。元より自尊心が高くて勝ち気な性格の子なのだ。それを考慮すると、同い年の男の子――、それも、ひねくれた性格をしているように見えかねない、現在の千谷一夜とは相性が悪すぎる。少年の方も、所詮は男の子なのだから、相手が美少女作家なら了承するのではないか、とたかをくくっていた絢子をよそに、考えさせてほしいと企画の保留を申し出て、去ってしまったほどだった。

いったい、どんな出来事が学校であったというのか。

合作相手を他に探してみようか、という提案をしようと、絢子は詩凪の横顔を覗った。

詩凪は、少年が去って行った喫茶店の入り口を見つめたまま、小さく呻《うめ》いた。

「わたしの方から、説得してみます」

大丈夫だろうか。

学校では話し掛けないで、と凄んでいた様子を見るに、説得するつもりがあるようにはまるで思えない。フォローはするつもりだったが、二人にしかわからない学校の事情もあるのかもしれない。不安はあったが、絢子は少年の説得を詩凪に任せることにした。

数日後には、詩凪のプロットを軽く纏めたテキストが少年から送られてきたものの、それはどうも詩凪が強引に書かせただけのようだった。少年の方からは、企画自体はまだ考えさせてもらいたいというメッセージも添えられており、その結果がどうなるのか、絢子はずっと気を揉み続けていた。

進展があったのは、それから更に一週間後のことだ。

千谷一夜から企画の了承とともに、第一話の原稿が唐突にメールで届いた。

深夜の編集部で眠気を噛み殺し、連絡処理や雑務に当たっていた絢子は、そのメールが届くと睡眠不足であることも忘れ、さっそく原稿を印刷し、帰って目を通すのももどかしく、デスクに着いたまま物語を読《よ》み耽《ふけ》った。それはまさしく詩凪が話していたプロットを下敷きにしたもので、原稿用紙六十五枚ほどの作品だった。これまで散々悩んでいたことを抜きにしても、驚異的なスピードといえる。不動詩凪作品の色合いを意識しながらも、千谷一夜の瑞々しい文体が流れるように物語を綴り、絢子は時間を忘れて物語に没入していった。絢子の狙《ねら》い通り、いや、その想像を遥かに飛び越えるほどに、千谷の文章はこれ以上なく不動詩凪のプロットを魅力的に引き立てていた。詩凪が書いていたら少女趣味に走りすぎて読者を選びかねない部分も、これは幅広い年齢層に届きそうな色合いに落ち着いている。そして千谷作品のともすれば地味で万人受けしない作風と文体は、不動作品のエンターテインメント性を取り入れることで生き生きと物語を引き立てていた。奇跡的な化学変化だった。

「よっしゃ」

こういう瞬間があるから、自分はこの仕事をしているのだ。物語の誕生の瞬間をこの日にすれば、どんな疲れも眠気もすべてが吹き飛んでいく。まだ、この世の誰もが眼を通していない物語を、いの一番に味わう。すべての苦労が、報《むく》われる瞬間だった。

誰もいない編集部の片隅《かたすみ》で、絢子は思わずガッツポーズをとっていた。隣の部署にはまだ人が残っていて、ちらりと視線が向けられるのを感じた。絢子は気づかないふりをして、読み終えた原稿に再度目を通す。同業者に聞いたことだが、千谷一夜の文章には誤字がほとんどないのだという。初稿から、クオリティが高い。やや構造的に荒削りな部分はあるものの、推敲《すいこう》で充分直せるレベルだ。対して不動詩凪の初稿は、登場人物が憑依《ひょうい》して執筆しているかの如《ごと》く、勢い任せで誤字だらけになっていることが多い。完璧《かんぺき》主義の詩凪にしては、珍しい点だ。興奮して提出し、あとで気づいて恥ずかしい思いをするのだという。こういうところに、作家の差異というのが現れるから、この仕事は面白い。それを密《ひそ》かに知ることは、編集者の特権というものだろう。

そう。これで終電さえ逃さなければ、最良の一日だったのだけれど……。

絢子は無慈悲な時刻を告げる時計の存在に気づいて、小さく溜息を漏らした。

どうやら今日も、睡眠時間を削らなくてはならなそうだ。

＊

「詩凪ちゃんってば、いったいどんな魔法を使ったの？」

喫茶店での打ち合わせで、絢子はそう切り出した。

千谷は、今日は不在だ。少年は家計を支えるためにアルバイトもしているので、放課後に都合がつく日は限られてしまう。だが、詩凪とは文庫化作業を手伝う必要もあって、絢子はときどきこうして時間を作るようにしていた。今日の詩凪は制服姿で、髪をハーフアップに纏《まと》めていつもの黒縁眼鏡を身につけていた。

「べつに、特になにもしていません」

小さく笑って、少女はティーカップに口をつけた。

「そう？　千谷くん、あんなに渋《しぶ》っていたのに、まさかこんなに早く上がってくるとは思わなかったから。もしかして、素直に頭を下げてお願いしたとか？」

「まさか」

詩凪は咳《せ》き込《こ》んで、慌てた様子でティーカップをテーブルに置いた。

「このわたしが、あの拝金主義作家に頭を下げるとか、ありえないです」

「なんか、千谷くん、散々な言われようね……」

うっとりとした声音で、優しくて素敵な人に違いない、と言っていた詩凪の様子を思い出し、絢子は笑いを零した。

「なんだか少女漫画的な展開ね」

「なにがです？」

不服そうな表情で、詩凪がこちらを睨《にら》んでくる。

「漫画の主人公みたいで、いいじゃない」

「よくわかりませんけど、千谷くんみたいなこと言わないでください。ひどくないですか。あの人、わたしのこと、人間が書けてないって言うんですよ。リアリティがないって」

「それは、うん、そうね。千谷くんらしい表現」

絢子は笑った。

詩凪は不満そうだったが、小さく鼻から息を漏らして、再び紅茶に口をつけた。

それから、呟く。

「まだ、信じられないんです。彼が、千谷一夜だっていうこと」

「そう？」

「考えていること、言っていることが、ぜんぜん薄っぺらくて……。本当に、錆《さ》びてしまった刀みたい。わたし、顔を見る度に、なんだか腹立たしくなってしまって。ほんと、わたしの憧《あこが》れを返してほしいです。あんなの、表紙詐欺《さぎ》じゃないですか。幻滅ですよ」

詩凪は絢子の視線がくすぐったいというふうに、横顔を向けていた。

「でも……、口ではあんなことを言っていても、綴る物語に嘘《うそ》はつけないって、そう信じたいんです」

「そうね」

「河埜さんは、漫画の主人公だって言いましたけど、わたし、悪役ですよね」

「悪役？　どうして？」

「わたし、自分の物語を彼に書いてもらう立場なのに、いつもこんな、偉そうに」

詩凪は眼鏡を外しながら、視線を落としてそう呟く。

「大丈夫よ。千谷くんも、詩凪ちゃんを必要としていることに、変わりはないから」

「そうなら、いいのだけれど……」

もっと年の差があれば、詩凪は素直になれたのかもしれない。

その方が、事態はスムーズに進んだだろう。

けれど、この二人だからこそ、生まれる変化があるのだと、絢子は漠然と思う。

そこから生まれるものは、一つの作品だけに留まらない。

きっとこの二人の人生に、大きな変化をもたらしてくれるはずだ。

なんの根拠もない、編集者の勘ではあるけれど。

第一話の原稿を読めば、それは誤りではないことがわかる。

あとは、この二人さえ、うまくいけば――。

「これから、うまくやっていけそう?」

怖々と、絢子は訊ねた。

詩凪は絢子に目を向けて、それから、視線を落とした。

「わかりません。ただ……」

それから、テーブルの上の第一話のプリント用紙に、その白い指を載せて言う。

「そのためには、神様が必要だって……。そう感じるんです」

また、神様という言葉が出てきた。

結局、詩凪はその言葉の正体について深くは語らなかった。

そのことに、絢子は一抹の不安を覚える。

あとは千谷が書くだけ、というわけにはいかないのだろうか。

二人には、なにか足りないものがあるのだろうか。

それが、神様なのだろうか。

「それより、河埜さん、ちゃんと眠れていますか？」

「え？」

唐突にそんなことを言われて、絢子はきょとんとまばたきを繰り返した。

「目の下にクマ、できてます」

そう言われて、絢子は顔を顰める。

コンシーラで隠したつもりだったが、万全ではないようだ。

「今週も、ちょっと校了重なっちゃってて……。昨日まで出張だったし、仕事が回ってないのよね」

「駄目ですよ。きちんと休まないと」

作家にそんな心配をさせてしまうなんて、不甲斐《ふがい》ないものだ。

行き詰まったら相談してほしいと告げて、絢子は詩凪と別れた。

それから数日後に詩凪から電話があった。

夕刻の打ち合わせに出ようとしたときで、電話に出ると詩凪が弾んだ声で言った。

『河埜さん、きっと二話は傑作になりますよ』

「それは楽しみだけれど……。どうしたの？　なにかあったの？」

『いいえ』少し、息切れしたような吐息が聞こえる。『ただ、ちょっと、教えたくなっちゃって』

「どうしたの？　走ってるの？」

『違います』電話の向こうで、楽しげな笑い声。『えっと、ちょっと疲れてるだけ……。さっきまで、バドミントンの勝負をしてて』

「バドミントン？」

『ケーキを、奢《おご》ってあげなくちゃ、いけないんですけれど』

意味がわからない。

でも、少女の声音は、楽しそうだ。

久しぶりに、なんだか、生き生きしている声だった。

それを、絢子は微笑《ほほえ》ましいと思う。

「よくわからないけれど、楽しみにしてるわ」

今後の簡単な打ち合わせをして、数分で電話を切った。

その数日後に千谷から送られてきた作品は、詩凪の宣言通り、ますます文体に磨きが掛けられたものだった。なんというか、本当に千谷一夜が、かつての彼の文章を取り戻したもののように見える。

二人の作品は、順調に動き出している。

それなら、自分もまた動き出さなくてはならない。

*

作家を伴っての書店訪問を終えて、編集部に戻ってきたときだった。

五店舗を回ったので、既に脚はくたくただった。もちろん、ヒールのないものを選んだけれど、スニーカーを履けば良かったかもしれない。夜には別件の打ち合わせがあったので、作家との打ち上げも満足にできず、会社に戻ってきてしまった。デスクに突っ伏して、ぱんぱんに張ったふくらはぎを指先で揉《も》み込《こ》んでいく。湿布が欲しい。帰りに買えば良かったかもしれない。この仕事をするようになって、確実に脚が太くなったなと思う。汗もかいたし、次の打ち合わせまでに早く化粧を直さなくては。

「河埜」

ぐったりしていたら、神崎に呼ばれた。

はっとして、顔を上げる。

「大丈夫か？」

「大丈夫、です」呻きながら、どうにか身体を起こす。「なんでしょう」

神崎は無言で、打ち合わせスペースの方を示した。

スリッパに履き替えるのを待ってもらって、絢子は神崎を追った。

「不動さんたちの件だ」

「はい」

嫌な予感がする。

「十月刊に入れたいんだろう」

「はい。そのつもりで進めてもらっています。想定以上のスピードで原稿を上げてもらえるので、七月頭の入稿には充分間に合うはずです」

「ああ、その件なんだが、諦めろ」

「え――」

「確かに、不動詩凪の名前が使えるなら、構わないさ。十月刊行、いいよ。お前の言う通り、千谷君にプロフィールを公開してもらえるなら、更に話題になるだろう。不動詩凪の名前なら、それなりの部数が出せる。だが、そいつはあくまで、不動詩凪の名前が使えるなら、だ」

それは、この企画が抱える大きな弱点だった。

「だが、不動さんは、不動詩凪の名前を使うつもりがない……。そうなんだろう?」

絢子は、じろりと睨んでくる神崎の視線を受け止めることができず、目を背けた。

「それは」

「お前、山田《やまだ》さんに相談しただろう。たまたま、俺の耳に入ってきたんだ」

「その……、部長にも、相談はするつもり、でした」

言い訳がましく、絢子は呻く。

詩凪たちの合作は、順調だった。まだ途中だが、出来も充分にいい。プロットを見るに、見切り発車的な判断ではあるが、完成度には信頼ができる。だから、レーベル創刊の第三弾となる十月刊行の枠を押さえてもらった。それには、神崎も同意してくれた。

だが、数日前に、絢子は改めて詩凪から相談を受けた。

可能なら、不動詩凪の名前を伏せて、作品を発表したい……。

できれば詩凪の希望は聞いてやりたい。だが、そうなると話は変わってくる。もちろん、神崎に真っ先に報告するべきではあった。しかし、その前に販売部の山田と会う機会があり、先に感触を探ったのだ。不動詩凪の名前を使わない場合——、まったく無名の作家として作品を刊行する場合、部数はどうなりそうか、企画は通りそうか——。その話を、神崎は耳聡《みみざと》く聞きつけたらしい。

「その、不動さんに、相談してみます。不動詩凪の名前を使ってもらえるように」

「それは、あの子の望んでいることなのか？」

絢子は言葉に詰まる。

「俺だって、あの子の境遇は痛いくらいわかってるつもりだ。どうして名前を使いたくないのか、想像だってできる。その気持ちを無視して、頼めるのか？」

「それは……。ええ、無理です……」

そんなこと、言えるはずがない。

また、怖い思いを、苦しい思いをしろだなんて……。

「それなら……、名前を伏せたまま、どうにか、刊行させてください」

「無理だ。無名作家を輩出してやれる余裕なんてない。そういうご時世じゃないんだ」

「ですが、二人にはもう、原稿をお願いしているんです」

「書くなとは言っていない。いつか、出せる時期が来るかもしれない。ほとぼりが冷めれば、不動さんも自分の名前を使う気になるだろう。そのときまで待つんだ」

「それは……。それでは、いつになるか、わかりません……」

刊行できるかどうかわからない原稿を、書けとは言えない。

それは、二人のモチベーションにも関《かか》わる問題だろう。

たとえ書き上げたとしても、二人の志は再び、作家であることをやめてしまうかもしれない。

「十月刊でなくても、構いません。どうにか、レーベルの枠を空けてあげられませんか」

「河埜」

溜息を一つ漏らして、神崎は言った。

「名前を伏せて無理に刊行することは、本当にあの二人のためになるのか?」

「どういう、意味ですか」

「水浦《みずうら》しず名義のときのこと、忘れたわけじゃないだろう」

また、痛い記憶を突かれた。

水浦しず。

それは、不動詩凪が使った別名義だ。

悪意の渦中で、まだ作品が書ける状態だった不動詩凪が、最後に打った抵抗の一手。

たぶん、彼女はそれで、自信をつけたかったのだろう。

けれど、その試みは失敗に終わった。

むしろ、その失敗が、詩凪の致命傷になったと言ってもいい。

あのとき、絢子は詩凪に反対したのだ。そんなのは意味がない。悪意の挑発に乗るようなことをするべきではない。あなたには実力がある。そんなのは誰だって知っている。証明する必要なんてない。

そう熱心に訴えかけたけれど、最後には絢子は折れた。

あのときの詩凪には、必要なことだと判断した。

けれど、神様は残酷だった。

「あれと同じことを繰り返しているだけじゃないのか」

神崎の言葉は、正しい。

正しくなかったことが、あっただろうか。

「無理に推すことはできなくもない。俺だって出させてやりたいよ。読みたいもん、あの二人の作品。だけどさ、無理に会議を通したところで、名前を伏せて出す以上は、どうしたって部数には限界がある。宣伝に使える金だってないし、書店員さんたちの協力も得られない。そんな状態で作品を出したって、棚に差さったままですぐに戻されるだけだ。それで、数字が悪いので次は書かせられませんって、河埜、お前さん、あの二人に言えるのか？　また傷つけちまうだけなんじゃないのか？」

反論は、できるはずもなかった。

自分は、余計なことをしているだけなのだろうか。

後先考えずに、あの二人を追い詰めてしまっているだけなのではないか。

また、同じことを繰り返して……。

「それでも……。それでも……、いい作品が、出来上がるはずなんです。せめて、それを読んでから、判断してもらえないでしょうか」

終電に揺られ、自宅のマンションへ帰るまでの間、絢子はこれからのことをずっと考えていた。神崎には、判断を待ってほしいと告げるので精一杯だった。あの二人には、なんて説明をすればいいのだろう。それとも、黙ったまま、どうにか最後まで作品を書いてもらうべきだろうか。作品の出来によっては、神崎を説得できるはずだ。だとしたら、自分にできることはそのときまでに販売戦略を練ることだけだろう。販売部の人間に作品をアピールして、一人でも多くの味方をつけて、親しい書店員の人たちに協力をお願いするしかない。たとえば、不動詩凪や千谷一夜の作品が好きだという書店員は多い。二人の名前を公表することはできなくとも、書店員になら詩凪は打ち明けることを許してくれるかもしれない。どうにか予算を確保し、プルーフを作るなどして、作品を読んでもらうというのはどうだろう。だが、そのためには時間が足りないのがネックだ。連作短編なのだから、できている分だけで、プルーフを作るか？　予算は無理かもしれない。それならレーベルのウェブサイトで無料公開するという手も……。

電話が来たのは、それから一週間後のことだった。

＊

夜だった。

良くない知らせは、いつもどういうわけか、夜にやってくる。

会議ばかりが重なって、身動きがとれない時間が続いた。そのツケを払うために、絢子は遅くまで大量のメールを捌《さば》いていた。プロットや原稿の返事を待たせてしまっている案件が多すぎて啞然《あぜん》としてしまう。考えなくてはならないことばかりで、なんだか目が回りそうだ。来月刊行する予定の作家の新刊に関しては、販売部との意見が嚙《か》み合《あ》わない。詩凪たちの本を出すときに備えて、あまり販売部の人間とは喧嘩《けんか》をしたくないのに、夕方の会議は意見が食い違いすぎて、険悪な雰囲気まで漂ってしまっていた。どうにか印刷だけをした原稿も、デスクの面積を圧迫するように山積みされていて、煩わしい。そう。詩凪たちのことも、根回しを進めなくては……。

鞄の中で電話が鳴っていることに気づく。

詩凪からだった。

初めは、なにを言われているのか、よく理解できなかった。

ただ、彼女の言葉を耳にしながら、ぞわぞわとした怖気《おぞけ》のようなものが、胸中を支配していくのを感じた。

「ちょっと……、えっ、詩凪ちゃん？　どういうこと？」

『ごめんなさい』電話の向こうで、詩凪は悲しげに呟く。『たぶん、最初から、無理だったんだと思います。彼の方からも、連絡が行くはずです』

「待って、そんな、解散だなんて、突然……。まだ考え直すことだって」

『わたしの方から、河埜さんにわがままを言ったのに、こんなことになって、ごめんなさい』

「詩凪ちゃん――」

『わたしには、神様なんて、いなかったんです』

「詩凪ちゃん」

呼び止める間もなく、通話は切れていた。

「解散って……。なによ……」

絢子はスマートフォンを握り、デスクから立ち上がったまま、呆然《ぼうぜん》と呟く。

意味がわからない。

唐突に、どうして、そうなってしまうのだろう。

こっちが、どれだけ根回しのために苦労しているのか……。

「神様ですって……？」

これじゃ、子どもに振り回されているのと同じじゃないか。

あの子たち、仕事をナメてるんじゃないの？

「いったい、なんなのよっ！」

込み上げてくる怒りに任せ、デスクの端を爪先《つまさき》で蹴《け》り上《あ》げた。

痛かった。

「このっ……」

顔を顰めながら、椅子に座り込んで、爪先を摩《さす》る。

意味がわからない。

なんだろう。

自分の、これまでの苦悩と、労力は、なんのために……。

じんじんとした痛みとともに、泣きたくなってくる。

「なにやってんすか」

誰も残っていないと思っていたのに、戻ってきたらしい小森が、ちょうど部署に顔を覗かせたところらしかった。電話内容も聞かれたかもしれない。

「べつに、なんでもない」

絢子は顔を背けた。

「なんでもないなら机に八つ当たりしないでくださいよ」

絢子は額を押さえる。それから、深く溜息を漏らした。

「解散って、不動さんたちですか」

絢子は答えない。

ただ、じろりと小森に目を向ける。

小森は怯えたように後退した。それから、コンビニの袋らしきものを掲げて言う。

「プリン食べます？」

絢子はもう一度溜息を漏らした。

それから、自分でもふてぶてしいと思いながら頷く。

「気が利くじゃん」

「どうせまだ残っているだろうって思いまして」

小森はデスクの椅子に腰掛けながら、コンビニの袋からカスタードプリンを取り出す。透明プラスティックのスプーンとともに、それを絢子の前に置いた。

「糖分補給しないと、頭まわらなくなりますよ」

「小森くんは帰らないの」

「僕は印刷所から連絡が来るかもしれないので、朝までゲラやります」

「修羅場か」

「修羅場ですね」

プリンをすくって、口に放り込んだ。

まだ冷えていて、甘さが脳に染《し》みこんでいくのを感じる。

「まぁ、色々と気難しい年頃なんですよ」

絢子はぎょっとする。

「え、小森くんが？」

「違います」小森は吹き出す。「不動さんたちの話です」

「ああ、そうか……」

「高校生ですからね。僕らにはわからないこと、あると思いますよ」

「傷つくな」

「え？」

「もう若くないって言われてるみたい」

「事実じゃないっすか」

絢子は隣のデスクを蹴る。

小森は椅子をずらして、絢子から離れた。

「でも、僕も部長の考えには賛成です」

絢子は小森に目を向ける。彼はプリンの容器を既に空にしていた。それをビニル袋に片付けながら言う。

「まだ、無理だったのかもしれませんよ。作家さんっていうのは、僕らが思っている以上に繊細で、そんでもってあの年齢の子たちは、もともと脆《もろ》いもんなんです」

小森はまだ二十代半ばで、年齢からだけ言えば、詩凪たちにずっと近しい。そんなふうに言われると、絢子には返せる言葉が見つからない。

「河埜さん、最近ちゃんと休めてます？」

「寝てはいる」

「あんまりそういうふうには見えないですけど……」

訝《いぶか》しげに絢子を横目で見遣《みや》りながら、小森は分厚いゲラをデスクに広げた。

「あまり根詰めても、打開策は浮かびませんよ」

会社に泊まるつもりの人間に言われても、説得力はない。

「小森くんだったら、どうする。詩凪ちゃんたちに、原稿を書いてもらうために」

「どうでしょうね」小森は難しい顔をして、視線をゲラに落とした。「なにも、できないかもしれません。僕たちにできることは、やっぱり待つことだけですよ。余計なことをして、更に傷つけてしまう結果になったら、可哀想です」

「余計なことか……」

絢子は終電間際まで、仕事を続けた。

プリンの礼を言ってから、読まなくてはならない原稿を鞄に詰め込んで、退社する。明日の打ち合わせの前に、読んでおかなくてはならない原稿だった。どうにか睡眠時間を削って読み終えておかなくては、打ち合わせで東京まで出てくる作家に対して申し訳ない。根を詰めているつもりはないのだけれど、こういうことの積み重ねで、休める時間が減っていく。

電車に揺られながら、考えた。

自分は、余計なことをしていたのだろうか。

一人で、空回りしていたのだろうか。

だから、解散だなんて、詩凪は言い出したのだろうか。

編集者にできることは、待つことだけなのか。

そうなのだとしたら、自分は、どうしてこんな仕事をしているのだろう。

待っているだけなんて、誰にだってできることなのに……。

*

後日、千谷と会う機会を設けて、詳しい事情を聞いた。

意見や方針の食い違いはあったのだろうけれど、それ以上に少年の心が折れてしまったことの方が、影響は大きそうだった。絢子が慌ただしさに追われている最中に、千谷一夜の文庫本が刊行された。だが、その数字が良くなかったらしい。データを調べてみると、確かに文庫刊行物の荒波に飲まれてしまって、ほとんど動きがなかったのがわかる。それをきっかけに、次回作の刊行を断られることに繫《つな》がってしまったようだった。

それは、少年の志を折るのに、充分な出来事だったのだろう。

もう少し、様子を見ておくべきだった。

フォローに回ることだって、できただろう。

原稿があまりにも順調だったから、しばらく打ち合わせもせずに、詩凪に任せきりになっていたのも良くなかった。すべてが終わってしまったあとでは、絢子の慰めの言葉は少年にはもう届かない。

いつまでも待っているから、ということだけを告げて、絢子は会社に戻った。

これから、どうしたらいいだろう。エレベーターで部署のフロアに戻る間、絢子はずっとそのことを考えていた。けれど、どうにもうまく頭がまわってくれない。ここのところ、ろくに睡眠時間がとれていないせいだろう。新人賞の応募原稿を読まなくてはならなくて、土日だけではなく平日の深夜まで、それを読むのに時間を費やしてしまう。応募段階では粗《あら》い原稿がほとんどなので、どうにも集中して読めないし眠気は増すばかりだ。どんなに退屈な原稿であっても、ミステリ的な仕掛けがあるかもしれない以上は、最後まで読まなくてはならないのが苦しい。昨日も書店訪問をしてきたので体力的にもつらく、慌てて地下鉄の階段を降りたとき、脚が攣《つ》りそうになったほどだ。時間が足りなくて、化粧も眉毛を描くくらいしかできていない。

身体を引《ひ》き摺《ず》るようにしてデスクに戻り、抱えていた原稿を鞄から抜き取る。移動中に読むつもりだったのに、まったく読めなかった。これでは重たいだけで、運び損だ。デスクの片隅に、印刷した原稿やゲラの用紙が山のように積み上がっていく。その中には、不動詩凪と千谷一夜が書いた合作小説の原稿が、どこかに紛れているはずだった。それはもう、他の原稿に覆い隠されて、見えなくなってしまっている。

もう、あの二人に対して自分ができることは、なにもないかもしれない。

あるいは、これで良かったのだろうか。

二人の作品が刊行されたとしても。

少年が折れてしまったように。

詩凪もまた、折れてしまっていたかもしれない。

水浦しずのときの、繰り返しになるだけだ。

メールを返していたら、デスクの神崎に呼ばれた。

怪訝《けげん》に思って、絢子はそちらへ向かう。

「河埜さ、お前、樋之下《ひのした》さんの原稿、どうしてる？」

「え？」

「いや、昨日お会いする機会があったんだけど、そこで少し前に、お前のところに原稿を送ったけど、珍しくなかなか返事がないって仰《おっしゃ》ってて」

青ざめた。

「すぐ確認します」

慌ててデスクに戻り、メールの履歴を検索する。

原稿が添付されていたメールは、埋もれていた。

見た憶《おぼ》えもある。

そう、あとで印刷しなくては、と考えたはずだ。

だが、そのあとの記憶がない……。

「申し訳ありません。自分の不注意です」

神崎の元に戻り、頭を下げた。

「謝る相手は俺じゃない。すぐに連絡してさしあげろ」

「はい」

「まぁ、温厚な人だからな。むしろ忙しいんだろうなって、お前のことを気に掛けてたぞ」

「すぐ電話します」

相手は大御所作家だ。その原稿を自分のミスで眠らせておくなんて、肝が冷える思いだった。河埜はすぐに樋之下に電話をかけた。

幸いなことに、樋之下は怒っていなかった。

いつも忙しそうだものね、と笑っていたくらいだ。

すぐに読んで返事をしますと、廊下の隅で絢子は電話越しに何度も頭を下げた。別件で忙しいから、ゆっくりでも大丈夫だよ、と樋之下は笑った。電話を終えて、額を押さえながら部署へと歩く。

ここのところ、どうにも失態が多い。

先日は、打ち合わせ場所の駅を間違えてしまって、三十分以上も遅刻するはめになった。昨日も、作家の要望を細かく聞き出す前にイラストレーターへ発注をかけてしまう寸前で、大目玉を食らったばかりだ。他にも、自分だけに責任があるわけではないが、細かい連絡ミスなどが目立つように感じられる。仕事が多すぎて、うまく回っていない。

絢子は溜息を一つ漏らし、気を引き締めながら、神崎のところへ向かう。

「ありがとうございました。助かりました」

「樋之下さんで良かったな」

「はい。すぐに読んで連絡します」

「そういえば、不動さんたちの作品はどうなってる?」

絢子は、不意のことで言葉に詰まった。

「もう少し待てって言ったのは、お前だろう」

「はい」

「いいものを読ませて俺を説得する気なら、そろそろ仕上げてもらわないと困る」

「今月中、には、出来上がると思います」

神崎はじっと絢子を見つめた。

絢子は、彼の視線をどうにか受け止めることしかできない。

「あまり、無理をさせるんじゃないぞ」

絢子は頭を下げて、神崎のデスクを離れた。

詩凪たちの解散を、絢子はまだ神崎に報告できていない。啖呵《たんか》を切るような真似《まね》をしたのだ。報告できるはずがない。今月中に原稿が仕上がるなんて、嘘八百《うそはっぴゃく》もいいところだ。どうして自分は、そんなことを言ってしまったのだろう。いや、今はそんなことより、樋之下の原稿を読まなくてはならない。印刷はしたのだったか？　なんだろう、うまく思い出せない。どこへ置いた？　それともしていなかったか。いや、他にも読まなくてはならないものがあったはず。確か、明日までに読むべきものが。なんだったか。なんだろう。なんだっていい。時間が足りなすぎる……。

自分のデスクに座ろうとして、あれ、と思った。

身体に力が入らない。

絢子はその場に蹲《うずくま》る。

額を押さえる手が震えていた。

「ちょっと、え、河埜さん？」

小森の声が聞こえる。

他にも、なにか凄い音がした。

床に、原稿が散らばっている。

自分の机から落ちたのか、と遅れて気づく。

なんで落ちたのか。

自分が倒れたからか。

「おい、河埜」

誰かが呼んでいる。

「大丈夫」

絢子は呻く。

「大丈夫です。ちょっと、貧血、です」

蹲っていることすらできなくて、尻餅《しりもち》をついた。

「大丈夫なわけないだろう」

床に、手を置く。

「大丈夫、なので」

くしゃりと、紙が拉《ひしゃ》げる感触が掌《てのひら》に伝わってきた。

原稿の上に、手を突いてしまったらしい。

眼を向けると、タイトルに見覚えがあった。

それは、不動詩凪と、千谷一夜が書き上げた、二人の作品だった。

絢子はその表面を撫でる。

なんだろう。

無性に泣きたくなってきて、彼女はその場で唇を嚙みしめ続けた。

＊

「ただの貧血です」

という絢子の言葉は、神崎には聞き入れてもらえなかった。

椅子に座って十分もすれば落ち着いた。寝不足と疲れが祟《たた》っただけなのだろう。それなのに、周囲の男たちは大袈裟《おおげさ》だ。

神崎は呆《あき》れたような顔で言う。

「お前さん、明日は外仕事ないだろう。このまま、来週まで休め」

「大丈夫です」

絢子は神崎を挑むように見上げる。

「お前、残業しすぎ。働きすぎなんだよ。ぜんぜん眠れてないだろ。そんな頭で仕事したって、効率が悪くなるだけだろう。ちょっと有休消化してこいよ」

「平気です」

「意地になるなって。というか、部下の管理ができてないと俺が怒られるんだよ。少し休めって。来週まで出てくるの禁止」

しばらく押し問答が続いたが、絢子は渋々《しぶしぶ》了承した。

「ゲラ、持って帰るのも禁止だからな。ちゃんと休めよ」

「けれど、樋之下さんの原稿もありますから」

「いいから。あの人には俺から言っておくから。お前のこと、気に入ってるみたいだし、怒られやしないよ。ていうかお前に無理させてるって知られたら俺が怒られる」

お前が大人しく帰るまで、俺は仕事を中断するからな、と言われてしまえば、大人しく従うしかない。絢子はそのまま帰宅した。既に夕食時で、途中のコンビニで弁当を買ったが、部屋に着く頃には身体中が悲鳴を上げていて、化粧を落とす暇もなく、気づけば彼女はベッドで眠っていた。

泥のように眠る、という感覚は、随分と久しぶりだったかもしれない。

起きたときには、既にお昼を過ぎていた。

十二時間以上眠っていたことになる。

慌てて化粧を落とし、シャワーを浴びた。途中で空腹を思い出し、再び貧血を起こしそうになったが、どうにか部屋に戻って、髪を濡《ぬ》らしたまま冷たい弁当を温めて食べた。テレビを点《つ》けると、どこのチャンネルでも絢子の見たことがない番組がやっていた。

空腹を凌《しの》ぎ、髪を乾かしたあと、しばらくして、途方に暮れた。

なにをしよう。

こんなふうに唐突に休日がやってくると、なにをしたらいいかわからなくなってしまう。原稿を持ち帰っていれば、ゆっくり読むことができたのに、と歯痒い気持ちになったけれど、それでは仕事をしているのと変わらない。神崎は、絢子に休むようにと言った。

だが、休み方がよくわからない。自分はいつも、どんなふうに休日を過ごしていただろう。なにかしようにも、まだ身体がだるくて億劫《おっくう》だった。絢子はベッドに転がって、天井を見上げる。自室の天井の模様を、初めて知ったような気がした。

狭い部屋には、たいてい、いつも眠るか原稿を読むために帰っているようなものだった。ここでの時間の過ごし方がわからない。大学時代は、いくらでも部屋でごろごろしていたいと考えていた気がするけれど、その記憶ももう遠い彼方《かなた》に埋もれてしまっている。

大学時代、で思い出した。

寝転がったまま、絢子はスマートフォンを開いた。美優たちとのグループメッセージの画面を呼び出す。日曜日に、いつもの女子会がある予定だった。けれど今の自分の調子では、行けるかどうかわからない。体力的に余裕があっても、精神的な余裕がないかもしれない。どうやって断ろうか、と考えたけれど、結局のところ、いつものように急な仕事が入ったので行けなくなってしまった、と書いた。

流石《さすが》は主婦というべきか、平日の昼間だったけれど、すぐに美優から返信がきた。また仕事なの？　大丈夫？　働きすぎじゃない？　スタンプや絵文字とともに、絢子を気遣うメッセージが流れてくる。勤務時間中のはずの由紀からも、メッセージが届いた。休日にも仕事なんて、可哀想！

可哀想。

寝そべったまま、絢子はその文字を見つめる。

自分は可哀想、なのだろうか。

気張りすぎちゃって、やらなくてもいいことをしてるんじゃない？

以前に、彼女たちから言われた言葉を思い返す。

本当にそうかもしれない。

自分だけが、空回りをしているのだ。

友人たちの、幸せそうな表情を思い出す。家庭があって、恋人がいて、休日には華やかにお喋りをして過ごして。それに対して、自分はどうだろう。鏡を見ればいつだって無愛《ぶあい》想《そう》で疲れた顔をしている。そう。どんなに働いたところで、疲れるだけだ。自分にはなにもないじゃないか。すべてを犠牲にして時間を注ぎ込んでまで、得られるものはなんだろう。本当に、彼女たちの言う通り、自分は可哀想なのかもしれない。

仕事だって、本当は自分がする必要なんてないことばかりなんじゃないだろうか。待つことしかできないのが編集者なら、自分が頑張らなくたって作品はいずれ生まれてくる。もっと気楽にしたっていいのに。適度に力を抜いて、早く仕事を終えて、自宅に帰って別の趣味にでも時間を使えれば、どれだけ有意義だろう。そう、詩凪たちだって、自分を必要とはしていなかった。解散を選んだのは、彼女たちだ。もう、諦めよう。できることはなにもない。作家をやめたとしても、二人には未来がある。まだ若く、才覚に溢《あふ》れた二人だ。他の道なんて、きっといくらでもあるんだろう。もうあんな残酷な目に遭っているのに、それでも尚《なお》、無理をさせるのなんて、二人が可哀想なだけじゃないか。

なんで、こんなことをしているんだろう。

なんだか無性に虚しくなって、瞼を閉ざすと、目尻が濡れていくのがわかった。

不思議だ。

原稿も、ゲラも手にしていないのに、涙が溢れてくるなんて。

いったい、いつぶりだろう。

＊

結局、自宅で過ごすには、あまりにも退屈すぎた。

その日はほとんどベッドで眠るだけで過ごしたけれど、翌日になると寝すぎて逆に身体が痛くなってしまうのだから、贅沢《ぜいたく》な話だ。どこかへ出かけようと思ったけれど、なかなか買い物に行く気力も湧いてくれなくて、少し迷った挙げ句、絢子は実家に足を向けた。

実家は埼玉《さいたま》なので、それほど遠くはない。むしろ、いつだって帰れる。いつだって帰れるからこそ、忙しさにかまけて帰る気になれず、もう何年も足を運べていなかった。

平日のせいか空いている電車に揺られて、懐《なつ》かしい駅に降り立った。

そして、随分と変わってしまった駅前の商店街の様子を見て、一抹の寂しさを覚える。

特に、書店があった場所が駐輪場になっていることに、ショックを受けた。

それなりに大きな書店があって、十代の頃から絢子はそこに通っていた。

寂しかったとき。苦しかったとき。辛いとき。

少女だった絢子は、その書店に足を運んでいた。

両親には少し堅いところがあって、絢子は漫画を読むことを禁じられていた。だから、友達の話題についていけないときは、書店で週刊誌を立ち読みしたりしていたものだ。そうして書店に通う中で、絢子は少女小説やライトノベルの存在を知った。漫画のような装《そう》幀《てい》の小説に、幼かった彼女の感性は自然と誘い込まれていった。

漫画は駄目でも、小説なら、両親はうるさく言わなかった。

お小遣いは多い方だったから、たくさんの作品を買い漁《あさ》り、夢中になって読んだ。

もともと、絢子は友達づきあいが苦手な人間だった。クラスの輪に交ざることができても、本音で語り合うことのできる相手はほとんどいなかったように思う。器量が良かったからか、親しくしてくれる子は多かったけれど、実際に話をしてみると無愛想でつまらない子だなと幻滅されてしまって、男の子と付き合ったときも、それでうまくいかないことが多かった。周囲の子たちとのそうしたズレを感じるとき、絢子はいつも書店に立ち寄った。中学校で寂しい思いをして、とぼとぼ一人で帰路を歩くと、ちょうど駅前の書店が絢子を誘うように入り口を開けて、煌びやかな装幀の本と一緒に、自分を待ってくれていた。

物語の中には、自分のように、密かな孤独と世間との不一致を感じている子がたくさんいた。不器用で退屈な人間であっても、赦されたような気がした。

年を重ねていく度に、絢子はたくさんのジャンルに手を伸ばした。そうする度に、寂しさに乾燥していた自分の心が潤《うるお》っていき、世界が開けていくように思えた。

物語は、絢子といつも一緒にいてくれた。

その書店が、今はもう、潰れて消えてしまっている。

絢子はしばらく、駐輪場を見つめていた。

もう、この場所に救いを求める女の子の姿は、どこにもないのか。

みんな、本なんて読まなくたって、きっと潤うことができるのだろう。

だから、読書になんて興味をなくしてしまった。

その、代替となる方法がどんなものなのか、絢子には想像がつかなかったけれど。

潰れずに残っていた団子屋で団子を買い、絢子は実家へ向かう。

特に、前もって連絡を入れてはいなかった。

なんとなく、母ならいつも家にいるだろう、と考えていた。

「どうしたの」

突然訪れた絢子を、意外そうな表情で母は迎え入れてくれた。

「休みがとれて。しばらく帰れなかったから」

「そう」

母は微笑んで、絢子が差し出した団子を受け取った。それから、編集者は忙しそうだものねぇ、と労《いたわ》るように言う。家に入ると、すっかり内装が変わっていた。少し前に、業者に頼んでリフォームしたのだという。期待していたような懐かしい雰囲気をあまり感じ取れなくて、少しだけ寂しく感じた。リビングに入って、母が淹《い》れてくれたお茶を飲みながら、二人で団子を摘まんだ。あまり会話はなかった。母とはときどき電話で話していたけれど、この家で過ごしていたとき、自分はどんなふうに母と会話をしていたのか、思い出すのに時間がかかってしまった。自分も母も寡黙な方だったから、もともとこういう空気だったのだ。若かった頃は、それが当たり前すぎて気まずいと考えることもなかったけれど、今日はなんだか居心地が悪く感じてしまう。長く帰らなかった弊害かもしれない。

「キッチンも、新しくしたんだ」

草臥れるだけだと思っていたこの家に、まだまだ真新しい箇所があるのを、意外に思って言う。

「お風呂場《ふろば》も、新しくしたの。ほら、来年で、お父さんも退職でしょう」

そうか、と絢子はその事実を今更ながらに知った。退職とリフォームがどう繋がるのか、母は言葉を付け足すことがなかったけれど、絢子には理由がわかるような気がした。真新しくなった内装に視線を巡らせる。そうか、そういえば、もう父はそういう年齢なのか。きっと、これからこの家で過ごす二人の時間が、増えるからなのだろう。

「お父さんは、元気」

「相変わらず。昨日もトラブルだとかで、遅く帰ってきて」

父は母よりずっと寡黙で、仕事人間だった。大手商社の経営企画部長で、いつも帰りが遅かった。絢子が大学に入る頃には、その忙しさも鳴りを潜めていたように思うけれど、それでも定時に退社することは滅多になかったはずだ。その厳格さから叱《しか》られることは多くて、思春期の絢子にとっては父を鬱陶《うっとう》しいと感じることが多く、家にいないのはむしろありがたいことだった。けれど絢子が大人になるにつれて、そうしたことが気にならなくなってくると、父に対して感じることはいつも一つだった。

「可哀想に」

絢子はそう呟いて笑う。

労りと、哀《あわ》れみが、ない交ぜになった言葉だった。

リビングの椅子に腰掛けて、遅くまで帰ってこない父のことをそんなふうに言うのは、これが初めてではない。だから、いつものように何気なく漏れた言葉だった。ほとんど趣味らしい趣味を持たず、家に帰ってきては息子と娘に小言を言ってすぐ眠り、翌日には絢子たちが朝食の席に出揃うよりも早くから出社してしまう。早く帰った日があったとしても、一人で静かに酒を飲んで、じっとテレビを見ているくらい。あまり、親子らしい会話を交わした記憶はない。それができるようになったのは、絢子が大学生になり、ようやく父親に対して素直に向き合うことができてからだ。いつも疲れていて、不機嫌そうで、なにが楽しくてそんなに仕事をしているのだろうと、疑問に感じたことがある。

けれど、と絢子は気づく。

自分だって、同じじゃないのか。

可哀想だって、周囲からそう思われている。

懐かしい着信音が耳に聞こえた。

家の電話機が鳴っているのだ。

それだけは、昔から変わっていない。母もスマートフォンを使うようになったから、今更新しくする必要もないのだろう。母が電話に出る。声の調子から、近所の友人らしいことがわかった。母が気にせずにお喋りできるように、絢子はその場を離れた。階段を上がり、自室へと向かう。二階はなにか変わっているのだろうか。

当然といえば当然かもしれないが、絢子が使っていた部屋にはこれといった変化は見られなかった。カーテンや壁紙も含めて内装はそのままだ。裸になっているベッドの上には、いくつかキャラクターグッズのヌイグルミがそのまま置かれている。絢子は本棚に眼を向けた。天井まで届く大きな書架で、小説ばかり読むようになった中学生の絢子に、父が買い与えてくれたものだった。持ち出すことができなかったハードカバーの単行本がぎっしりと並んでいるのを見て、絢子は懐かしい気持ちになった。ここにあるのは間違いなく、自分を育ててくれた本たちだ。今の自室にあるのは、どうしても仕事で作った本ばかりになってしまっていて、こうした古い本を見るのは久しぶりだ。

懐かしい気持ちに浸っていたとき、ふと気がついた。

絢子は、書架に差さっている一冊の単行本に指を掛けて、引き出す。

それは不動詩凪の本だった。

どうして、これがこんなところに入っているのだろう。

一冊だけではない。でも、自分の書架に差さっていてもまるでおかしくはない本だったから、違和感に気づくのに遅れてしまった。これがここにあるはずがない。高校生だった自分が、不動詩凪の本を買って書架に収めるなんて、まるでタイムトラベルを題材にしたSFでも読んでいるかのような気分だ。奥付を見る必要もなく、二刷の本だと気づいた。話題になって、オビが変わったためだ。そのあとすぐにまたオビが変わったので、三刷以降ではありえない。奥付を確かめると、その通り、二刷だ。当然だ。自分が作った本なのだから。

「ああ、それね」

声に振り返ると、母が部屋の入り口から顔を覗かせたところだった。

「お父さんが、買ったのよ」

時の矛盾は呆気《あっけ》なく解決したけれど、新たな疑問が顔を覗かせた。

「どうして」

「どうしてって。それは、あなたが作った本だからでしょう」

当然のことのように母が言う。

絢子はそれでも怪訝に思って眉《まゆ》を顰めた。

「わたし、教えたことあった？」

「これね」

書架から、母がなにかを引き抜いた。一冊のスクラップブックだった。ぱらぱらと開いて、ファイリングされたページを絢子に見せてくる。

気恥ずかしさに、顔が赤くなった。

女性誌の記事で、不動詩凪の特集が組まれたインタビューが掲載されていた。まだ中学生の、愛らしく微笑んでいる詩凪の隣に、仏頂面の絢子の姿があった。美少女作家を支える美人編集者などという、穴があったら入りたい文言まで添えられている。雑誌の購買層を考慮して、どうしても絢子のことを書きたいと担当編集にせがまれたのだった。他社の、ほとんど接点のない雑誌からの依頼で、今後のことを考えると断りづらかった上に、詩凪も乗り気になってしまったのだ。

「友達が、お宅のお嬢さんでしょうって教えてくれて。あんた、なにも言わないんだから」

「それは」絢子は顔を顰めて、記事から眼を背けた。「編集は、黒子みたいなものだから」

「この子の担当なんでしょう。それから、お父さん、本を買っているのよ。読みもしないくせに、絢子が作っているんだからって」

「読まない方がいいと思う」

不動詩凪の作品と、定年を迎える寡黙な男の感性が、一致する想像など微塵もできない。

母は笑った。それから、書架に指を伸ばす。

「これは読めそうだって言って、面白く読んでたわ。これも、絢子の？」

母が引き抜いたのは、樋之下が書いた作品だった。硬派な作風で、父の世代が手にとってもおかしくはない。それは間違いなく、絢子が担当した作品だ。

「どうしてわかったの？」

「あなたが勧めてる出版社だし、この人の他の作品、好きだったでしょう。古いのが、ここにたくさんあるじゃない」

だとしても、担当に付けるかどうかは別問題だったけれど、今回に限っていえば正解だった。父は絢子の書架に差さっている本の著者を見て、推理したのだろう。あの父が、自分の作った本を買って読んでいるだなんて、想像したら急に恥ずかしくなってきた。

「やめてよもう。なんでまた」

母から顔を背けて、手にしていた詩凪の本を書架に戻す。ところが、場所が違ったのか、うまく隙間《すきま》に入らない。苦戦していると、母が笑いながら言った。

「来年になったら、たくさん時間ができるでしょう。そうしたら、絢子の作った本をじっくり読むんですって」

「聞きたくなかった。仕事が好きなんだから、ずっと働いていればいいのに」

母は笑う。

「もう、休ませてあげないと」

それもそうかと思って、絢子は呟く。

「じゃないと、可哀想か」

けれど、母はかぶりを振った。

「そうじゃないの。可哀想だなんて、思ったらいけないわ」

怪訝に思って、絢子は母を見る。彼女は優しく笑いながら言った。

「絢子はお父さんのこと、いつも仕事ばかりで可哀想って言っていたでしょう。ううん、お母さんも、そう思ってたことがあるの。でもね、それがお父さんの生き方なんだから、仕方がないのよ。勝手に、可哀想だなんて思ったらいけないわ」

絢子は手にした単行本を、もう一度書架に押し込んでいく。母のその言葉を耳にしたとたん、あれだけ引っかかっていたそれが、すっと奥へ入り込んでいった。

「そういう、ものかな」

「そうよ。お父さんはね、お父さんなりに仕事に打ち込んで、満足しているの。お母さんもね。言ったことがあるのよ。もっと自分を労ったらどうって。そうしたらね、お父さん言ったの。自分が働いて、稼いで、絢子を育てて、そうしたら、その絢子が、今度は作家さんを助けて、育てて、本を作って、大勢の人を手助けしているんだから。だからそれでいいんだって。これ以上、喜ばしいことがあるかって」

静かに、人差し指で触れた本の背を、書架へと押し込んでいく。

パズルのピースがかちりと嵌《は》まるみたいに、それは書棚へと綺麗に収まった。

「なにそれ」

絢子は俯いた。

それから、母から顔を背けて、もう一度書架を見る。

中学生だった絢子は、この大きな書架を見上げて育った。

あれから少しずつ背が伸びて、今はほんの少しだけ、目の前に来る本の背が、変わっている。

「生き方なんて、簡単には変えられないんだもの。可哀想だなんて決めつけたら、きっといけないのよ」

絢子はしばらく、眼前にある文字を見つめていた。

不動詩凪。

「その子は、どう？　助けてあげられてる？　最近、本が出ていないけれど、受験とかで忙しいのかしら」

絢子は唇を噛んだ。

なんだろう。

沸々と、身体の芯《しん》から湧き上がってくる熱を感じる。

その熱は、単行本の背表紙を撫でる絢子の指先までも、震わせていった。

小説を、書きたいです……。わたしを、助けてください……。

余計なお世話なのかもしれない。やらなくていいことなのかもしれない。
若い二人の未来は明るくて、急ぐ必要なんて本当はどこにもないのかもしれない。
ただ、苦しめてしまうだけで。
可哀想なことを、しているのかもしれなくて。
けれど、自分は、きっと勘違いをしていた。
神様は残酷だって？
違う。
そうじゃない。
あの子が不幸だって。あの子たちが可哀想だって。
そんなふうに決めつけて、いいはずがない。
だってあの子は、そんな状況であっても、物語を書きたいと、訴えていた。
生き方は変えられない。
作家というのは、生き方だ。
神様を探して、もがき続けている。
それを、絢子は羨《うらや》ましいと思う。
自分も、編集の道を、生き方にできたらいいな。
そういう神様が、見えればいいのに。
そうだ。

わたしは可哀想じゃない。

疲れても、苦しくても、辛くても。

だって、こういう生き方をしている。

そうしろと、神様が言っているのを、全身で感じている。

絢子は顔を上げた。

「お母さん」

「なに?」

「ごめんなさい。わたし、これから出社しないと」

「そう」

母は、少しだけ驚いたようだけれど、すぐに当然のように笑って、絢子に言った。

「行ってらっしゃい」

＊

絢子が部署に入ると、デスクに着いていた神崎が腰を浮かせた。

「おいおい。休めって言っただろう。それでも文芸編集者なのかよ。日本語通じないんじゃ話にならないぞ」

目を丸くしている神崎の元に、絢子は大股《おおまた》で近づいていった。

「部長、お願いがあります」

「なんだよ。休暇の申請なら聞くぞ」

「十月刊行の枠をください」

絢子は頭を下げた。

少し遅れて、呆れたような吐息が聞こえる。

「なんだよ。一日休んで、答えが結局それかよ。脳味噌《のうみそ》まだ疲れてるんじゃないのか？」

「お願いします。不動詩凪と千谷一夜の作品を、出させてください」

顔を上げて、神崎を見据える。

「不動詩凪の名前を使わずに？」

「はい」

「だから、会議通るわけないだろう」

「そこをなんとかお願いします」

「なんともならないよ。魔法使いかよ、俺は」

「部長の力添えがあれば、通ります」

「だいたい、企画倒れじゃなかったのか？　タッグを解散したんだろう？」

そう言われて、絢子は小森のデスクを振り返る。

小森が慌てた様子で顔を背けるのが見えた。

絢子は内心で舌打ちをして、神崎に向き直る。

「あの二人なら、絶対に仕上げてくれます」

「完成もしてない原稿に、よくそこまで言えるよなぁ」

「見る目はあるんです」

「それは知ってるが、大人しく諦めろよ。原稿が完成してるわけでもないのに、口先だけでなんとかなるほど甘くないのは、お前さんだってわかるだろう」

　絢子は眼を閉ざす。

　それから、深く息を吐いた。

「それなら、想像してください。不動詩凪と千谷一夜の合同作品がもたらす影響を——。二人の作家の未来を——。思い出してください。わたしたちが新しくレーベルを立ち上げるのは、なんのためだったでしょう。小説の面白さを、読書の楽しみを、若い人たちに知ってほしい。本が売れなくなって、書店が潰れていって、そんな時代だからこそ、これからの世界を担う若い子たちに本を読んでほしい。読書という趣味を世界に残していきたい。彼らが、彼女たちが手にとって、必ず満足ができるような本を創《つく》って読んでもらう。だからこそ、わたしたちは、わざわざ新しいレーベルを立ち上げるんです」

　神崎は、絢子に気圧《けお》されたように、ぎょっとした表情をしていた。

　彼の表情に影を落としながら、絢子は言う。

「不動詩凪と千谷一夜は、間違いなくこれからの文芸を担ってくれる逸材です。彼らの本を手にとって心を動かされる読者は、これからたくさん増えるでしょう。若い子は読書の楽しみを知って、そうではない世代だって、読書は捨てたものじゃないなって思い直すようになります。多くの人々が彼らの物語を読んで、そうして影響された一握りの才能が、また新しい物語を生み出していく。その未来を、想像してください。ここで彼らの火を消してしまうことは、わたしたちの業界にとっての痛手になります。大事なのは、作家の名前じゃない。作家が書く、作品です」

神崎は、顔を顰めて絢子から視線を逸《そ》らした。

それから、額を押さえて呻く。

「あのなぁ。結局、口先だけじゃないかよ。もっと、具体案を出してくれよ」

それなら――。

と、絢子が身を乗り出して言いかけたとき、神崎が言った。

ぽつりと、零すように。

「けれど、まぁ、俺も編集者である前に、一人の読者と言えなくもなかったかな」

彼は絢子を追い払うように、手を動かした。

「わかったよ。枠は確保するし、後押しもしてやる」

「部長」

「いいか、俺はべつに、お前の後先なしの青臭い熱意に負けたわけじゃない。俺は、俺の想像力に負けたんだ」

「ツンデレですか」

「ちげーよ馬鹿」神崎は笑った。「しかし、よくもなぁ、そこまで入れ込むよな」

かすかな安堵《あんど》とともに、絢子も笑って答える。

「作品に惚《ほ》れた弱みです」

「それなら、俺も一緒だよ」

絢子は深く頭を下げた。

それから、自分のデスクに戻る。

小森が脇《わき》から囁いた。

「どうするんですか。不動さんたち、書いてくれるんですか」

「どうするもこうするも、あとは待つだけよ」

結局のところ、編集者は待つことしかできない。

不動詩凪と千谷一夜は解散した。

あれだけ神崎に大見得を切っても、彼らが作品を書くことはもうないかもしれない。

けれど、と絢子は思う。

二人の胸の内に眠る熱意は、その程度のものだったか。

人間の生き方は変えられない。

二人はきっと、もがいている。

もがいているから、衝突し、苦しんでいる。

可哀想なんかじゃない。

それは、必然だった。

だからこそ、燃え上がるものがあるのだ。

絢子はスマートフォンを片手に、廊下へ向かう。

不動詩凪を、呼び出した。

彼女は通話に出ることなく、留守番電話に切り替わった。

それでも構わない。

絢子は言う。

「詩凪ちゃん。わたしは、待っているから。あなたが、神様を見つけられるって……。ううん、違う。そうじゃない。あなたは書くのよ。千谷くんと一緒に、新しい物語を創るの。神様だなんて、そんな曖昧《あいまい》なものの命令を待つ必要なんてない。それは、あなたの内側にあるの。あなたと、千谷くんの中に、今も残っている。それを、見つけて」

どうなるかはわからない。

けれど、どうにかなりそうだったときに。

そのときに、彼女たちの活躍の場を用意してやるのが、絢子の仕事、生き方だった。

絢子の中にある神様は、絢子にそう囁いている。

＊

それから一週間後のことだった。

絢子は、重たい原稿のプリントを抱えたまま、図書閲覧室を出た。

唇を嚙みしめて、頰に力を込めたまま、エレベーターを待った。

一緒に乗り合わせる人が誰もいないといいな、と祈る。

幸いなことに、神様はそのささやかな願いを聞き届けてくれたようだ。

鏡を見て、目元を擦った。化粧ポーチをデスクに置いてきてしまったのは、致命的だ。

エレベーターが目的のフロアに辿り着くまで、時間がかかった。

絢子は、今度は自分の頰が緩《ゆる》んでいくのを感じる。

フロアに辿り着き、部署に向かう。

「あれ、河埜さん、どうしたんですか」

どこへ行こうとしたのか、小森に出くわした。

「どうってなによ」

「いやぁ、機嫌が良さそうだったので」

「小森くんさ……。これ、なんだと思う？」

絢子は抱えたものを掲げてみせた。

「原稿でしょう？　誰のです？」

「ぶっぶー。ハズレです。ただの原稿ではありません。傑作原稿です」

「なんです」

小森が吹き出す。

絢子は笑いながら言った。

「読みたい？　読みたいか？　そうだよな、傑作だもん。いいよ」

小森の肩を摑んで、強引に彼のデスクへと押し戻す。

「え、ちょっと、河埜さん、僕、トイレ行きたかったんですけど」

「読みたいんなら、仕方ないわね。うん、読ませてあげよう。大丈夫。次の打ち合わせまで時間あるでしょ？　あるよね？」

「うわ、なんか眼が怖いんですけど、え、ちょっと」

絢子は小森のデスクに、抱えていた原稿を置く。

抱えた鞄の中で、スマートフォンが鳴っていることに気がついた。

デスクを離れて、ビルの窓から夕暮れの空を見上げる。

通話に出て、絢子は聞いた。

「神様は、どんなふうに見えた？」

『なんです、急に』

詩凪が、電話の向こうで笑う。

絢子は言った。

「わたしからすれば、神様は、あなたたちよ。こんなに凄いものを、生み出してしまうんだから」

『わたしたちが神様なら、わたしたちにとっては、きっと河埜さんも神様だわ。わたしを見つけて、そして、わたしを導いてくれて。わたしたちの物語を、みんなに届けてくれる』

不動詩凪の言葉に、絢子はスマートフォンを握り直し、顔を上に向けた。

もしかすると、まだまだ神様は残酷で、あなたが一人で筆を握れるようになるまでには、もう少し時間がかかるのかもしれない。けれど、大丈夫。あなたたち二人なら、きっと作家であり続けることができる。いつか、それぞれの道を歩み出すそのときまで、わたしがあなたたちを支えよう。だって、仕方ないじゃない。それが、あなたたちの作品に惚れた弱み。待ち焦がれる者のさだめ。

それが、わたしの生き方なのだから。

まずは、その見返りとして、あなたたちへ、一番最初の感想を届けさせてほしい。

絢子は掠《かす》れた声で言った。

「ねぇ、これから一緒に、ケーキでも食べに行きましょうか」

紅玉いづき

「『小説の神様』の作り方

——あるいは、小説家Aと小説家Bについて」

紅玉いづき（こうぎょく・いづき）

1984年石川県出身。金沢大学文学部卒業。『ミミズクと夜の王』で第13回電撃小説大賞・大賞を受賞しデビュー。ライトノベルに留まらず、児童書、一般文芸書でも精力的に作品を発表。繊細な人物造形、巧みなストーリーテリングで、活躍が期待されている。著作に『ガーデン・ロスト』（メディアワークス文庫）、「サエズリ図書館のワルツさん」シリーズ（星海社ＦＩＣＴＩＯＮＳ）、『現代詩人探偵』（創元推理文庫）、「大正箱娘」シリーズ（講談社タイガ）などがある。

そもそも小説家は、小説家の友達が少ない。

そういう、ライトノベルのタイトルめいた書き出しにするまでもなく、文豪の時代から、私達小説家は同業者との関係性というものに難儀をしている。

同期であったり仲間であったり先輩後輩であったり、そういう枠にはめてしまえば簡単で、それなのに、友達になるということに抵抗がある。というのもやっぱり同じ小説家なので。相手が自分の好みじゃない小説を書けば何してんだよと思うし好みの小説を書けば腹が立つから褒めたくないと思うし、売れなければ心細いし売れたら売れたで嫉妬《しっと》に狂う。

多かれ少なかれそういうところがあるから、私達が友達になったのも、ちょっと珍しかったんだと思う。いや、本当に友達なのかは、わからないけれど。

銀座のど真ん中、近くに本屋のある交差点で待ち合わせ。だいたい五分くらい遅刻する癖《くせ》のある自分にしては満点の時間通り。待ち合わせの相手も遅刻することなくふらりと現れた。私は久しぶりの挨拶《あいさつ》よりも先に、相手が首から提げた奇妙なものを指さして、聞く。

「何、それ」

「二眼レフ」

ふふ、と笑って相手はそんなことを言った。なんで、と聞いたら、なんかの雑誌の付録でついてきた、みたいなことを答えた。そういうことじゃあないんだけどな、聞いてるの。

「ここをこうしたら、こういう風になって……」

「ふうん。まあいいや。行こう」

自分ではじめた話をぶった切って、歩き出す。数歩あとを、ついてくる気配。

「ここ」

都会の中にひっそり佇《たたず》むお城の地下みたいな店に入って、少し薄暗い席に座る。

相手——便宜上、Aと呼ぶ——Aと入る店は、本当にどこでもよかった。時間がなければとにかく近いところ。ファーストフード店でも、チェーン店のコーヒーショップでも。時間の制限がないならば、私は出来うる限り少女趣味な店に入ることにしていた。デートでもよれた女友達と入るのも気恥ずかしいような、男友達となんてもってのほか。気心知ほど気を張ってなければ入らない。こんな風にお城みたいな上等なカフェの時もあれば、互いにお薦めのメイドカフェに入ることもあった。メイドカフェといっても、別にサービスを受けたいわけではないので、Aのリクエストで魔女が出そうなところや、私のリクエストで森の中の図書館みたいなところ。

そういえば、とあるメイドカフェで、メイド長がそっと、私に耳打ちしてくれたことがある。今厨房《ちゅうぼう》にいるメイドが、私のファンなんだって。帰り際、私はそのメイドさんと小さく握手を交《か》わして、「ふふん」とAを自慢げな顔で見た。Aは呆《あき》れた顔で私のことを見ていた。

とにかく、その日もそんな風に、少女趣味優先で選んだお店だった。

「ここは、トイレが面白いから。行っておいで」

そうすすめたら、ふらふらと行ったAが、ふらふらと戻ってきた。迷路みたいな店の中に、不思議の国のアリスみたいに迷い込んで。

「面白かった」と言った。

Aは、男性である。男性小説家である、んだけれども、少女に強い憧《あこが》れがあるようだった。ユニセックスな名前で、「よく女性作家と間違えられる」というようなことを、迷惑がっているのか喜んでいるのかわからない調子で言う。

「間違えられるって、ねぇ……」そんなの誰だってあることだし、女みたいな名前で女みたいな小説を書いている自分のせいだし、何よりそうなりたいんでしょう、と思うので、私はことさら少女趣味な店にAを連れていく。

「Bさん、今日は打ち合わせ……?」

「そう、夕方から。だからそれまで付き合って」

×時になったら解放してあげるから、とあくまで自分本位に言う。

BさんとAが呼んだ、私はAと同じく職業作家だった。女性で、女性作家だ。ライトノベルのレーベルでデビューして、何冊か本を出して、けれどどこに行っても馴染《なじ》まなくて、いつもはみだしものみたいに小説を書いている。女のくせに少女に対して憧憬があり夢見がちなところがあった。

そういうところが、Aとは馬があったんだと思う。あった、のか？

少女には憧れがあるけれど少女になりたい男性作家、というのが私にもよくわからなくて、たとえば私は少年向けライトノベルという業界で仕事をしながら、男性っぽい作家になりたいと思ったことはなかった。でもそう、自分が男性に生まれていたら、少女みたいな女性作家になりたかったかもしれない、とは思うので、それを尊重して、Aのことは名前にちゃんづけで呼んでいた。

小説家として、せっかくなりたいものになったのだ。なりたい自分になればいいと思っている。なんにだってなれるはずだと。

「うーん……」

Aはメニューを見ながら悩んでいる。いつも、決めるまでが、長い。

「お腹《なか》すいてるの？」

「すいてる」

「じゃあ食べたらいいじゃん」

どうせ食べきれないんだろうけど。いつもそうだった。Aは胃が小さい。小さいので多くを食べられない。多くを食べられないので、すぐにお腹がすく。お腹がすくので、たくさん頼む。けれど、胃が小さいので食べられない。エンドレス。

一緒にセルフのうどん屋に入った時、うどんと一緒におにぎりを持ってきたのにはびっくりした。「食べられると思った」と語ったけれど、うどんの半分で情けない顔をしていたから、残ったうどんは私が食べた。

当時のことを思い出しながら、どうせまた残すのでしょう、と運ばれてきたAのバゲットサンドを、一切れとる。勝手に。

「どうなの、最近」

もたもたと食べるAに、私は尋《たず》ねる。うどん屋でも、チェーン店のコーヒーショップでも、銀座のカフェでも。

私は決まって、小説の話を振る。

今何を書いているの。いつ出る話なの。どういう予定なの。え、それどうなってんの。あの話ってどうなったの。質問攻めにしているようで、別にAの話が聞きたいわけじゃない。結局自分のしたい話しかしない。私は別にAの話が聞きたくて彼を呼び出しているわけではなくて、小説の話がしたいだけなので。相手が小説家でなくたってかまわないけど、小説家であるならそれに越したことはないというだけ。

年齢のことを意識したことはないけれど私達は同年代で、そんなに変わらない時期に小説家になった。まったく違う経歴で、まったく違うフィールドで書いていて、小説の書き方もまったく似ていなくて、でも、書くものは少し似ていた。

だから友達になった……というわけでもなくて、なぜだかよくわからないけど、多分、そう、Aは私にとって「都合のいい」相手だった。

「明日でてきてよ」そう言えば断られることはほとんどなかったし、舞台に行くからついてきて、行きたいカフェがあるからついてきて、花見があるから。不思議なご縁で誘われた、いちご狩りにも引き連れていったことがある。なぜだ。いちご狩り。だいたいすべて「うんわかった」とAはついてきてくれた。別にいつも仲がよかったわけじゃなくて、たまには喧嘩《けんか》をした。平日昼間のルノアールで、小説家らしく、「あなたの今書いてる連載小説はちょっと違うんじゃない？」という話だった。私は横暴なことをたくさん言って、Aは口をとがらせるようにしていたけれど、自分の考えを曲げることはついぞなかった。

わけのわからない賭《か》けをして遊んでいたこともある。「来月末までの仕事のノルマをお互い設定して、達成出来た方が勝利」なんていう賭け。仕事で遊ぶなと怒られそうなものだけれど、私はどんな形でも書かれるものが正義だと思っているので。

その時の賭けでは、勝ったのは私だった。カフェラテを奢《おご》ってもらった。Aはお酒が飲めなかったから。

いつだったか、私がAのメインフィールドであるミステリ小説を四苦八苦して書いていた時に、トリックの相談をしたこともある。トリックのトの字もよくわかっていなかったので、どんな風に聞いたのかもよく覚えてはいないのだけれど、Aは聞きながら難しい顔で自分のマックブックを取り出し、私から聞いている話をメモしはじめた。

うわ、真面目《まじめ》だな、とびっくりしたことをよく覚えている。

「だから、こうして……」

トリックの話をしていた時に、ぴたりと口をつぐんだことがある。どうしたの、と聞いたら、小さく笑って。

「ちょっといいの思いついたから。自分で使う」

なんて言った。

あっそ。好きにすれば。

結局ミステリのイロハについて彼から教えてもらったような気もするし、なんにも学ばなかったような気もする。少なくとも、何も生かせなかったことは確か。私は、小説を書くということに対する姿勢以外、おそろしいほどにおおざっぱで、いい加減だった。

そんな風に、私はミステリを書く時ずいぶんAに話を聞いたのに、Aは私のメインフィールド（多分）であるライトノベルを書く時、私になにひとつ聞いてくれなかった。いいけども。推薦文は書かせていただけたけれども本人はどうやらその出版にあたり夢破れて傷を負った、らしい。

本人は大変だったと語るだろうし多分今も大変なんだろうけど、大変になっているAの周りにいるみんなだって大変だった。私も大変だった。

「仕方ないじゃん。売れないことってあるじゃん。それはあなたのせいかもしれないしあなたの小説以外のせいかもしれないし時代のせいかも、営業のせいかも会社のせいかも社会のせいかも全然それはわからないことで、何が売れるかわかんないように何が売れないかだってわかんないんだよ。それでも書いていくしかないし、書きたいなら書けばいいじゃない、誰かのためでもなく、自分のために」

そういうようなことを、私は言葉に尽くしたような気もするし、でもAにはなんにも響かなかったような、気もする。ぽっかり空いた黒い穴みたいになって、私はそこに「おーい出てこい」なんて叫んでるだけみたいな気持ちだった。

困ったなぁ、困ったけど、もうどうしようもなかった。だってどうしようもないことって、多いじゃない。この時になっても、私は私の言った言葉は、Aのためでなく、私が言いたいから言っているだけで、自分のためだった。

でも、その間も、彼に対して私は、偉いなぁ、と思っていたことは真実だった。

私はAの、傷つきやすい繊細さを面倒くさがりながら美しいと思っていた。繊細であるということは敏感であるということで、感性というものは絶対に加齢とともに摩耗することを考えれば、敏感であり続けることはとても貴重なことなんじゃないかと思っていた。自分自身が、もうずいぶん摩耗していることがわかっていたから。

そしてあんなにも、もう嫌だもう書きたくないやめてしまいたい、と嘆きながら、まだ書くのをやめていないことを、尊いと思っていた。やめる人間はいつでも黙ってやめるから。

長く書き続けるということは。

たくさんの人が、やめていくのを見ることでもある。

翼から羽が落ちるように、木から木の葉が落ちるように、人は書くのをやめていくのだった。もちろん、新しく芽吹く人はそれ以上にいるだろう。でも、私達は、そんなに、伸びた爪《つめ》を切るみたいに友達を替えられるわけじゃない。

Aの傷はなにひとつ劇的に快復することはなかった。身体《からだ》も壊し、疲労もただ積み重なっていった。私は私で、ため息まじりにいろんな人にAのことを相談したりもした。それ以上に、いろんな人から相談もされて、「私はAのご相談窓口じゃありません！」なんて叫びながら、それでも時折思い出したように声をかけ続けた。「おーい出てこい」よろしく、出来る限り、暗がりの中に叫び続けていた。

その最中のことだったと思う。いや、どういうタイミングでどういうシチュエーションだったか、あんまりよく覚えてはいないのだけれど。

「作家の話が書きたい」

Aがそうぽつりともらした。

多分、即座に、私は言ったのだ。

「神様の話を書いてよ」

そこに至るまでの思考も状況も覚えてないけど、はっきりとこれだけは覚えている。私は何かにむしゃくしゃしていたのだった。何か。Aとは全然違う何かに。

そして八つ当たりみたいに言った。

「神様の話を書いて。小説の神様の話。神様なんていないってわかったように鼻を鳴らすやつに神様はいるって思い知らせてよ」

「神様って何？」

聞き返されてハァ⁉　と言った。

「そんなの自分で考えなよ」

小説家でしょう、あなた。

……我ながら、本当にただ、横暴だったと、思う。


小説の神様のこと、を、考えると、思い出すのは大学ノートと狭い自室だ。教室の片隅《かたすみ》や、塾や大学の隅っこも思い出すけれど、神様を感じるのは決まって夜のことだから。

震えを感じてかじかんだ自分の手をぎゅっと握る。青黒くなった爪の先。

（神様）

そこから溢《あふ》れてくる文字がある。真っ暗な明け方。冬の窓。結露する窓が汗をかいている。手首が熱を持ってじくじくと痛み、反対に指先はこおっている。

神様がいる。ここに神様がいる。何者でもかまわないと思う。この神様が、幻想でも、錯覚でもいい。こんなものが神様でないはずがない。

こんな自分の信仰心を、向けられる先が神様以外であるはずなんてない。

私は多分何かを神様に置き換えているのだろうというおぼろげな予感もある。この心にはもっとふさわしい名前があるのかもしれないし、ただの個人的な感傷で、誰かと共感出来るようなものでもないのかもしれない。

でもだからって、「僕は神様なんて見たことない」と私の耳元でがなりたてることが正しいことだろうか。乱暴が過ぎるんじゃないか。神様なんて見たことがないのは、あなたの小説に対する信仰心のなさだ、感性の敗北だ、想像力の貧困だ‼

……わかっている。わかってもいる。「神様なんて見たことがない」ということが乱暴であるのならば、「神様を見たことがある」というのも、同じくらい乱暴なのだろう。でも、多分私は、私はAに信じて欲しかったんだろう。もう小説なんて信じられないと、子供みたいにいじけて癇癪《かんしゃく》を起こすAに、神様を信じて欲しかった。

からっぽの黒い穴。

その奥に、光、があるって。

別に彼のためじゃないけれど。彼の読者のためでもないけれど。まあそれなりに、この年になっても、もう学生でもなんでもないけど、友達を無くすのはちょっと辛《つら》いものだから。特に都合のいい友達はね。それだけ。

それから数ヵ月、もしかしたら半年くらい経《た》ってのこと。私と彼の共通の担当編集者が、にやにやと意地の悪い笑顔で言った。

「聞いて下さいよ」

今度のAさんの新作ね、作家を書いていて、それがこんなキャラが出てくるんですよ、こんなことを言うんですよ、ねぇ、まるで、誰かみたいだとは思いません？

私は「ハァ」となんだか居心地の悪い返事をした。なんでもいいけど出たらいいっすね。なんでもいいけど、書いてたらいいわ、という気持ちだった。それからまだいくつかの紆余曲折《うよきょくせつ》があって、その美しい本は送られてきた。

――『小説の神様』

直球のタイトルですこと、と思った。

あーあ、嫌だなぁ、と思ったのは、自分がモデルにされたと言われて、その本が売れなくて、またそのことで傷ついて、Aが面倒くさくなったらもうどこまでも面倒くさい、責任はもてない、もちたくもない。そんな考えからだった。結局私はそこまでいってもそれなりに、まだ面倒くさい人の面倒を見る、つもりはあった。

でも、開いて一ページ目から、美しい文章があった。Aらしい、よく整った、美しい文章だった。なんだ、と思った。

しばらく面倒くさくて忘れていたな。

彼は、美しい文章を書く作家だった。

なるほどこれはAの本で、Aの書く話だ。だとしたら、だとしたらもうモデルが誰とかテーマが何とか、私には関係のないことで、あとは私とこの物語の関係だな、と思った。

……最後まで読んだら実際は、そうでもなかったわけだけど、いや、なんとなく浮いてるような、見覚えのある言葉には片目をつむって、そういうことにしておいて欲しい、と思った。

そうしてその本は、素晴らしいことに、胸熱なことに、そして同時に腹立たしいことに、きちんと評価され、売れたのだ。

売れたって言っていいのだろう。本人がどう思ったかはわからないけれど。売れなかったというのなら、いろんな人に這《は》いつくばって謝った方がいい。もっとも、ちょっとやそっと売れたからといって、Aの黒い穴がふさがったようには見えなかった。新しい面倒くささと、古い面倒くささをハイブリッドにして、また面倒くさくなって。

でも、まだまだ繊細な感性のまんまで、生きていくんだろうなと思った。結構なことだ。

それにしてもずいぶん思い切った形で出版したものだなあ、と呆れたのは本人よりも編集者に対してだった。もう少し、もうちょっと、現実と乖離《かいり》させた方がいいのではないんですかって、聞いた気もする。

「読んでもらえるとわかるんですけどね、僕ら、Aさんも、その作家さんのことが大好きなんですよ」

そんな風に言う編集者に、私はひねくれものなので、果たして本当かなぁ、と思うのだった。編集者は編集者なので、少なくとも私の書くものを好きでいただかないと、お仕事は出来ないはずであるし、けれどAはかなり傲慢《ごうまん》なところもあるので、友達である私の書くものをすごく好きだなんて彼の自尊心が許さないだろう。

お互いに、本が出れば送りあう。それは別に読んで欲しいとか宣伝をして欲しいとかいう気持ちとは違って、「まあなんとかやっていますわ」という挨拶がわりで。実際彼から感想なんてきたことはほとんどない。

大好きってなんだろうな。女の子同士だったらなんとなくわかるんだけども、残念ながらAは少女になれなかった男性であるし。私はすごく嫌な確信を持っている。Aが女の子だったら私達の関係は早々に破綻《はたん》していたに違いない、って。

男でよかったね。どうでもいいような男女でよかった。

十年くらい連絡が途絶えても、私達は多分きっと友達だろう。互いに、書き続けてさえいれば。

そう、Aは私の友達なので。売れなければ心細いし売れたら売れたで嫉妬に狂う。でも、この本ばかりは、少しだけ自分と似た言葉があるので、誇らしかった。少しだけね。

それから私とAがどうなったかというと、特にどうもならなかった。私の方が一方的に忙しくなって（これは仕事ではなくひどくプライベートな範囲）Aは呼び出せばだいたいいつでも来てはくれたが、呼び出さない限り訪ねてくれることなんてほとんどない。

「久しぶり」

Aと顔をあわせたのは、東京駅前のビルだった。担当編集者と打ち合わせをして、新幹線に乗るまでの、本当に短い時間。

「だいたい二時間くらいしかないかも。帰らなきゃ、すぐ」

私は時計を気にしながら、カフェに腰を下ろした。久しぶりに会うAはぐったりした様子だった。最近会うと大体《たいてい》疲れている。じきに疲れているだけではないんだなと気づくようになった。老化だ。年をとっていたのだ、すっかり。

私達は互いに、作家になって十年の月日が経とうとしていた。

その長い年月を、言祝《ことほ》ぐことは結局なかった。いいニュースなんてほとんどないこの業界で、なんとか端《はし》っこの方で生き長らえてきた。ありがたいことではあるけれど、祝いばかりもしていられない。

今日まで書いてきて、そして明日も書いていかなければならないのだから。

そして、Aは大分疲れた顔で、ため息まじりに言った。

「実は、今、続編を考えていて」

「『小説の神様』の？」

「そう」

どんな形になるかわからないけど、続編の意義、みたいな本になると思う、とAは説明をしてくれた。

「続編の意義、かぁ……」

私は飲んでいたホットティーで唇《くちびる》を濡《ぬ》らして、一息で言った。

「そういうのは結局、作品が決めてくれるんじゃないかと思うんだよね。作品の方から、次があれば次があるって教えてくれるっていうか。私達はその声に従っていればいいというか。そうはいってももともと続きありきで考えていたって言い分もあるかもしれないけど、投稿の時代から私達は限られた枚数に物語をおさめるっていうことが作品を仕上げるってことだと思ってたわけじゃない？　だとしたら一冊を一冊で終わらせて提供するってことは最低限の誠意だと思っていて、もはや義務に近しいことでしょう。売れれば必ず続編が出る、そういうジャンルだってあるのかもしれない。もしかしたら私がデビューしたライトノベルって世界がそうだったのかもしれないけど、少なくとも私はそれを求められなかった。求められなくてもいつか続編のようなものを書いたのは、確かに読んでくれた人がいて、求める声があったからで、でもそれも本当は関係がなくて、求めたのは作品の方だったんじゃないかって考えてる。だから、物語が求める限り続編っていうのはあっていいし、物語が求めていないなら、続編なんて必要ないんじゃない？　そしてその物語を動かす力っていうのは、作者かもしれないし編集者かもしれないし読者かもしれないし、作品自身かもしれないって思うよ」

「Bさん」

私の言葉に、鳩《はと》が豆鉄砲を食ったような顔をしていた。

そして、少し呆れたように、言ったものだった。

「……よく喋《しゃべ》りますね……」

ん。わかった、歯を食いしばりな。

大丈夫。私の右手は小説の神様を感じる手だから、左手にしといてやるよ。


それからしばらくして、続編であるところの、『小説の神様　あなたを読む物語』が送られてきた。本の中身に対してひとり、侃侃諤諤《かんかんがくがく》といろんなことを言いながら読了して、なるほどね、と思った。

なるほどね、そこにはもう、私の言葉なんてなにひとつなかった。

それならばそれでいいことなのだろうと私は思った。もしかしたらどこかで使ったと言われるのかもしれないけれど、もうこの作品に馴染んでしまっていて、それはもう私のものではないのだろう。そういう風に、雪が溶けるように花が咲くように、泡《あわ》になるみたいに消えていってしまうのも一興だと思った。

Aとの関係に変わりはない。いや、もしかしたら結構変わったのかもしれない。彼は結局あれから押しも押されもせぬ人気作家になっていったし、私の言葉なんてこれからもっと、気にしなくなっていくことだろう。それでも私は彼を唐突に呼び出しては、WEBラジオに出させてみたり、サプライズパーティーをしたりと相手の都合なんてひとつも考えずに過ごしている。

『小説の神様』の装画をしている丹地陽子《たんじようこ》さんの個展に行こうよ、と誘った時も本当に急だった。待ち合わせに向かう時、私は少し考えて、キャスケットをひとつ、新宿駅の帽子屋で買った。

やっぱり久々に会ったAは、ちょっと不思議そうな顔で、「今日はボーイッシュなんですね」と言った。

「ああ、うん。コスプレだから」

「コスプレ？」

「作家コスだよ。行くよ」

それ以上は言わなかった。なんというか、とてもとても恥ずかしかったので。

そんな風に、私達はいつも噛《か》み合《あ》ってるような噛み合ってないような、いや、どちらかといえば噛み合わないことの方が多い時間を過ごしていた。これからもっと、噛み合わないことは増えていくだろう。そのうち私の方が嫌われてしまう日が来るかもしれない。それはそれで仕方がない、とも思う。

でも、そうなった時に、まあもちろんそういう風に感じることはないだろうとも思うけれど。私の言葉に心の底から嫌気がさしたとしても、『小説の神様』にAが書いた言葉は、ただのひとつも、彼の中で濁《にご》らせないでいてくれたらいいなと願っている。

私の言葉は、何かのトリガーだったのかもしれない。けれど、誰かの小説になった時点で、それはもう私の言葉ではない。

私達は小説家だ。小説家だから、どんなものを書いたところで小説になるのだ。時にエッセイめいているかもしれないし私小説めいているのかもしれない。誰かの言葉かもしれないし、自分の言葉かもしれない。でも、とにかく、書いたならば、小説になる。そういう風に出来ている。

私はため息をつく。小説を書かなくてはならない、と思う。

多くを無くし、生きるだけで摩耗し、面倒くさくなりながら。

それでも、小説を書かなくてはいけない。理由はなんだっていいのだ。なぜ書くのか。なんのためでもかまわない。じゃあ、いつまで書くのか。

死ぬまで、と答えるのは、簡単だけど、こんな答えでもいいなと思っている。いつまで書くのか。それは。

——小説の、神様のいる限り。

了

本書に収録された作品は、すべて書き下ろしです。

〈著者紹介〉
相沢沙呼《あいざわさこ》／降田《ふるた》 天《てん》／櫻《さくら》いいよ／芹沢政信《せりざわまさのぶ》／手《て》
名町紗帆《なまちさほ》／野村美月《のむらみづき》／斜線堂有紀《しゃせんどうゆうき》／紅玉《こうぎょく》いづき
文芸第三出版部・編
小説を愛する小説家・漫画家として、本アンソロジーに寄稿。

小説《しょうせつ》の神様《かみさま》　わたしたちの物語《ものがたり》

小説《しょうせつ》の神様《かみさま》アンソロジー

2020年4月20日　第1刷発行　　定価はカバーに表示してあります

編者…………………………文芸第三出版部《ぶんげいだいさんしゅっぱんぶ》

発行者………………………渡瀬昌彦
発行所………………………株式会社 講談社
〒112-8001 東京都文京区音羽2-12-21
編集03-5395-3510
販売03-5395-5817
業務03-5395-3615

本文データ制作……………講談社デジタル製作
印刷…………………………豊国印刷株式会社
製本…………………………株式会社国宝社
カバー印刷…………………株式会社新藤慶昌堂
装丁フォーマット…………ムシカゴグラフィクス
本文フォーマット…………next door design

ISBN978-4-06-519264-1　N.D.C.913　398p　15cm